KB067873

공무원·공기업 직장생활 35년

나의 삶을 돌아보는 시간

나의 직장생활, 어떻게 할 것인가?

鄭 金 永 지음

목 차

추천의 글

① 한전 전북지역본부장, 경영학박사 김락현

우리 주변엔 직장생활에서 산전수전 다 겪었다는 사람들이 많다. 그러나 이러한 정글과 같은 직장에서 성공을 향해 지혜롭고 슬기롭게 대처해 나가는 전반적인 방법에 대하여 알려주는 책은 아직 없는 것이 현실이다.

이 책은 이러한 방법을 직장인에게 종합적으로 제시해 준다. 직장인이라면 누구나 꼭 읽어 보아야만 할 책이다.

② 한전 서울지역본부 노원도봉지사장 김선기

인생을 사람답게 살아갈 수 있게 해주는 온갖 소중한 경험을 독자들에게 떠먹여 주는 보석같은 책이다.

③ 한전 본사 기술기획처장 김숙철

저자는 나와 같은 직장에서 같은 시기에 근무를 하였으며 항상 적극적이고 열정적이며 도전적이었고 어학을 비롯 독서, 글쓰기, 악기까지 다방면으로 많은 것을 갖추기 위해 끊임없이 노력하고 성취하신 분이다.

회사의 업무뿐만 아니라 업무 외적인 부분에서도 많은 성취를 이룬 저자의 인생 스토리를 정리한 이 책은 사회생활을 하는 모든 이들에게 도움이 되는 내용으로 가득 차 있다. 사회생활을 어떻게 하면 잘할 수 있을까 고민하시는 모든 분들에게 일독하시기를 자신있게 권한다.

④ 한전 강원본부 원주지사장 김용덕

일상적 직장생활 속에서 평범하지만 모든 직장인이 꼭 알아야 할 업무태도, 자기계발, 에티켓 등 주옥같은 사례들이 실감나게 담겨 있다.

타산지석의 교훈으로 마음을 가다듬는다면 이 책은 모든 독자들을 직장에서뿐만 아니라 사회에서도 성공으로 가는 Fast Track으로 이끌어 줄 것으로 믿는다.

⑤ 한전 남서울지역본부장 김태암

직장인이라면 모두 꼭 읽어 보아야만 할 내용을 담은 책이다.

'성공을 위해서 바람직한 직장인이 되기 위하여 어떻게 해야 하는가?' 직장인에게 지침이 되는 책이다.

⑥ 前 한전 경남지역본부장 박상호

성공을 꿈꾸는 직장인이라면 꼭 읽어 보아야 할 책이다.

어떠한 마음가짐, 업무자세, 태도로 어떻게 하루하루를 생활해야 하는가에 대하여 이 책은 많은 것을 생각하게 한다.

특히 순간순간 바람직한 방향으로 나를 차별화하기 위한 노력을 해야 한다는 것은 성공을 꿈꾸는 모든 직장인들이 명심해야 할 내용이다.

⑦ 한전 서울지역본부 서대문은평지사장 안양선

35년간 공무원과 공기업 생활을 한 저자가 실제로 겪은 경험과 독서 등을 통하여 보고 듣고 느낀 소중한 이야기들을 들려주는 책이다.
직장인이라면 꼭 한번 읽어보고 마음가짐을 새롭게 하였으면 좋겠다.

⑧ 한전 신성장기술본부 부장 금동진

이 책은 저자가 35년간 직장생활의 경험을 후배들에게 꼭 들려주고 싶은 진솔한 이야기 꾸러미다. 특히 직장예절에 있어 몰라서 못하고 알고도 소홀했던 부분은 정신을 번쩍 들게 한다. 기존 직장인들과 취업을 준비하고 있는 모든 분들에게 꼭 필요한 책이다. 필시 직장생활을 준비중인 우리 꼬맹이에게 좋은 선물이 될 것이다.

책을 펴내며

책을 펴내며

시위를 떠난 화살처럼…

아직도 진행중이긴 하지만 지난 35년의 나의 직장생활은 그렇게 쏜살같이 흘러갔다. 공기업이나 일반회사에서 직장생활을 하거나 앞으로 할 사람들에게도 시간은 아마도 그렇게 또 흘러갈 것이다.

그렇게 시간이 흐른 어느 날 문득 '내가 어떻게 살아왔지?'라고 하는 생각이 갑자기 들고 잠시 나의 삶을 돌아보게 된다. 멋지게 잘 살아왔는지 후회는 없지만 아쉬움이 남았는지 그런 궁금증을 마주하게 된다. 내게도 그런 시간이 찾아 왔다. 내 삶을 돌아보는 시간이.

지난 시간을 돌아보니 아주 열심히 치열하게 살았다.
그러나 성공했냐고 누가 내게 묻는다면 답은 망설여진다. 나보다 더 훌륭하고 잘 나간 사람들이 사외에 그리고 내가 몸담은 회사내에도 무수히 많기에. 그래도 내 삶에 후회는 없다. 아쉬움은 적지 않게 남아 있지만. 아직 내 인생의 갈 길은 남아 있기에 오늘도 열심히 산다.

일본인 시바타 도요, 그는 90세가 넘어서 시를 쓰기 시작했고 '약해지지 마'라고 하는 시로 세계적인 명성을 얻은 것처럼 아직 내게는 우리에게는 더욱 멋지게 인생을 열어 갈 많은 시간이 남아 있다.

우리 모두는 각자에게 주어진 삶을 살아간다.

각자의 인생길에서 나름대로 사람답게 살고 싶다면 남에게 피해를 주지 않고 나에게 주어진 역할을 소화해 가며 열심히 살아야 한다. 후배는 선배를 탓하고 선배는 후배를 탓하는 이런 직장생활의 잘못된 모습은 사라져야 한다. 그런 상황이 되지 않도록 선배와 후배의 끊임 없는 노력이 선행되어야 한다.

특히 최근 들어 일반인들에게 알려지기 시작한 온갖 가진자의 갑질행태와 권력을 악용한 성폭력, 그리고 약자를 울리는 각종 사기행각들을 미디어를 통해 접하면서 인생을 어떻게 살아가야 하는가에 대하여 나 자신을 돌아보며 다시 한번 깊은 생각에 잠기게 된다.

이 책은 35년간 내가 직장생활을 하면서 생각하고 살아온 방법들을 직장인 후배들에게 들려주는 책이다. 내가 이렇게 살았다라기 보다는 이렇게 살려 노력했다는 표현이 아마도 맞을 것이다. 실수도 많았고 부족함도 많았기에 그러나 늘 이런 마음가짐, 자세 및 태도로 직장생활을 했다는 것은 자신있게 말할 수 있다.

그리고 보니 지난 세월 동안 나름 많은 사회생활을 경험했다. 남들 다하는 군생활도 2년간 하였고 9급 공무원에 7급 공무원도 하였다. 2002 월드컵 때는 월드컵조직위 설비담당관으로 10개 월드컵경기장의 전기, 기계, 조명, 음향, 전광판

등 설비를 총괄 담당하였고 한전에서는 직원부터 시작하여 1
(갑) 처장까지 오르며 뉴욕지사 주재원, 지사장, 연구소장, 본
사 처장을 역임하였다.

또한 한전이 설립한 햇빛새싹발전소(주)와 희망빛발전(주)의
대표이사 및 대구청정에너지(주)의 이사도 겸직하고 있고 대
구청정에너지(주)와 한림해상풍력(주)도 설립하였으며 총 6개
의 특수목적법인(SPC)을 직접 관리하였으니 그동안 많은 우
여곡절, 산전수전 다 겪었노라고 감히 말할 수 있을 듯 하다.

그래서 그동안 살아오며 보고 듣고 느낀 바에 개인적인 생
각을 더하여 후배 직장인들에게 직장생활을 어떻게 하면 좋겠
는지, 어떤 마음가짐, 업무자세, 태도 그리고 어떤 에티켓이
필요한지 등에 대하여 직장선배로서 다소나마 도움이 되었으
면 하는 바램으로 이 책을 펴내게 되었다. 이 책의 발간을 위
하여 나름대로 최선을 다했지만 내용이 현실에 안 맞는 부분
도 있을지 모른다. 독자께서 널리 이해해 주시기 바란다.

끝으로 이 책을 접하시는 모든 분들이 이번 기회를 통해 각
자의 삶을 다시 한번 돌아보고 선배에게나 후배에게나 사랑받
고 존경받는 삶을 살아감으로써 건승하시고 우리 사회가, 직
장 분위기가 더욱 밝아지기를 소망해 본다.

2018. 4. 10
정 금 영 씀

Ⅰ. 직장생활 35년, 꿈을 찾아서

1. 공무원의 길

1958년 7월 31일은 내가 고향인 경기도 용인에서 태어난 날이다. 어렸을 적 집안형편은 먹고 사는 것은 어려움이 없었지만 내 또래 많은 아이들이 그랬던 것처럼 나도 어렵게 학교를 다녔다.

그래도 동네 친구들과는 아주 친하게 잘 지냈다. 우리집 마당이 곧 자치기라든지 땅따먹기, 비석치기, 구슬치기 등 지금의 아이들은 뭔지도 모를 온갖 놀이의 무대였고 학교 갈 때는 모두 우리집에 모여 우리가 식사가 끝나면 같이 등교를 하곤 하였다. 방과 후에는 친구들과 같이 여름에는 저수지에서 수영도 하고 감자를 캐서 우리집에서 쪄 먹기도 하며 6~7명 되는 친구들과 즐겁게 지냈던 유년시절이었다.

초등학교를 마치고 중학교 시절은 1등으로 입학하여 입학식에서 답사도 하였고 3년 내내 학년 1등을 하여 장학생이었지만 공립학교이다 보니 전액 면제가 아니고 일부는 내야 할 금액이 있었는데 당시 제때에 못 냈던 적도 많이 있었다. 교과서외에는 참고서도 살 수가 없어서 빌려서 보기도 하고 하였다. 물론 그 당시에 학교를 어렵게 다닌 사람은 나만 그런 것이 아니라 다른 친구들도 많이 있었지만 감수성이 예민할 때인만큼 내겐 무척 힘든 시간들이었다.

중학교를 마치고 큰형이 이야기를 해주어서 학비도 무료이고 가방과 교과서를 비롯 교복까지 전액 무료인 국립 철도고등학교에 지원하여 합격하였고 서울로 이사하신 형님댁에서 학교를 다녔다. 전국에서 집안형편은 어렵지만 공부를 하는 친구들만 모인 곳인데 당시 연합고사 200점 만점자 20명 중 2명이 들어올 정도로 우수한 학교였다. 3년간 다니면서 당시 고등학교에서 시행된 교련은 매년 전국 최우수학교였고 자유교양대회에서도 계속 전국 최상위권으로 우수한 성적을 거두었다. 특히 군사정권 시절의 산물이었던 교련은 호주에서인가 TV 촬영을 해 갈 정도로 제식훈련을 잘하였던 기억이 아직도 생생하다.

이렇게 철도고등학교에 입학하면서 나의 공무원의 길은 시작이 되었다.

3년간 반에서 종합성적 1등으로 졸업을 하면서 지방으로 가지 않고 다행히도 학급 졸업생 중 유일하게 용산에 있는 서울전기사무소에 발령을 받았다. 1976년 12월에 9급 공무원으로 발령을 받아서 근무를 했는데 용산을 중심으로 여러 역사 등의 전기설비 및 전화설비까지 점검 및 유지보수 하는 일을 맡아서 하였다.

그러던 중 서울대에 합격하여 철도청 장학생으로 전기공학과를 4년간 다니게 되었는데 1학년은 관악캠퍼스에서 다녔고, 2학년과 3학년 과정은 관악캠퍼스로 합쳐지지 않은 시기여서 공릉동에 있던 공대 캠퍼스에서 공부를 하다가 4학년 때 합쳐지면서 다시 관악캠퍼스로 오게 되었다.

81년도에 졸업하면서 의무복무기간이 있는 철도청에 7급 공무원으로 87년 1월까지 용산에 위치한 서울공작창과 철도기술연구소에서 근무를 하였다. 당시 전기기관차, 전동차, 화차, 객차 등 철도에서 사용되는 모든 차종에 대하여 수리를 위해서 입고된 차량에 대하여 검사를 하고 수리결과를 확인하는 검사로서 업무를 하였는데 6개월마다 순환보직을 하는 등 함께 근무했던 분들께서 나에게 많은 업무를 빨리 습득할 수 있도록 여러 모로 특혜성 도움을 주셔서 지금도 너무나 감사하게 생각한다. 학교에서 공부만 하고 왔을뿐 새롭게 하나하나 배워야 하는 입장이다 보니 생소한 업무가 힘들었던 시절이었다.

각종 철도차량 검사업무를 수행하며 교통공무원교육원에서 전기기관차과정에 전기이론에 대하여 강의도 하였는데 유익한 경험이었다. 그러던 중에 철도기술연구소로 자리를 옮겨서 연구업무를 수행하다가 군대 2년 포함 6년여를 철도청 공무원으로 근무를 하고 한전에 입사를 하게 되었다.

많은 혜택과 도움을 받은 철도청이었지만 아쉽게 한전으로 옮기게 되어서 늘 미안함이 남아 있다. 그러나 당시에는 나의 인생에 대하여 진지하게 고민을 할 수밖에 없었고 고민 끝에 내린 결정이었다.

대학교를 졸업하면서 대학원 입학시험을 동시에 치렀는데 합격이 되어 계속 공부를 하게 되었지만 의무복무 기간도 있고 학비를 댈 방법은 없어서 근무부서에 일주일에 두 번 학교 나가는 것을 양해를 받고 일과 학업을 병행할 수 있었다.

지금도 물심양면으로 적극 도와주신 그분들이 고맙고 감사하다. 장학금을 받은 철도청에 큰 기여를 하지는 못했지만 그래도 한전에 들어와 나름대로 31년간 최선을 다해 일했으니 그것으로 내 스스로 마음의 위안을 삼고 있다.

2. 기술고시

앞에서 이야기한 것처럼 철도고등학교에 입학한 순간부터 나의 길은 공무원을 향하고 있었다. 고등학교 졸업 후 9급 공무원으로 근무하다가 서울대에 합격하여 전기공학을 전공하게 되면서 의무 복무기간이 늘어남에 따라 재학중에 고시를 준비하고자 마음을 먹었다.

사실 학비는 해결이 되었지만 생활비를 비롯 책값 등 돈이 많이 필요하였는데 집은 경제적으로 여력이 별로 없었다. 하여 큰형님에게 의지하며 중고생 과외도 하고 대학생활을 어렵게 하였는데 2학년 때부터 기술고시 준비를 하였다.

1차시험을 합격하고 2차시험은 다시 한 해 동안 공부를 하였지만 아쉽게 합격을 못하였다. 사실 합격이 될거라고 생각하고 호기롭게 행정고시를 이어서 보겠노라 1차시험 대비를 하려 준비하였었는데 물거품이 되고 말았다. 그러나 고시준비를 한 것이 도움이 되어서 대학원 준비는 별도로 하지 않았지만 유형이 비슷하여 대학원 진학시험에 큰 도움이 되었다.

그때 기술고시를 합격하였다면 아마 공무원으로 지금까지 계속 일하였을 텐데 하는 생각이 든다. 내겐 이 일로 인해 가끔 로버트 프로스트의 'The road not taken'이라는 시를 떠

올리게 된다. 많은 도움을 나에게 준 곳이지만 떠났고 그곳에 최선을 다하지 못하였기에 미안함을 항상 느낀다.

사실 기술고시를 더 준비해 보고는 싶었으나 졸업후 직장에 근무하랴 대학원 공부하랴 여력이 없었다. 고등학교와 대학교 1년 후배는 기계공학 전공이지만 기술고시를 통과하여 철도청에서 본부장까지 하였으니 내 몫까지 많은 기여를 했기에 그나마 다행이다 위안을 하고 있다. 지난 일이지만 그 당시 휴학을 1년 해서라도 좀더 집중해서 고시를 한번 더 준비했으면 어땠을까 하는 생각도 해보았으나 그 당시는 그럴 형편도 못 되었고 그러다 보니 이젠 먼 과거의 일이 되고 말았다.

사실 빨리 졸업해서 취업을 해야 가계에 부모님께 보탬이 될 수 있는 것이기에 주어진 4년의 시간에 졸업을 할 수밖에 없었다. 대학원 시절 교수님께서 공부에만 전념하는 것이 어떻겠느냐고 말씀하셨지만 그러자니 직장을 그만두어야 하고 그렇게 되면 그동안 받은 혜택에 대하여 변상하여야 하니 뾰족한 방법이 없었다.

기술고시…
전기공학분야 5명을 뽑았던 것 같은데 돌아보니 나로선 마무리를 못 지었기에 아쉬움이 많이 남는다.

가고 싶다고 해서 다 갈 수 있는 것도 아니고 가지 않으려고 해도 갈 수밖에 없는 상황들이 벌어지는 것이 인생이다. 그리고 매 순간 모든 것을 얻을 수는 없기에 선택과 결정을 해야 하는 순간이 계속 온다. 이렇게 할 것인가? 저렇게 할 것인가? 어떤 때는 내가 주도적으로 결정을 해야만 하고 또 어떤 때는 주변의 흐름에 어쩔 수 없이 등 떠밀려서 가야만 한다.

그렇게 고시의 길은 나에게서 멀어져 갔고 다시 재도전하는 대신 전공분야인 전기공학과 밀접한 관계가 있는 한전을 택하게 되었다. 그렇게 한전은 내게 인생 2막이 되었고 기술고시 합격은 가지 않은 길, 가 보지 못한 길로 남았다.

3. 한전인이 되다

대학원을 졸업하고 군대 2년을 포함 6년간의 철도공무원 생활을 접고 87년 2월에 한전에 입사를 하였다. 수원에 있는 경기지역본부로 발령을 받아 업무를 시작하였으며 입사후 6개월여 될 무렵 인사처에서 요청이 와서 취업정보지인 '리쿠르트' 지에 '나는 이렇게 입사했다' 라는 내용으로 신입사원을 대표하여 입사 체험기를 기고도 하였다. 실린 내용은 다음과 같다.

대학원을 다니면서 철도 청에서 7급 공무원으로 근무를 하였는데 고시를 통과하지 않고는 5급 사무관으로 올라 가기까지 시간이 많이 걸릴듯 싶어서 망설이다가 한전에서는 **빠른** 시간 내에 초급 간부가 될 수 있을 것 같기에 이직을 택하였고 92년에 차장이 되었으니 입사후 단기간인 5년 만에 초급간부가 되었다.

요즘은 신입사원들이 나이제한 철폐로 늦게 들어오는 사람도 많지만 일찍 들어와도 초급간부인 차장이 되는 데 대부분 많은 시간들이 소요된다. 한전고시라는 초급간부 시험도 시험이지만 대부분 가정을 돌봐야 하고 업무에 치이면서 준비하기가 결코 쉽지 않기 때문이다.

나는 입사하여 경기지역본부에 배치되었고 1년 6개월여 지난 후 본사로 와서 근무를 하였다. 차장으로 승격하여 수원에서 1년 근무하고 본사로 와서 부장 승격 후에는 경북지역본부로 이동하였으며 다시 본사로 와서 근무를 하다가 밀려 내려가 경남본부, 전력연구원에서 각 1년씩 근무를 하였다.

1(을) 처장 때는 광주전남본부와 본사에서 그리고 1(갑)처장이 되어서 서광주지사장, 배전연구소장, 본사 품질경영처장 및 신사업추진처장을 맡았으니 다사다난한 인생 여정이었다.

그래도 입사 후 1년 6개월 만에 본사로 와서 업무의 영역을 넓힐 수 있었고 미국 뉴욕지사 주재원으로도 근무를 하였으며 해외기술 습득을 위한 연수 등 많은 유익한 경험을 할 수 있었다. 직원 시절부터 미국, 일본 연수를 비롯 출장도 많이 다녔으니 회사로부터 많은 은혜를 입었다.

주요 경력과 업무관련 포상, 해외연수 및 출장 기록을 정리해 보았다.

주 요 경 력

'76. 12   철도청(서울전기사무소) 근무

'81. 2   철도청(서울공작창, 철도기술연구소) 근무 / 교통공무원 교육원 강사

'87. 2   한국전력공사 입사 (경기지역본부, 배전처 배전계획부·배전기술부차장)

'96. 11   뉴욕지사 주재원

'99. 11   2002 한일월드컵조직위 파견, 설비담당관

'03. 9   경북지역본부 영주지사 배전부장

'05. 2   배전처 배전기술부장

'07. 2   전력수급처 수요기술부장

'09. 2   경남지역본부 설비관리부장

'09. 12   전력연구원 송배전연구소 책임연구원 / 2010. 11 수석연구원

'10. 12   광주전남본부 전력사업처장 (직할지사장 겸직)

'12. 2   기술기획처 기술전략실장

'12. 12   광주전남본부 서광주지사장

'13. 12   전력연구원 배전연구소장

'15. 12   한전본사 품질경영처장

'16. 8   한전본사 신사업추진처장

        햇빛새싹발전(주) 대표이사 겸직

        밀양희망빛태양광(주) 대표이사 겸직

＊ 전기학회 이사, PM협회 이사

대구청정에너지(주) 이사

전기협회 전문위원회 위원, 기술전문위원

SG 표준화포럼 운영위원, 지경부 기술혁신 평가단 평가위원

CIRED 총괄간사, 과학기술정보통신부 IITP 평가위원

인턴사원, 전기원, 고졸 및 대졸신입사원 면접위원 및 위원장

직원 입사시험 및 간부고시 출제위원 및 출제부위원장

산업부 신재생에너지 정책협의회 위원

(재) 한전 서울대 동문회장, 서울대 총동창회 이사

주 요 포 상

'88. 5   서울연수원장상 (교육우등, 제16기 지중선실무반)

'95. 12   통상산업부장관상 ('95 전력수급안정 유공)

'96. 9   제안 창안상 장려상

'00. 12   문화관광부장관상 (월드컵경기장 건설관련 유공)

'01. 8   월드컵조직위원회 위원장상 (우수직원)

'02. 11   체육포장 (10개 월드컵경기장 설비분야 건설 및 운영 유공)

'04. 12   사장상 (중소기업 연구개발과제 제안, 공로상 I 등급)

'05. 1   사장상 (제안채택, 창안상)

'05. 3   산자부장관상 (NDIS 유공)

'09. 10   국무총리표창 (1차배전전압 승압유공)

'11. 12   대통령표창 (품질경진대회 동상/광주전남본부 전력사업처장 · 직할지사장
          겸직시 단체표창)

'13. 4   대통령표창 (제48회 전기의 날)

'13. 11   대통령표창 (품질경진대회 동상/서광주지사장시 단체표창)

'13. 12   전남대학교 총장상 (독서운동 '광주가 읽고 톡하다' 최우수상 / 서광주지
          사장시 단체표창)

'16. 1   인사처 주관 제1기 독서활동 최우수동아리 선정
          (배전연구소장 재직시 / 배전연구소 우하하)

'17. 9   인사처 주관 제2기 독서활동 최우수동아리 선정
          (신사업추진처장 재직시 / 신사업추진처 책다락)

'18. 5   ISGAN (국제스마트그리드협의체) 우수상
          (신사업추진처장 재직시 / 스마트그리드확산사업)

주요 해외연수 및 출장

배전자동화 해외연수 : '89.11.16 ~ 12.24 (미국, 일본)

배전자동화시스템 운영요원 교육 : '90.10.27 ~ 11.11 (미국)

최적 배전계통계획 및 구성기법 연수 : '94.11.13 ~ 12.31 (미국, 일본)

전력중앙연구소 배전기술 세미나 참석 : '95. 9.10 ~ 9.15 (일본)

미국 뉴욕지사 근무 : '96.11. 1 ~ '98.12.31 (미국)

ConEdison 등 전력회사, EEI, Harvard 大 등 세미나 참석 및 Meeting 시행

캐나다 HVDC 운영실태 조사 : 1997 (캐나다)

Niagara Mohawk Electric Power Co. 방문 : 1997 (미국 뉴욕주)

Potomac Electric Power Co. 방문 : 1997 (미국 워싱턴)

T&D 세미나 참석 : 1997 (미국 플로리다)

해외경기장 설비 및 시설조사 : '00. 4.18 ~ 4.25 (일본, 호주)

요코하마경기장 시설운영·관리 조사 : '01. 1.2 ~ 1.4 (일본)

미얀마 500kV 기본설계 타당성 조사 : '03. 5.20 ~ 5.28 (미얀마)

중국 화북전망 정기연수단 : '05.10.10 ~ 10.15 (중국)

화북전망 배전자동화 프레젠테이션 : '06. 7.19 ~ 7.23 (중국 북경, 당산)

CICED 논문발표 및 전시회 참가 : '06. 9.17 ~ 9.20 (중국)

동경전력 정기연수단 : '06.12.11 ~ 12.15 (일본)

유럽 수요관리 조사 : '07. 3. 6 ~ 3.13 (프랑스, 독일, 덴마크)

미국 수요관리 벤치마킹 : '08. 2.23 ~ 3. 6 (미국)

남아공월드컵 전력확보 Audit 단장 : '10. 4.24 ~ 5. 2 (남아공)

일본 도요타 생산방식 (TPS) 연수 : '11. 2.16 ~ 2.18 (일본)

미국 PG&E, SDG&E 방문 및 UCSD와 MOU 체결 : '14. 8.24~8. 31 (미국)

UAE 원전 품질관리 및 공정현황 점검 : '16. 1.18 ~ 1. 22 (UAE)

최우수 독서동아리 선정에 따른 일본 인문학 기행 : '16.2.23 ~ 2.26 (일본)

Inter Solar 세미나 및 전시회 참석 : '17. 5.29 ~ 6. 4 (프랑스, 독일)

태국 EGAT ESS Feasibility Study 참석 : '17. 8. 27 ~ 9. 1 (태국)

대만 인문학 기행 (최우수 독서동아리) : '17. 9.12 ~ 9. 15 (대만)

B. GRIMM사, ESS 기술 수출 MOU 체결 : '18. 4.1 ~ 4. 3 (태국)

4. 2002 한일월드컵 현장에서

스산한 겨울바람이 횡하고 귓불을 스치던 1999년 11월 겨울에 몸을 담았던 2002 한일월드컵 조직위원회에서의 960일 간의 생활은 나에게 많은 새로운 경험을 얻게 해 주었다.

한전에 입사해서 당시 13년차였던 나는 뉴욕지사에서 근무 당시 우리나라가 IMF를 맞게 됨에 따라 정기인사때 귀국하지를 못하고 갑자기 들어오게 되어서 국내에서 자리를 잡기 어려운 상황이었는데 우여곡절 끝에 본사 소속으로 월드컵조직위에 파견을 가게 되었다.

나의 역할은 일본 월드컵조직위 및 FIFA와 공조하면서 국내 10개 월드컵경기장의 건설이 완벽하게 이루어질 수 있도록 전기, 조명, 음향, 전광판, 기계설비 등을 총괄관리하는 설비담당관이었는데 기본적으로 10개 개최도시의 공무원을 비롯한 관계자들이 진행하는 일을 살펴보고 개선방안 등 관련분야 전문가들과 협력하여 지원을 하는 것이었다.

이러한 과정을 통해 우리 나라 뿐만 아니라 아시아 역사상 월드컵대회 4강이라는 사상 초유의 엄청난 역사를 경기장 설비운영이라고 하는 긴장감과 함께 대회현장에서 직접 볼 수 있었고 태극전사들은 국민들에게 그리고 대회를 준비해 온 우리 모두에게 큰 희망과 감동을 선사하는 것으로 보답하는 투혼을 발휘해 주었다.

월드컵대회 기간 동안 경기장과 거리에서 보여준 우리 한민족의 축구에 대한 뜨거운 열정과 포르투갈, 폴란드, 이탈리아, 스페인 등 FIFA 랭킹 상위권의 유럽축구를 연속 격파하면서 월드컵을 통해 우리나라의 위상이 국제사회에서 크게 향상되어 월드컵에 참여한 보람 또한 컸다.

Win 3:1
대한민국
Again 1966
Pride of Asia
꿈은 이루어진다 등.

경기장에서 붉은 악마들이 펼친 멋진 카드섹션과 함께 월드컵 4강 위업 달성의 그 역사적 상황을 현장에서 지켜본 나로서는 그야말로 영원히 잊지 못할 추억이 될 것 같다.

이러한 감동의 순간이 있기까지 설비계획부터 운영단계까지 경기장의 전기, 조명, 음향, 기계 그리고 분단위 시간계획의 전광판 운영 등을 담당했던 나는 참여했던 모든 사람들이 마음을 졸였듯이 월드컵의 성공적 개최를 위해 긴장 속에서 시간을 보냈으나 모든 것은 성공적으로 잘 마무리되었다.

많은 사람들의 부단한 노력의 결과로서 설비분야를 비롯 모든 면에서 한 치의 문제점도 없이 월드컵 대회를 성공적으로 마칠 수 있었다는 사실에 지금도 감사한다.

　더욱더 감사한 것은 조직위 모범직원상을 비롯 장관상, 체육포장도 수상하였으니 부단히 애쓰고 노력한 것에 대한 많은 보상을 받았다는 것과 사무총장께서 한전 CEO에게 보내는 장문의 편지에서 내 칭찬을 해 주신 것이 지금도 너무 고맙고 감사하다. 이러한 경험으로 2010 남아공월드컵 Audit까지 단장으로 다녀왔으니 2002 월드컵대회는 나에게는 영원히 잊을 수 없는 감동의 스토리이다.

　준비하는 과정에서 55명의 공무원들과 함께 호주와 일본의 경기장들을 돌아보았고 또한 결승전이 열렸던 일본의 요코하마 경기장에서 연습경기를 참관하며 대회준비를 하던 기억도 생생하다. 호주방문시 일행 중 한 분이 공항에서 짐을 찾지 않고 나오는 바람에 당황했던 일, 일본에서 열차를 갈아타는데 한 분이 표를 거꾸로 내서 찾아오던 일 등 많은 추억들이 떠오른다. 그렇게 2002 월드컵은 내 가슴 속 깊이 추억으로 남아 있다.

5. 강의를 하다

철도청에서 군복무기간 포함 6년을 근무하면서 교통공무원 교육원 전기기관차 과정에 전기이론을 강의하였다. 철도현장에서 근무하시는 분들을 대상으로 강의를 하면서 철도전기에 대한 이해의 폭을 넓히고 강의 경험을 쌓는 좋은 기회가 되었다.

한전에 입사하여 차장이 되고부터는 본사에 근무하게 되어 인재개발원에 나가서 업무와 관련하여 직원들에게 강의를 할 기회가 생겼는데 정말 소중한 경험이었다. 학교 다니면서 특별한 활동을 한 일이 없었기에 타인 앞에서 발표하거나 의견 제시할 일이 별로 없었지만 2시간이나 3시간 혼자 설명하고 하다 보니 발표능력 향상에 큰 도움이 되었다.

사업소에 부장으로 근무할 때에는 사업소장의 허락을 받고 1주일에 1번 2시간 회사업무와 관련한 송배전공학을 경북전문대학에 가서 강의를 하였다. 인생 후배들에게 사회생활과 더불어 현실이 바뀌었는데도 예전 그대로 교재가 되어 있어서 여기저기 고쳐서 강의를 하였고 유익한 경험이었다.

처장이 되고난 후로는 회사생활을 하면서 보고 느낀 점 등을 토대로 직원들 교육을 시행하고자 2시간짜리 강의자료를 만들었다. 그러다 보니 가는 곳마다 연초에 소속직원들을 교육하였고 또한 타 사업소에서 요청을 하면 방문하여 교육을 시행하였다. 이러한 소식이 인재개발원에 알려지면서 내가 만든 자료가 인재개발원 소속 전 간부에게 배포되었고 배전분야 신입사원 교육에는 2시간씩 16차례 교육을 하였으니 정말 소중한 경험이었다.

그러던 중 어느 날 아침 갑자기 내가 연구소장하던 시절 그룹장을 하던 사람에게서 전화가 걸려왔다.

1(갑) 수석연구원이 되어서 옛날에 기초전력연구원이라고 하여 서울대내에 있는 이 기관이 정부 정책에 따라서 한전소속으로 소속이 변경되었고 그에 따라 그곳 대표자로 가서 근무하고 있는 사람이었다.

그런데 막상 부임해서 보니 그곳 사람들은 한전의 문화라든지 보고체계라든지 하는 것들에 대하여 익숙하지 않은 탓에 내게 2시간짜리 강의를 요청하였던 것이었다. 전에 강의했던 내용을 기억하고 연락을 주어서 고마웠고 준비된 자료를 다시 한번 정리하여 교육을 해 주었다.

업무를 하면서 지켜야 할 기본적인 예의도 많다.

예를 들면 출장을 가게 되면 보고는 어떻게 하고 다녀와서는 어떻게 할 것인지 어떻게 하여야 되는지 이런 것들에 대하여 고민을 해 봐야 한다.

상사에게 보고를 해야 하는 것인지 여부를 포함 고민하고 예의 있게 업무를 진행하여야 한다. 그리고 상사는 시시콜콜한 보고라도 보고를 자주 하러 오는 사람을 좋아하고 기억한다는 것은 거의 확실하므로 하는 업무에 대하여 무엇을 어떻게 보고할 것인가도 늘 고민을 많이 해야 한다. 보고를 안 들어오는 사람은 일을 안 하는 것으로 생각하는 상사도 있기 때문이다.

오래 전에 내가 만들었던 이 책의 모태가 된 '나의 직장생활 어떻게 할 것인가?'는 직원들 교육을 하다 보니 주변 사람들이 추천해 주어서 서울의 모 공업고등학교에 가서도 두 번을 강의를 했고 서울의 모 대학에 가서도 졸업반 학생들을 대상으로 강의를 하였다.

이렇게 강의는 나에게 직장생활 중 가장 기억에 남는 추억 중 하나가 되었다. 실무강의를 제외한 '나의 직장생활 어떻게 할 것인가?' 강의 실적은 다음과 같다.

....

강 의 일 지

○ 본 사
 - 신사업추진처 (2017.1.3), 빅데이터센터 및 SPC (2017.1.6)
 - 신사업추진처 신규 전입직원 (2017.9.10)

....

○ 광주전남본부 (2015)
 - 서광주지사, 광산지사, 영광지사, 담양지사
 - 인턴사원, 신규 전입직원

○ 전력연구원 (2016)
 - 발전기술지원센터, 송변전연구소, 배전연구소, 시설운영팀

○ 인재개발원
 - 신입배전기초반 ('14. 6.10), 신입배전기초반 ('14. 9.25)
 - 신입배전기초반 ('15. 1.23), 신입배전기초반 ('15. 4. 1)
 - 신입배전기초반 ('15. 5.15), 신입배전기초반 ('15. 9.17)
 - 신입배전기초반 ('16. 3. 3), 신입배전기초반 ('16. 4. 8)
 - 신입배전기초반 ('16. 6.16), 신입배전기초반 ('16. 9. 8)
 - 신입배전기초반 ('16. 12.2), 신입배전기초반 ('17. 3.17)
 - 신입배전기초반 ('17.11.17), 신입배전기초반 ('17.12.14)
 - 외부교육(서울대 경영자과정 등) 수료후 보직 대기자 ('18.1.3)

○ 서울시립대
 - 건축학부 ('15.10.28)

○ 자재검사처 ('16. 4. 1)

○ 수도공고
 - 1차 : '16. 4. 5
 - 2차 : '17. 4. 5

○ 기초전력연구센터 ('17. 4. 20)

○ 한전 본사 법무실 ('18. 3. 14)

○ 한전 남서울지역본부 서초지사 ('18. 6. 12)

6. 새로운 출발

철도청에서 4년을 거쳐 한전에서 31년이 흘러 어느덧 정년이 다가온다. 이제 새로운 출발, 인생 3막을 준비해야 하는 시간이 나에게도 찾아오고 있는 것이다.

직장인들에게는 위기이자 기회의 순간이 주기적으로 다가오는데 그때마다 느껴지는 것은 최선을 다해 준비하고 결과를 겸허하게 기다려야 한다는 생각이 든다.

세상만사 억지로 되지는 않는다.
지난 세월동안 애쓰고 수고하고 노력한 만큼 그에 걸맞는 성취가 있을 거라 믿고 꿋꿋이 견디고 인내하며 살아야 한다.

'인간만사 새옹지마'이고 '화 속에 복이 있고 복 속에 화가 있다'라는 도덕경의 글을 생각하며 잘 나갈 때는 그럴수록 더욱 조심해야 하고 어려울때는 희망을 잃지 말아야 한다.

인생 3막의 문앞에 서서 어떻게 문을 열어 나가야 하나 생각할 때 알 수 없는 막연한 벽도 내힘으로 할 수 없는 한계도 때론 느껴진다. 그러나 열심히 최선을 다해 살아왔기에 멋지게 인생 3막을 새로이 출발할 수 있을 거라 기대하며 사는 요즈음이다.

Ⅱ. 후회없는 삶을 위하여

1. 업무에 혼을 싣다

내가 초급간부인 차장시절 모시고 일하던 상사께서 내게 해주신 코칭인데 A4 한 페이지의 보고서를 작성해도 정성을 기울여야 하며 그 한 장의 보고서를 상사가 보면 작성자의 업무에 대한 열정, 기획능력, 성의 등 작성자의 모든 것을 판단할 수 있다는 말씀이셨다. 따라서 A4 보고서 한 장을 작성하더라도 정성을 다하여야 한다는 이야기인데 지금도 늘 마음속에 간직하고 그렇게 실천하려 노력하고 있다.

요즘도 보고서를 보노라면 보고서에 오자도 있고 1,2,3,4 등 일련번호가 맞지 않는 경우도 있고 □나 ○의 위치도 안맞는둥 여러 사례들이 눈에 띈다. 이러한 기본적인 사항들은 작성자가 완벽하게 검토를 해야 하며 상사에게 보고할 때에는 보고서의 작성방향, 내용 등은 수정을 받더라도 오탈자라든지 문서의 틀 등에 대한 지적은 받지 않도록 하여야 한다.

보통 신입사원이나 직원의 경우는 기본적인 담당업무도 있지만 소소한 일들도 상사로부터 지시를 받아 처리하게 된다. 예를 들어 내용이 많은 어떤 보고서나 서류를 검토하게 하는 경우도 있는데 이럴 경우 오탈자나 이상한 부분들은 누가 보아도 더 이상 나오지 않도록 세밀하게 철저하게 검토를 해서 보고하여야 한다.

오래 전에 직원들과 독서 동아리 활동을 하면서 멤버들이 작성한 독후감을 모두 모아 활동보고서를 만든 적이 있었다. 반기 보고서이다 보니 내용이 무척 많았는데 인턴사원들을 시켜서 교정을 보도록 하고 다 교정한 후 내가 다시 정독을 해 보니 오탈자가 또 나오는 것이었다. 그래서 나중에 인턴사원들 교육을 할 때 교정업무를 맡게 되면 내가 확인한 것은 오탈자가 더 이상 없다는 자신감을 가질 수 있을 정도로 완벽하게 해야 한다고 교육을 하였다. 보고서의 교정을 하는 것은 어렵지 않은 단순한 업무이기 때문에 완벽하게 처리하는 훈련을 해야 더 어려운 업무도 대처를 잘해 나갈 수 있기 때문이다.

　그와 더불어 업무를 처리하는 시간, 속도도 중요하다.

　앞에서 언급한 독서활동보고서의 교정은 상사가 인턴사원에게 시키는 이유를 두 가지로 나누어 생각해 볼 수 있다. 첫째로 많은 책들의 독후감을 보면서 생각의 폭을 넓힐 수 있게 되고 꿈과 목표의 중요성, 인간관계를 어떻게 해 나가야 하는지, 보고하는 방법 등 직장생활에 필요한 다양한 사례들을 간접적으로 체험할 수 있기 때문이고 둘째로는 상사가 지시사항 처리의 정확도, 처리 소요시간 등 지시 이행내용을 보면서 직원들의 일하는 모습, 열정 등을 확인해 보기 위한 측면도 있다.

　당시 아쉽게도 인턴사원들은 1주일이 지나도 아무런 이야기가 없었는데 내가 기대했던 것은 분량이 많더라도 어려운 일이 아닌 단순한 교정업무이므로 근무시간 중에 다른 일로 못했다 하더라도 집에 들고 가서 하루 정도 애쓰면 신속하게 마무리 하고 그 일에서 손을 뗄 수 있을 듯 한데 지시한 사람이 물어볼 때까지 아무런 반응이 없어서 안타까운 생각이 들었다.

업무는 정확하게 처리하는 것도 중요하고 신속한 처리도 중요하다.

하는 둥 마는 둥이 아닌 빠른 응답이 되도록 하여야 한다.

아무리 사소한 일이라도 정성을 기울이고 언제까지 처리해야 하는지 어떻게 마무리 할 것인지 고민을 하며 업무에 정성과 혼을 실어야 남과 차별화되고 상사나 주위 사람들에게 인정을 받을 수 있게 된다는 것을 늘 명심해야 한다.

율과 률도 구별해서 사용할 줄 알아야 하고 kW와 같이 안정되고 보기좋은 문자도 구별해서 사용할 줄 알아야 한다. KW 나 Kw 등 다양한 형태로 보고서를 올리는 경우를 많이 보는데 kW가 보기 좋은 문자이니만큼 생각을 많이 하고 정성껏 문서를 만들어야 한다.

혹자는 말한다.

내용이 중요하지 무슨 형식이 중요하냐고 하는데 우리 한전의 경우는 시스템이 잘 짜여져 있고 보고서 작성도 잘 이루어지는 조직이다. 따라서 조직에서 원하는 형태에 맞추어야 하

므로 늘 잘된 보고서를 살펴보고 모방도 하면서 노력을 해야
한다.

몇 년 전 광주에서 한 분을 만나 인생 성공담을 들은 적이
있다.
그분은 학교에서 영어를 가르치는 선생님이셨는데 전교조
활동을 하시다가 학교를 그만두게 되셨다.

이후 생계를 위하여 학원에 강사로 취업을 하셨고 학생이
몇 명이 안 되어서 힘드셨는데 그 이후 본인이 맡은 수업은
교재를 전부 외워서 수업을 진행하셨다고 한다.

그 결과 수강신청을 하는 학생들이 엄청 많아졌고 지금은
많은 돈을 벌어서 지역사회에 봉사와 기여도 많이 하시고 계
신다. 아마도 교육교재를 전부 외웠다고 하는 것은 그만큼 외
우기에 재능도 있었겠지만 즐겁게 그 일을 할 수 있었기에 가
능하였다고 생각한다. 다른 사람들과의 차별화를 위해 자기
일에 혼신의 힘을 다 기울인 것이라고 할 수 있다. 단 몇 줄
도 외우기 어려운데 교재 전체를 다 외운다는 것은 즐거운 마
음으로 하지 않는 이상 절대로 할 수 없는 일이다.

이와 같이 직장생활은 즐겁게 할 수 있는 것이 중요한데 그
렇게 되기 위해서는 가장 중요한 것이 내가 남보다 잘할 수
있는 것, 좋아하는 것이 되어야 한다. 그래야만 맡은 일을 성

공적으로 수행할 수 있고 좋은 결과를 얻을 수 있기 때문이다. 실은 나도 그렇게 현재의 직업을 택한 것은 아니지만 내가 좋아하는 일, 잘하는 일을 택할 수만 있다면 그 일이 무엇보다도 재미있을 것이고 그만큼 더 많은 성취를 이루기가 쉽지 않을까 생각한다. 이렇게 업무에 혼을 실어서 일을 함으로써 멋진 성과를 이룰 수 있을 것이다.

2. 꿈을 꾸고 기록하다

직장생활을 할 때 꿈과 희망 그리고 삶의 목표를 정하는 것이 중요하다. 나의 경우 35년여의 직장생활을 하면서 매년 회사에서 연초에 수첩을 주면 새해의 인생목표 5~6개를 써서 수첩의 맨 첫 페이지에 붙이고 늘 그것을 기억하며 실천하려 노력하였다. 이러한 꿈과 목표, 희망을 써서 늘 기억하고 노력해야 삶의 방향을 찾아 나갈 수 있을 거라는 생각에서였다.

또 연구소장을 맡으면서 3·3·3 운동을 전 직원들과 같이 한 바 있는데 회사를 위한 3가지, 가정을 위한 3가지, 그리고 나를 위한 목표 3가지를 연초에 정하고 연말까지 노력하는 자발적인 운동을 시행하였다.

그러나 현실적으로 이러한 활동이 큰 의미가 있고 중요한 것이 사실이지만 안타깝게도 직원들은 별로 달가워하지 않고 귀찮게 생각하는 사람들도 많다. 따라서 사업소장으로서 이런 움직임을 이끌어 나가려면 설득하고 왜 필요한지 이해를 구하는 어려운 과정을 거쳐야 반발을 줄일 수 있다. 그래서 더없이 좋은 것이라고 판단을 하더라도 받아들일 상대방은 다른 생각을 갖고 있는 경우가 있을 수 있다는 것을 염두에 두어야 한다.

특히 요즘 젊은 사람들은 개인주의 성향이 강한 면이 있으므로 이러한 활동을 강하게 하면 반발하는 사람도 꽤 있을 것이라는 것을 명심해야 한다.

'종이 위의 기적, 쓰면 이루어진다' 라고 하는 책에 보면 꿈을 실현시키는 기록의 힘을 우리에게 보여 준다. 어떤 일이 일어 날 것이라는 믿음을 표현하게 되면 결국 그것이 현실로 나타나게 된다는 것이다. 무명시절 너무나 가난했지만 유명한 영화배우가 된 짐 캐리의 사례와 한때 낮은 임금을 받는 공장의 말단 직원이었지만 최고의 만화가가 된 애덤스의 성공사례를 접할 수 있다. 그들은 자기의 꿈을 늘 생각하고 써보기를 계속한 결과 그 간절함이 소원을 이루게 해 준 사례라고 할 수 있다.

'브라이언 트레이시' 라는 분이 쓴 '목표, 그 성취의 기술'을 보면 꿈을 꾸고 종이 위에 꿈을 기록하는 것이 얼마나 중요한지 알 수 있다. 1979년에 하바드 경영대학원 학생들을 대상으로 장래 목표를 세우고 그 계획을 기록하는지 조사를 하였더니 구체적인 목표가 없다고 대답한 학생이 84%였고 목표는 있지만 기록하지 않은 학생이 13% 그리고 장래목표와 계획을 종이위에 쓴 사람은 단 3%였다고 한다.

정확하게 10년이 흐른 후 각각의 연봉을 비교해보니 목표와 계획을 종이 위에 쓴 3% 사람들의 소득이 나머지 사람들보다 10배가 더 많았다고 한다. 여기에서 주는 메시지는 우리가 목표와 계획을 종이 위에 쓰면 그것이 우리 뇌에 작용하여 현실로 구현되기 시작한다는 것이다. 따라서 목표를 기록하고 늘 휴대하고 다니며 수시로 보고 실천하는 것이 성공을 향해 나아가는데 중요함을 깨닫게 해 준다.

'고도원의 아침편지'의 저자 고도원은 '꿈 너머 꿈을 향하여'라는 이야기를 우리에게 하고 있는데 꿈을 이루는 방법과 관련해서는 꿈을 말하고 적어보고 꿈을 이루기 위해 좋은 인연을 만나라고 말한다. 김영삼 대통령도 중2 때부터 대통령이 되겠다는 꿈을 갖고 도전하여 그 꿈을 이루었다. 또한 박정희 대통령은 우리나라가 가난에서 벗어나도록 해야겠다는 꿈을 가지고 노력한 결과 우리 세대에서 잘사는 국가가 되었음을 우리는 누구나 다 잘 안다. 그만큼 꿈과 목표를 갖는 것이 그리고 그것을 기록으로 써보는 것이 얼마나 중요한가를 늘 인식하고 살아야 한다.

내가 연구소장으로 근무할 때 1주일에 1~2회 점심시간을 이용하여 탁구를 직원들과 같이 연습하곤 했는데 당시 주로 나의 파트너로 게임도 하고 연습도 했던 연구원이 있었다. 당시에는 소내에서도 가장 잘하는 수준까지는 아니었는데 목표를 갖고 레슨을 받더니 2년여가 흐른 지금은 연구원 내에서 최고의 위치에 올랐다고 하는 이야기를 듣고 꿈과 목표를 갖고 열심히 노력하는 것이 얼마나 중요한 것인가를 새삼 느꼈다.

이러한 꿈과 목표를 정하는 것의 중요함을 인식하고 실천하려 하는 사업소를 가끔 본다. 일전에 2시간 강의 요청이 있어서 모 사업장을 방문했는데 실내인 그 강의장소에 큰 나무가 있었다. 그런데 그 나무에 주렁주렁 달린 내용들을 보니 전 직원의 꿈, 즉 목표를 써놓은 것이 보였다. 자발적인 것이 아닌 사업소장의 지시에 의해 시행된 것이겠지만 각자의 발전을 위해 노력하는 모습을 볼 수 있었다.

학창시절에는 정말 하고 싶은 일이 많았지만 경제력이라든지 능력이 부족하여 또는 현실의 벽에 부딪쳐 그 하고 싶은 일을 포기할 수밖에 없는 경우도 있고 가정의 상황이라든지 주변상황에 쫓겨서 어쩔 수 없이 직업을 선택하는 경우도 많다.

많은 사람들이 공부를 하고 싶어도 가정여건이 안 되어 포기하는 사람들이 얼마나 많은가. 하지만 늦게 공부를 다시 시작하는 만학도들을 보면서 우리도 항상 현재는 어렵더라도 미래에 대한 꿈을 갖고 그 꿈을 이루기 위하여 계속 노력하여야 한다.

3. 시험과 시련에 과감하게 도전하다

직장생활을 하다 보면 보아야 할 시험도 많고 업무적으로 시련도 많이 온다. 그렇다고 누가 대신해 주지도 않으며 내가 헤쳐 나가지 않으면 안 되는 일들이다.

직원시절 수원에서 근무하다 본사로 발령을 받았고 본사 오자마자 배전자동화 시스템을 구축하라는 지시가 내게 떨어졌다. 직원시절이라 차장 서포트만 하면 되는데 직접 하도록 지시를 받아서 할 수 없이 연구원에 가서 연구를 한 사람들을 만나고 주위 사람들의 자문도 받아가며 미국 웨스팅하우스사로부터 설비를 도입하여 수원에 설치를 하였다. 이 과정에서 시스템 도입뿐만 아니라 부장님을 포함 7명의 해외출장을 추진하면서도 어려움을 많이 겪었다. 사실 지금에야 이메일을 통해 해외 접촉방법이 상당히 편해졌지만 당시만 해도 TTX를 이용하는 상황이었고 시차로 인해 한밤중에 통화를 할 수밖에 없어서 어려움이 많았다. 그러나 그런 어려운 과정을 통하여 나름대로 많은 것을 느끼고 배울 수 있었다.

차장 고참 시절 직군장인 모 처장께서 해외사업처에 파견되어 근무중이던 나를 호출하셨다. 사연인즉 미국업체에서 기자재에 대한 민원을 제기하였는데 그에 대한 답변서가 마음에 안 들었는지 나에게 이 일을 맡기시는 것이었다. 몇 개월 후에 부장승진을 해야 하는 내 입장에서는 나 자신을 어필할 수 있을지 아닐지 위기이자 기회였고 또한 그분으로부터 테스트를 받는 시험대에 오른 것이었다. 미국 뉴욕지사에 주재원으로 근무를 하였고 그동안 영문 레터를 많이 만들어 보았기에 간결하면서 핵심적인 답변을 A4 한 장으로 만들어 한번에 ok를 받아 인정을 받았는데 당시는 상당히 부담되는 상황이었지만 잘 극복을 하였다.

2010년에는 남아공 ESKOM사에 대하여 2010월드컵 준비 상황을 Audit하고 오라는 사장지시를 과제로 받아 단장으로 다녀왔는데 부담감과 스트레스가 컸지만 잘 소화를 해서 회사생활 하는 데 큰 도움이 되었다.

직장생활 하다 보면 이렇게 계속하여 부담스러운 일이 수도 없이 계속하여 생기고 잘 극복하면 그런 일들이 전화위복이 되는 듯하다.

또한 회사에 입사하여 지나다 보니 우선 영어, 일본어 시험을 보았고 초급 간부시험을 비롯 인재개발원 교육시 시험, ISO 9001 인증 심사원 자격시험을 비롯 기술사 시험, PC 활용능력 시험, 6 시그마 Green Belt 취득을 위한 시험 등 내 스스로 필요에 의하여 보거나 회사에서 필수로 지정한 시험을 보아야 하는 끝없는 시험의 연속이었다.

오죽하였으면 1(갑) 처장이 되어서도 회사내 500명 이상 사업장의 본부장을 하기 위한 역량평가 시험을 비롯 상임이사가 되기 위하여 필수시험인 산업부 주관의 역량평가 시험처럼 중요한 시험을 두 번이나 치루었다. 이러한 시험들은 하나하나가 중요한 의미를 가지고 있고 내가 더 발전하기 위하여는 꼭 필요한 시험들이다. 이러한 시험이외에도 업무적으로 어렵고 힘든 순간들이 찾아온다. 그럴 때에는 주위의 사람들로부터 조언도 구하고 스스로 열심히 노력하여 가장 합리적으로 업무를 처리하기 위한 노력을 게을리하면 안 된다.

회사 자체적으로 치루는 역량평가 시험은 사실 나는 보지 못하고 지나가 버렸는데 추가로 한번 더 시험을 볼 기회가 생겼다. 시험을 보자니 신경 쓰이고 안 보자니 지역본부장으로 갈 수 있는 가능성을 날려 버리는 것이기에 고민을 하다가 먼저 시험을 본 사람에게 어떠한 내용이 어떻게 나오는지 자문을 구하고 결국 응시하기로 작정을 하였다. 뒤에 자세히 시험 내용을 언급하였지만 평생에 처음 접하는 방식이어서 처음에는 사실 회피하고 싶었던 것이다.

이러한 각종 시험과 시련이 찾아올 때에 제일 편한 방법은 회피하면 된다. 그러나 이 경우 그때 만큼은 마음이 편하긴 하지만 더 이상 나에겐 발전이 없다.

따라서 지속적으로 나에게 다가오는 시험과 시련에 대해서는 피하지 말고 최선을 다해서 노력해 보고 되면 되는 대로 안 되면 안 되는 대로 다음 방법을 찾아야 한다. 피하면 그걸로 끝이지만 도전해 보면 되든지 안 되든지 두 경우가 나온다.

후일에 안 해 보고 후회하느니 최선을 다해 보고 안 되면 접어도 된다. 해봤으므로 미련은 없을 것이다. 직장생활은 계속하여 선택과 결정의 순간이 내게 찾아온다. 따라서 명심할 사항은 해 보고 안 되면 접더라도 안 하고 뒷날 후회할 필요는 없다는 것이다.

상임이사가 되기 위하여 요구되는 자격시험인 산업부 주관의 역량평가 시험은 지원자 중 45~50%가 떨어지는 어려운 시험이었다.

실제로 우리 회사내에서도 여러 번 떨어지고 결국 포기한 사람도 있을 정도로 사람에 따라 다르겠지만 몇 번을 쳐도 떨어지는 사람도 있었고 돈을 들여 특별 과외를 받았다는 이야기도 들렸다.

난 무난히 통과는 하였지만 모든 시험이 그렇듯 정말 괴로운 시험이었다. 회사생활 30년 이상을 해왔는데 시험을 통해서 상임이사 자격이 있느냐 없느냐를 평가하는 것 자체도 그렇고 시험이 안 되면 느껴질 창피함이나 괴로움은 대상자 누구에게나 똑같은 심정이었을 것이다.

오죽했으면 회사에서 자체적으로 시행하는 역량평가 시험일 전날 회사 후배가 시험 보는 사람들에게 차분하게 잘 보라고 청심환까지 챙겨줄 정도였으니 회사에서는 사업소장으로 중요한 역할을 수행하는 위치였지만 내 능력을 평가하는 시험 앞에서는 모두 다 긴장하고 초라해지는 모습을 볼 수 있었다.

이틀간의 사전교육을 받고 시험을 보는 날도 그렇고 시험을 볼까 말까 망설이던 때도 힘들었다.

시험결과가 안 좋으면 망신이고 통과한다고 해서 상임이사가 된다는 보장이 있는 것도 사실 아니니 망설여지는 것은 어쩔 수 없는 것 같다. 그래서 대상이 되는 1(갑) 처장들이 아마 지금 이 시간도 고민을 하고 있을지도 모른다.

시간은 지나가면 그만이다. 이 두 번의 시험을 보면서 다시 한번 깨달은 것은 기회가 오면 도전해야 한다는 것이다. 되면 되는 것이고 안 되면 내가 부족한 것이니 할 수 없는 일이기 때문이다. 오로지 그 판단을 내가 할 수밖에 없다는 것이 때론 나 자신을 참 힘들게 한다. 그러나 시험에 떨어졌다고 해서 포기하지 않고 계속해서 도전하는 사람들을 보면서 한번에 되면 더없이 좋겠지만 목표가 있고 뜻이 있다면 더욱 노력해서 통과를 할 수 있도록 하는 것이 중요하다.

No pain No gain.
고민과 고통 없이 삶 속에서 얻을 수 있는 것은 없다.

앞에서도 잠깐 언급했지만 역량평가 시험은 통과하면 다행이나 떨어지면 다시 도전하기가 쉽지 않다. 다시 도전하는 것은 그 비용이 개인부담이고 또 시험내용이 공부하고 준비해서 된다는 보장도 없다.

4개 파트로 나눠져 치뤄지는 이 시험은 A4 15~20페이지 분량의 지문을 주고 짧은 시간 내에 그 내용을 파악해야 하며 바로 이어서 심사자와 질의응답을 해야 하므로 우선은 수험자로 하여금 많은 분량의 지문에 질리게 하고 이어지는 압박면접에도 당황하게 만든다.

결국 한번 떨어지면 계속해서 준비하고 다시 시험에 응해도 다시 된다는 보장이 없다. 오죽하면 이것은 능력이 아니라 행동패턴을 보는 것이라고 강사는 설명을 했지만 내가 보기엔 행동패턴은 아주 기본적인 것이고 많은 내용을 짧은 시간 내에 파악하고 질의응답에 대처할 수 있는 능력이 필요하다.

심사관은 대학교수 등으로 구성되며 앞에서 이야기한 것처럼 본 평가는 평가 받는 태도, 시선처리, 자세 등도 중요하다. 또한 그에 못지않게 짧은 시간 내에 내용파악이 되어야 하고 압박성 질의응답을 받아야 하므로 수험자 입장에선 상당히 부담이 되는 시험이다. 앞으로 이 시험을 확대하겠다는 이야기도 계속 나오고 있으니 참고로 시험내용의 개요를 소개하면 다음과 같다.

1. PT (Presentation)
   ○ 자료검토 30분, 발표 5분, 질의응답 15분
   ○ A4 15~18 페이지의 자료를 수험자가 30분간 검토
   ○ 심사관 들어오면 5분간 자료내용 발표
   ○ 발표후 질의응답 15분

2. 인바스켓
   ○ 자료검토 40분, 질의응답 20분
   ○ 3문제, 지문은 각 문제당 A4 7~8 페이지
   ○ 제공된 답지에 답변내용을 기록해야 함
   ○ 내가 메모한 내용은 심사관이 가져가서 copy하여 가져 옴
   ○ 내가 쓴 내용을 보면서 심사관이 질의응답을 20분간 시행

3. Role Play
   ○ 30분간 자료검토, 20분 질의응답
   ○ 지문은 A4 15~18페이지 정도
   ○ 내용을 읽고 전체내용을 파악해야 함
   ○ 필요한 사항은 자료에 메모
   ○ 30분 지나면 심사관 들어와서 20분간 질의응답 시행 (Role Play)

4. 집단토론
   ○ 40분간 자료 검토후 수험자 3명이 30분간 토론
   ○ 금년도 예산안에 대하여 3명의 본부장(수험자)이 합의하면 10% 삭감
     합의 못하면 15% 삭감하겠다는 등의 내용
   ○ 심사관 3명은 토론진행이 잘되지 않을 경우를 제외하면 참관만 함
   ○ 앞의 3파트를 평가한 3명의 심사위원이 각각 1명을 맡아 관찰 및 평가
   ○ 수험자가 받은 자료 내용은 각각 장단점이 있어서 장점은 강조하고 상대방의
     단점은 공격하여 예산축소를 유도

4. 원칙을 지키다

직장생활을 하다 보면 다양한 어려운 상황을 맞게 된다.

이렇게 해야 되는데 그렇게 안 되어 있으면 시정조치를 해야 하는 경우도 있고 상사의 요구가 나의 판단과 달라 이러지도 저러지도 못하는 경우도 있다. 이런 경우는 원칙이 무엇인지 곰곰히 생각해 보고 일을 처리해야 한다.

신입사원 시절 나는 지중설계 및 공사감독 업무를 수행하였는데 주말에도 공사가 진행되는지라 휴일도 반납하고 공사현장을 나가 보니 맨홀에 철근 수량이 안 맞는 것이었다. 결국 도면을 현장에서 제시하고 철근을 한 줄 더 넣도록 하였고 또한 예로 지중관로 매설 후 그 위에 케이블 표지시트를 겹치도록 깔아야 하는데 일자로 깔고 있는 것을 발견하고 시정 조치 하였다. 땅속에 묻히면 파 보기 전에는 확인할 수가 없으므로 매 공정마다 입회하여 원칙 및 기준에 따라 작업이 이루어지도록 하여야 한다.

요즘 한전은 갑의 위치이지만 업체들로부터 평가를 받아야 하는 입장에 있다 보니까 공사감독들이 소신껏 업체관리를 하기가 굉장히 힘들어졌다. 원칙을 준수하자니 평가 때 보자는 이야기도 하고 하여 적당한 타협이 이루어질 수도 있는 복잡한 상황이 되어버린 것이다.

35년여 직장생활을 하다 보니 상사로부터 다양한 지시도 많이 받았고 때로는 지시 받은 대로 했다간 나중에 문제가 될 수밖에 없는 상황도 있었다.

누구나 이런 상황을 겪게 된다. 이럴 때에는 세부적으로 검토한 내용을 잘 설명하고 내 의견대로 반영이 되도록 하여야 하며 그래도 안 될 경우에는 현재 자리를 내놓든지 아니면 지시사항을 수용하여 문제가 최소화 되도록 하든지 둘 중에 하나를 나 자신이 택할 수밖에 없다. 임진왜란 때 13척의 배로 300여 척의 왜선을 물리친 이순신장군의 다음과 같은 말씀은 우리가 평생을 기억하며 살아가야 할 내용임에 틀림없다.

집안이 나쁘다고 탓하지 말라
나는 몰락한 역적의 가문에서 태어나 가난하여 외갓집에서 자랐다.
머리가 나쁘다고 말하지 말라
나는 첫 시험에 낙방하고 32세의 늦은 나이에 과거에 겨우 합격하였다.
높은 직위가 아니라고 불평하지 말라
나는 14년 동안 변방 오지의 말단장교였다.
윗사람의 지시라 어쩔 수 없다고 말하지 말라
나는 불우한 상관들과의 불화로 몇 차례 파면의 불이익을 받았다.
몸이 약하다고 고민하지 마라
나는 평생동안 고질적인 위장병과 전염병으로 고통 받았다.

기회가 주어지지 않는다고 불평하지 말라
나는 적군의 침입으로 나라가 위태로워진 후 47세에 제독이
되었다.

조직의 지원이 없다고 실망하지 마라
나는 스스로 논밭을 갈아 군자금을 만들었고 23번 싸워 23번
이겼다.

윗사람이 알아주지 않는다고 불만 갖지 말라
나는 끊임 없는 임금의 오해와 의심으로 모든 공을 뺏긴 채
옥살이를 해야 했다.

자본이 없다고 절망하지 말라
나는 빈 손으로 돌아온 전쟁터에서 12척의 낡은 배로 133척
의 적을 막았다.

옳지 못한 방법으로 가족을 사랑한다 말하지 말라
나는 스무 살의 아들을 적의 칼날에 잃었고 또 다른 아들들과
함께 전쟁터로 나섰다.

죽음이 두렵다고 말하지 말라
나는 적들이 물러가는 마지막 전투에서 스스로 죽음을 택했다.

(인터넷, 제임스 SNS 마케팅, 2015.7.14)

사실 현실에서 이순신장군처럼 처신하기는 힘든 일이지만
마음속에 깊이 새겨야 할 말씀이다. 직장생활을 하다 보면 원
칙을 고수하는 일은 마음만큼 쉽지 않다. 그러나 잘못된 것은
기필코 바로잡겠다는 자세로 업무를 바르게 처리하여야 후일
에 문제가 발생하지 않는다.

5. 현재에 충실하다

인생을 후회 없이 살려면 매일매일 나에게 주어지는 삶에 충실하여야 한다. 오늘날과 같이 모든 주변상황이 불안하고 언제 누구에게 재난이 닥칠지 모르는 현실에서 내일이 마지막인 것처럼 오늘 현재 지금 이 시간을 최선을 다하여 사는 것이야말로 한번뿐인 인생을 후회 없이 사는 길이다.

어차피 한번 사는 인생이고 짧은 인생이다.
사람들을 배려하고 칭찬하고 도와주며 하루하루 감사하게 살아가는 삶이야말로 가장 아름다운 모습이 될 것이다.

세상에는 황금, 소금, 지금의 3개의 금이 있다고 한다.
이중에서 가장 중요한 것은 황금도 아니요 소금도 아니고 지금이라는 사실을 우리는 항상 기억해야 한다.
죽은 뒤의 황금과 소금은 아무런 의미가 없으며 오직 지금이 순간만이 우리에게 가장 큰 의미가 있는 것이므로 지금 현재에 충실하게 사는 것이 가장 멋진 삶의 모습이다.

직장생활에서 지금 이 순간 어려운 일, 힘든 일이 계속 생긴다 해도 최선을 다해 대처해 나가는 것이 중요하다. 각종 업무들은 내가 열심히 뛰지 않는 한 해결되지 않는다. 다른 사람에게 자문도 구하고 골똘히 생각함을 통하여 문제를 해결

해 나갈 수 있다. 지금 이 순간에 충실한 것이야말로 후회 없
는 삶을 살아가는 데 가장 중요한 요소이다.

현재 상황이 좋든 나쁘든 어렵든 쉽든 적극적으로 대처해
나가야 한다.
누가 대신해 주지는 않으나 열심히 하다 보면 주변에서 도
와주는 사람이 나온다. 즉 열심히 하고자 하는 사람에게는 길
이 열린다는 것이다.
두려워하지 말고 열심히 현재에 맞서자. 그러면 대부분의
문제는 해결할 수 있다.

후회없는 삶을 위하여

언젠가는 보지 못할 때가 옵니다
할 수만 있으면 많이 보십시오

언젠가는 말 못할 때가 옵니다
따스한 말 많이 하세요

언젠가는 듣지 못할 때가 옵니다
값진 사연 값진 지식 많이 보시고 많이 들으세요

언젠가는 웃지 못할 때가 옵니다
웃고 또 웃고 활짝 웃으세요

언젠가는 움직이지 못할 때가 옵니다
가고 싶은 곳 어디든 가세요

언젠가는 사람이 그리울 때가 옵니다
좋은 사람 많이 사귀고 만나세요

언젠가는 감격하지 못할 때가 옵니다
마음을 숨기지 말고 표현하고 사세요

언젠가는 우리는 세상의 끝자락에 서게 될 것입니다
사는 동안 최선을 다해 후회 없는 삶을 사셨으면 좋겠습니다

(출처 : 인터넷, 향기좋은글)

6. 부드러운 리더쉽을 추구하다

나는 천성적으로 독하지를 못해서 부하 직원들에게 화가 나도 심하게 이야기를 하지 못하는 스타일이다. 그런데 주위에 보면 엄청난 카리스마로 부하 직원들을 다루는 사람들도 많이 있다.

가끔 이야기를 들어보면 그런 사람들은 부하직원을 심하게 다루어도 본인이 잘나가면 그동안 잘 보았던 사람들은 끝까지 챙겨주는 장점이 있다고들 말을 하는 사람이 있다. 끈끈함, 그것은 참 멋진 것일 수도 있다. 그러나 문제는 그런 사람과 잘 적응하지 못하는 사람도 있게 마련인데 그런 사람들은 참 조직생활이 힘들고 무척 괴로울 것이다.

실례로 내가 근무했던 한 부서에서는 A라는 차장이 모 부장과 근무를 했는데 그 부장이 상당히 어렵고 까다로운 사람이었다. 그래서 같이 일하기가 힘들어 옆 부서로 이동을 했는데 얼마 뒤 그 부장이 같은 부서로 오는 바람에 다시 다른 곳으로 이동을 한 일이 있었다. 대부분의 인간관계의 경우는 노력해서 서로 맞추어 나가며 살아가지만 너무 안 맞으면 어쩔 도리가 없는 경우도 있는 것 같다. 아마도 이 사례에서 당사자의 경우는 하루하루가 무척 심적으로 견디기 힘들었을 것이다.

그래서 그런지 요즘 경영도서들을 보면 김종훈 회장이 쓴 '우리는 천국으로 출근한다'라는 책에서 보는 바와 같이 모든 직원들이 출근하고 싶어 안달나는 회사를 만들어야 한다라는 흐름도 얼마 전부터 생겨나고 있는 듯하다. 우리 한전도 2013년도 조○○ 사장님이 부임하시고 나서부터 매주 수요일은 일찍 퇴근하는 가정의 날도 시행하고 즐겁게 일할 수 있도록 분위기를 만들어 주신 바 있다.

우리 회사의 이야기는 아니지만 옆에서 지켜본 사례를 보면 리더가 강한 카리스마를 발휘하고 독단적으로 조직을 이끌다 결국 노조측과 마찰을 빚는 사례도 보았는데 결국 나의 경험과 느낌을 통해서 볼 때 부하 직원들은 자녀같이 동생같이 따스함으로 인격적으로 대하는 것이 중요하다고 생각한다.

그래야만 Great Work Place니 Happy Work Place와 같은 출근하고 싶어 안달나는 회사를 조직을 만들 수 있을 것이기 때문이다. 리더라면 우리가 흔히 이야기하듯 '개구리 올챙이 적 생각하라'는 말처럼 미숙할 때를 생각하고 후배직원들을 칭찬하고 격려하는 것이 중요하다.

　홍시여, 이 사실을 잊지 말게
　너도 젊었을 때는
　무척 떫었다는 걸

〈나츠메 소세키〉

그러나 역설적으로 인간성이 끔찍했지만 인류에 큰 기여를 한 사람도 많다. 제왕적이었던 지휘자 '카라얀'은 그만큼 완벽한 연주를 찾아보기 힘들다는 극찬까지 받는데 한편으로는 전용 비행기를 타고 다니면서 인터뷰를 하거나 사진을 찍을 때도 돈을 요구했다고 한다. 여성단원의 입단도 거부를 하는 등 오만한 성격이었다고 하는데 지휘 실력만큼 따뜻한 마음이 있었으면 얼마나 좋았을까 싶다.

그럼에도 불구하고 카라얀은 음악에 대한 완벽주의 만큼은 인정할 수밖에 없었다고 한다. 이왕이면 다홍치마라고 따뜻하고 예의 바르며 인간성이 좀더 좋았다면 얼마나 더 멋졌을까 생각을 해본다.

고려말에 유명한 장수로 최영과 이성계가 있다.
최영장군은 청렴하고 강직했을 뿐만 아니라 엄했는데 이에 비해 이성계 장군은 본인에게는 엄했지만 부하들에게는 따뜻한 사람이었다.

오죽했으면 최영 장군이 거느린 부하들이 이성계 장군 밑에서 있고 싶어 했을 정도였다 하니 실력도 중요하지만 그에 못지않게 따뜻한 리더쉽이 얼마나 중요한가를 알 수 있다. 둘다 훌륭한 장수였지만 따뜻한 리더쉽으로 부하들의 마음을 사로잡은 이성계가 결국 시대의 주역이 되었으니 리더쉽에 대하여 교훈이 되는 사례가 아닌가 싶다.
초한지에 나오는 항우와 유방의 사례를 살펴보아도 역발산

기개세의 항우가 유방에게 패하는 역사를 알 수 있다. 항우는 용맹하고 꾀도 갖춘 장수였으나 관대하고 따뜻한 척만 했을 뿐 부하들 포상에 지나치게 인색했으며 자신을 과시하는 것을 좋아했다고 한다.

이에 비해 유방은 평범한 사람으로 남의 의견을 잘 받아들이는 리더쉽을 보여준다. 결국 한신과 같은 훌륭한 인재를 얻어 항우를 이길 수 있었던 것은 리더쉽의 차이가 아니었을까.

얼마 전 대형병원 간호사가 구정 명절에 자살을 하였다.
간호업계에 존재하는 '태움'이라고 하는 선배 간호사의 갈굼이 원인인 것으로 거론되고 있는데 참 안타까운 일이다. 선배가 후배를 자상하게 가르치고 이끌어 주어야 하는데 어째서 군대식의 이런 갈굼문화가 존재하고 계속 이슈화 되는지 이해하기가 어렵다. 병원은 왜 이런 일을 방치하고 있고 관련 정부기관이나 협회 등에서는 이렇게 사람들이 죽어가는 데도 왜 시정을 못하는지 그 분야에 문외한이지만 안타깝기 그지없다. 지금까지의 관행이 중요한 것이 아니라 그럼에도 불구하고 따뜻한 리더쉽을 발휘하는 리더의 모습이 아쉽다.

채근담에도 따뜻한 사람이 되라고 하는 다음과 같은 글이 나온다.

천지의 기운이 따뜻하면
만물을 자라게 하고

차가우면 죽게 한다.

그러므로 성질이 차가운 사람은
복받음 또한 박한 법이다.

오직 마음이 온화하고 따뜻한 사람이라야
그 복 또한 두텁고
은택 또한 오래 간다.

직장생활 35년을 돌아보자니 정말 많은 사람들을 만났다.
철도청에서도 그리고 한전에 들어와서도 전국 사업소에서
근무하고 있는 수많은 사람들과 업무적으로 연결되어 일했고
2002 월드컵조직위원회에서 근무하면서 10개 개최도시 공무
원과도 함께 일했다.

그사이 모셨던 많은 분들이 퇴직을 하셨고 워낙 전국에 걸
쳐서 아는 사람들이 많긴 한데 같이 일하던 때를 지나면 얼굴
한번 보기 쉽지가 않고 새로이 맡은 업무와 관련한 사람들만
그나마 접촉하게 된다. 만나면 헤어지고 헤어지면 못 보는 경
우가 수두룩하다.

모두가 잠깐 동안의 인연인데 헤어져서 다시 만나도 불편함
이 없는 그런 사람이 될 수 있도록 상대방을 업무적으로 인간
적으로 너무 괴롭히거나 힘들게 하지 않는 것이 좋다.

인터넷에서 본 내용 가운데 남을 힘들게 하고 괴롭히면 처참한 결과를 야기한다는 다음과 같은 내용이 떠오른다.

　중국에서 버스기사 강간사건 실화를 각색한 중국 단편영화가 있다.
　중국의 시골은 우리가 가끔 TV에서 보듯 아슬아슬한 절벽도 많고 그러한 절벽을 버스 등 차량이 다니는 모습을 볼 수 있다. 여성 기사가 버스를 운행했는데 건장한 남자 3명이 차를 세우고 여자를 강간하였다고 한다. 여러 명의 승객들이 있었지만 모두 무서워서 못 본 척 하였는데 한 승객이 극구 말리다가 엄청 맞았다. 일을 치른 후 이상하게도 여성 기사는 말리던 사람을 욕을 하며 버스를 타지 못하게 하는 것이었다. 그리곤 다시 버스를 운전하며 절벽길을 따라 내려갔다.
　기껏 말리다가 엄청 얻어 맞기까지 했는데 여성기사에게 칭찬은 커녕 욕만 먹고 버스도 못 타게 하여 터덜터덜 절벽 길을 걸어 내려오던 그 남자는 절벽 밑에 버스가 추락한 것을 보게 된다. 나중에 알고 보니 강간을 당한 여성 기사가 3명의 범인과 이를 방조한 나머지 승객들을 태운 채 절벽으로 떨어져 모두 죽은 것이었다.

　직장생활에서도 남을 괴롭히지 말고 항상 따뜻한 마음으로 주변 분위기를 좋게 만들 수 있도록 노력해야 한다.
　일전에 부장시절 같이 근무한 사람이 있었다.
　술 한잔 같이 하고 이런저런 이야기를 나누던 중 본사에서 차장으로 근무하던 때 힘들었던 이야기를 내게 들려주었는데 보고서를 만들어서 상사에게 가져 갔더니 혼을 내더란다.

사실 그 업무를 상사가 전에 하던 거였기에 많이 알고 있었는데 잘못된 부분이 있었다는 것이다. 그런데 그렇게 혼내는 것으로 끝낸 것이 아니라 소속의 모든 부장을 다 불러서 망신을 주더라는 것이었다. 일이 좀 잘못되었다 하더라도 인격모독 등 사람을 망신을 주면 안 된다. 그런 어려운 일을 겪은 사람은 평생 그 일을 잊지를 못한다. 따라서 직장에서의 업무는 상사는 후배를 따뜻하게 코칭하고 후배는 상사를 존중하며 열심히 배우는 그런 모습을 만들어 나가도록 선후배가 함께 노력해 나가야 한다.

우리가 들어서 알고 있는 미국 독립전쟁 당시의 사례를 살펴보자.

한 신사가 말을 타고 가다 보니 병사들이 나무를 운반하는 것을 목격하게 된다. 나무가 무척 무거웠는지 상사 한 명이 구령을 붙이면서 운반하려 하였지만 워낙 무거워서 잘 움직이지 않았다. 신사는 지휘를 하고 있는 사람에게 '왜 같이 하지 않느냐'라고 물으니 '저는 상사인데요'라는 답이 돌아온다.

신사는 말에서 내려 병사들 틈에 끼여 나무를 함께 나른다. 일이 끝난 후 신사는 말에 올라타며 '다음에 또 나무를 운반할 일이 있으면 총사령관을 부르게'라고 상사에게 말한다.

상사와 병사들은 그제야 그 신사가 총사령관 '조지 워싱턴'

임을 알고 깜짝 놀랐다고 한다.

리더는 앉아서 지시나 하는 모습을 보여서는 안 되고 몸으로 실천하는 모습을 보여야 다른 사람들이 믿고 따른다. 또한 요즘 TV에 방영되는 '정글의 법칙'을 보면 김병만 족장이 부족원들의 생존을 위해 직접 차가운 물속에서 고기를 잡고 잠자리를 준비하는데도 앞장서서 일을 하는 모습을 볼 수 있다. 이런 솔선수범이야말로 바람직한 리더쉽이라고 할 수 있다.

조직에서의 리더쉽, 솔선수범을 거창하게 생각할 필요는 없다. 내게 주어진 일을 다른 사람에게 미루지 않고 업무적으로 발생하는 문제들을 적극적으로 해결하려는 노력에서부터 출발하면 된다.

요즘 한국인 최초의 NHL 선수이었고 한국 아이스하키 대표팀 감독으로 2018 평창동계올림픽에 참가했던 백지선 감독의 리더쉽이 새롭게 조명을 받고 있다.

불모지대인 한국의 아이스하키를 세계무대로 끌어올린 그의 리더쉽은 우선 끊임 없는 노력과 열정, 긍정마인드를 꼽을 수 있다. 또한 귀화한 선수가 메기 역할을 하게 하여 시너지효과를 발휘하게 하였으며 한국인이라는 자긍심을 늘 갖도록 하였다. 아울러서 실력도 중요하지만 노력하고 협동하는 인성을 갖춘 사람을 중요하게 생각했으며 격의 없이 대화하고 훈련하는 모습을 통해 훌륭한 지도자임을 보여 주었고 그러한 리더쉽을 바탕으로 우리나라의 아이스하키 수준을 세계수준으로 올려 놓았으니 참 대단하다는 생각이 든다.

U-23 아시안컵에서 베트남을 동남아시아 최초로 결승에 진출시키며 베트남 축구 역사에 한 획을 그은 박항서 감독의 리더쉽 또한 요즘 재조명되고 있다. 'One Team'을 강조하면서 스스로 권위를 깼으며 선수들이 고칠 부분이 있을 때도 전체 앞에서 망신을 주지 않았고 실수를 최대한 긍정적으로 지적하는등 배려심 깊은 리더쉽을 보여 주었기에 베트남 국민들의 영웅이 된 것이다. 관행적으로 코치진이 가져가던 격려금도 공개하고 선수들과 나누어 가지는 등 솔선수범과 동시에 따뜻한 리더쉽을 통해 성취한 그의 업적을 우리는 높게 평가해야 한다.

리더라면 박항서 감독처럼 업무적으로 코칭은 하더라도 무시하는 것이 아닌 따뜻한 마음으로 하여야 한다.

Ⅲ. 성공하는 삶을 위하여

1. 자기계발을 열심히 하다

현대사회는 치열한 경쟁의 시대이다. 그렇기 때문에 학창시절부터 학교공부에 학원공부에 전력을 다한다. 직장에 들어와서도 옆사람을 포함 동료들 및 선후배들과 계속 경쟁이기 때문에 끊임없이 공부하고 노력해야만 하는 시대이다.

물 위에 떠있는 오리를 설명한 것처럼 가만히 조용히 있는 것 같아도 물 위에 떠 있기 위해서는 수면 밑의 발은 안 보이지만 끊임없이 움직여야 한다. 직장생활에서도 늘 평온한 것처럼 보이지만 경쟁에서 살아 남기 위해서 각각의 개인들은 안보는 사이에 치열한 노력을 한다.

내 경우도 그런 경험을 많이 했는데 어느 날 갑자기 승진하겠다고 소개서를 들이미는 승격대상자들을 보면 박사학위, 기술사 자격증 취득을 비롯 TOEIC 및 JPT, HSK 성적 등 치열한 노력의 흔적들을 보게 된다. 부단한 노력을 통해 내가 남과 다른 차별화된 모습을 보여주어야 하기 때문에 각 개인들이 그러한 때를 대비하여 치열하게 준비하고 결과물을 챙기는 것을 이 때가 되면 알 수 있다.

나도 30세라는 늦은 나이로 입사한 후에 미래를 걱정하면서 치열하게 준비를 해 왔다. 영어와 일본어는 계속해서 공부를 했고 중국어반도 직원들과 같이 만들어 외부 강사를 초청해서 8개월여 정도 공부를 했다. 원어민처럼 말하는 것은 어렵더라도 최소 기본적인 대화는 할 수 있도록 꾸준히 준비를 하는 것이 중요하다. 차장시절 기술사도 하나 취득을 했고 박사과정을 해보라는 권유도 받았지만 시간도 안 되고 공부도 어렵고 해서 접었다. 경제적으로도 쉽지 않고 해서 결국 박사학위는 포기를 하였다.

요즘에 와서 보니 치열하게 노력하여 박사학위를 받은 사람들도 많이 눈에 띄고 박사과정을 다니는 사람들도 주위에 많이 보인다. 주말에만 학교를 가는 과정으로 해서 박사학위를 취득하기 위하여 노력하는 사람들이 주변에 많다는 것이다.

이런 모습들을 보면서 갈수록 치열해져 가는 경쟁시대의 모습을 늘 피부로 느낀다. 우리 시대보다도 앞으로의 직장생활은 점점 경쟁이 치열해져 갈 것이고 그만큼 공부 등 자기계발을 해야 할 일들이 더욱 많아질 것이다. 끊임없이 노력하여 이러한 환경에서도 승승장구할 수 있도록 자기계발을 평소에 철저히 해야 한다.

따라서 신입사원을 대상으로 '직장생활 어떻게 할 것인가?' 강의를 할 때에는 다음과 같은 사항들을 강조해서 이야기해주고 있다.

우선 먼저 기술직이든 사무직이든 관련 자격증을 열심히 취득하라고 권한다. 기술직이라면 기사를 비롯 최소한 기술사 한 개정도는 취득을 차장시절에 하도록 하고 PC자격이라든지 남과 좀더 차별화할 수 있도록 스펙을 갖추는 것이 중요하다. 사무직이라면 세무사와 같은 관련 자격증을 취득하여 인사기록부에 올려 놓으면 승진심사를 할 때에 유리하게 작용할 수 있으므로 꾸준히 노력을 해야 한다. 승진심사를 들어가 보니 사무직의 경우 대상자 전부를 알 수도 없고 하여 이러한 자기계발의 모습이 보이는 사람들은 더 호의적으로 평가를 할 수밖에 없었다.

두 번째로는 학위취득에 관심을 가져야 한다.

우리 세대만 해도 입사 당시 석사학위만 있으면 연구직이 아닌 이상 최고학력 수준이었는데 요즘은 회사에 입사 후 근무하면서 석사나 박사학위를 취득하는 사람들이 많다. 따라서 학위취득을 위해 노력해야 하는데 공부도 해야 하고 경제력도 뒷받침되어야 하므로 어렵다면 꼭 기술사 자격 하나만이라도 취득하도록 직원들에게 당부하고 있다.

또 한 가지를 들면 어학인데 이제 얼마 안 있으면 편리하게 통역기를 이용해 대화가 가능한 시대가 오겠지만 그래도 일상생활에서 불편함이 없을 정도의 영어, 일본어, 중국어 등의 끊임 없는 어학공부가 필요하다. 이제 전 세계가 점점 더 글로벌화 되어가기 때문에 해외에 나갈 기회가 그만큼 더 많아지므로 이에 대한 대비도 평소에 꾸준히 준비하는 것이 좋다.

내가 직원시절 해외에 나가기 위해서는 영어와 일본어가 각각 LATT 시험이 있었는데 100점 만점에 60점이 넘어야 하였다. 60점이 넘는 사람은 당시 사보에 이름을 올렸으니 영어가 20여명 일본어가 10여명 정도였던 걸로 기억난다.

LATT시험을 통해 자격을 갖추었더니 영어는 TOEIC으로 일본어는 JPT로 시험방법이 바뀌면서 계속 어학공부를 하여야만 하였다. 하긴 Native Speaker 수준으로 똑 부러지게 어학실력을 갖추었으면 더 이상 성적을 올리기 위하여 애쓸 필요가 없겠지만 그렇지 못한 경우는 평생을 계속 해야만 하는 것이 어학을 비롯 자기계발이다.

기술자격은 기술직이라면 기술사를 하나 정도 갖고 있어야 그래도 전문가라는 인상을 다른 사람에게 줄 수 있고 전문 기술인으로 인정을 받을 수 있는 방법 중 하나이므로 가능하면 차장시절에 하나를 취득하면 좋다. 직장생활은 경쟁의 연속이므로 평생을 자기계발을 위해 노력해야 한다.

2. 나 자신을 낮추고 겸손하다

현대사회는 '경청'과 '배려' 및 '소통'이 화두인 시대이다.

따라서 이러한 흐름에 맞춰 살려면 자신을 좀더 낮추고 겸손해야만 가능하다.

우선 조신영, 박현찬 저 '경청'은 책으로도 나왔지만 주인공 이과장이 중한 병에 걸려서 귀도 먹게 되고 하여 고집이 센 바이올린 제작의 장인들과 함께 하면서 어쩔 수 없이 귀가 안들리므로 상대방의 이야기를 경청을 하게 되는 내용으로 전개가 되는데 그를 통해 소통이 이뤄졌다는 이야기를 들려준다. 즉 경청을 해야 소통이 된다는 것이다.

또한 요즘 경영도서 중에는 자신을 낮추고 겸손해야 한다는 책들이 많이 나오고 있다. 우선 짱쩐슈라는 분이 쓴 '나를 낮추면 성공한다'라는 책도 나와 있고 최근엔 스샤오옌 저 '내 편이 아니라도 적을 만들지 마라'라는 책에서도 이런 겸손의 중요성을 소개해 준다.

즉 타인을 배려하는 것이 곧 나를 위하는 것이며, 내가 먼저 남을 존중해야 남도 나를 존중한다는 것을 깨닫고 또한 성공적인 삶을 위하여 거만한 태도를 버려야 하며 겸손한 사람이 성공하고 거만한 사람은 실패한다는 것을 우리는 늘 명심해야 한다. 요즘과 같이 험난한 세상 속에서 성공하려면 항상 자신을 낮추고 겸손한 자세를 유지하도록 해야 나에게 도움이 된다는 사실을 마음속 깊이 인식해야 할 것이다.

사실 요즘은 나 자신을 스스로 기회가 있을 때마다 알리고 어필해야 한다는 말도 많이들 한다. '튀어야 산다'라는 말을 하시는 분도 있다. 좋은 방향으로 바람직한 방향으로 튀는 것은 나쁠 것이 없다. 늘 겸손한 마음가짐으로 그러나 나의 장점은 언제든 기회가 생기면 확실하게 보여 주고 어필하려 노력해야 한다. 내가 부장시절 모시고 있던 처장께서 춘계 체육행사가 끝나고 헤어지기 전 행사 마무리를 할 때 직원들이 재미있으라고 당시 개그콘서트에서 굉장히 히트했던 마빡이 춤을 추었는데 직원들과 같이 하시는 것이었다.

사실 보기에 좀 많이 민망했는데 정작 본인께서는 항상 '튀어야 산다'라는 말을 해 주신 기억이 난다. 즉 적극적이고 무언가 열심히 한다는 것을 남에게 보여 주어야 한다는 것인데 이왕이면 좀더 멋진 내용으로 튈 수 있다면 좋지 않을까 생각을 했다.

도덕경에 다음과 같은 글이 나온다.

我有三寶 持而保之 一曰慈 二曰儉 三曰不敢爲天下先

뜻을 살펴보면 다음과 같다.

나에게는 세 가지의 보배가 있다.
나는 이것을 붙들고 소중하게 지킨다.

첫째로는 인자한 것이요
둘째로는 검소한 것이며
셋째로 감히 앞서려 하지 않는 겸허함이다.

직장생활을 하면서 늘 겸손한 자세를 가져야 한다.
몸을 낮추지 않아도 될 때 낮추는 것이 겸손이다. 그래야 능력있는 사람들을 주변에 모을 수 있기 때문이다. 직장에서 무엇인가 역할을 해내려면 나의 능력도 중요하지만 주변에서 나를 지원해주는 사람들의 능력도 중요하다. 유비에게 제갈공명과 관우, 장비가 유방에게 한신이 다 어질고 현명한 사람을 찾은 결과가 아니겠는가. 특히 유비의 제갈공명을 향한 삼고초려는 겸손함의 극치를 보여주는 좋은 사례가 아닌가 싶다.

고려 공민왕시대에 이어 조선시대 초기 때 인물인 청렴결백의 사례로 자주 소개되는 황희정승도 뛰어난 실력에도 불구하고 늘 겸손함을 유지한 대표적인 인물로 꼽을 수 있다. 그는 일인지하 만인지상의 자리인 영의정에 올라서도 그 어떤 욕심도 갖지 않았으며 오래된 누옥과 관복 한 벌로 생활하였다고 하니 그 청렴함은 우리 모두의 본보기가 되고도 남는다. 그는 계급에 상관없이 모든 사람들에게 친절하게 대했다고 전해진다.

같은 시대의 맹사성도 우리에게 많은 교훈을 준다.

과거에 급제해 좌의정 벼슬까지 올랐음에도 사람됨이 소탈하고 엄하지 않아 비록 벼슬이 낮은 사람이 찾아와도 반드시 공복을 갖추고 대문밖에 나아가 맞아들여 윗자리에 앉히고 돌아갈 때에도 역시 공손하게 배웅하여 손님이 말을 탄 뒤에야 들어왔다고 하니 그의 겸손함은 감히 흉내내기 힘들 정도로서 존경받을 만하다.

이러한 선조들의 청렴하고 겸손한 모습을 본받아 생활함으로서 후배들의 귀감이 되도록 노력해야 한다. 백범 김구선생께서 늘 좌우명으로 삼으셨다는 다음과 같은 시가 떠오른다. 삶을 살아가며 늘 생각해야 할 내용이다.

野　雪

이 양 연

눈 덮인 들판을 걸어갈 때에
함부로 어지러이 걷지 마라
오늘 내가 남긴 발자취가
뒤를 따르는 사람에게는
이정표가 되리니

리더들 가운데 결재라든지 보고가 상당히 힘들고 까다로운 분들이 간혹 있다. 이럴 때에는 직원들이 상당히 어려움을 겪게 된다. 내가 모시고 일했던 상사 가운데 한 분은 나에게 이런 코칭을 해주셨다.

결재를 할 때에는 일단 잘못된 부분이 있으면 고쳐주어서 다시 들고왔을 때 바로 결재를 할 수 있도록 해야 하고 만약 내용이 부족하면 방향을 정확히 잡아 주어 다시 들고 오면 한번 더 수정을 하더라도 진행이 될 수 있도록 해야 한다는 말씀을 해주셨다.

사실 많은 상사들이 결재를 할 때에 특별한 지적 없이 야단치고 결재를 미루곤 한다. 상사나 선배 입장이 되면 개구리 올챙이적 생각하며 후배들을 지도하고 가르치는 것이 필요하다. 이미 후배나 보고자는 상사에게 올 때에 긴장을 하기 때문에 편안한 분위기 속에서 보고를 받고 결재를 하고 코칭을 해야 한다. 늘 청렴하고 겸손했던 황희정승이나 맹사성과 같은 분들의 생활모습을 본받아 높은 자리에 오를수록 더욱 겸손하게 그리고 공손하게 남을 대하는 것이 중요하다.

3. 모든 일을 철저히 준비하다

업무를 비롯 각종 회의나 행사를 준비할 때는 크고 작고를 떠나 철저히 준비를 해야 한다. 예를 들어 큰 행사를 한다고 하면 사업소장이나 CEO가 보통 축사를 하는 경우가 있는데 단상에 미리 준비해 놓지만 만일의 경우를 대비해 별도로 담당자는 1부를 가지고 있어야 한다. 실제로 내가 행사를 준비하던 시절에 행사장 단상에 축사를 올려 놓았지만 다른 행사 요원들이 단상을 바꿔 놓는 바람에 예비로 가지고 있던 축사를 단상에 올라가 전달한 경험이 있다. 모든 행사나 의식은 상황이 어떻게 전개될지 알 수 없으므로 적절히 대비책을 강구하고 긴장하고 있어야 한다.

또한 행사를 수없이 하다 보면 애국가 때 애국가가 제대로 안 나온다든지 영상은 띄웠는데 음향이 안 나온다든지 하게 되면 낭패이다. 또한 행사의 경우 포상을 하는 순서도 종종 있는데 CEO를 대신하여 14명에게 사장상을 수여하는 기회가 있었다. 직원들이 수상자를 2열로 세워서 한 사람 한 사람 상을 주는데 중간에 두 사람의 순서가 바뀐 것이었다. 순간적으로 호명하는 사람이 아닌 사람이 앞에 서 있는 경우가 발생하여 잠시 서로 자리를 바꾸느라 혼란스러웠는데 이런 것은 준비단계에서 철저히 확인하고 해야 한다.

본부 전력사업처장을 하며 사업소에 교육을 다녀 보았지만 준비가 미흡한 경우를 보았다. 사실 2차사업소가 되면 평소에 PPT를 띄워서 교육을 하는 일은 별로 없어서 그런지 갑자기 준비하려니 손발이 잘 안 맞는 경우가 있었다. 그러기에 담당자는 하루 전에 열심히 체크해 보고 당일에도 서둘러서 미리 확인을 철저히 해야 한다. 그래야만 행사가 원활히 진행될 수 있기 때문이다. 행사는 많은 사람들이 늘 이야기하듯이 '잘하면 본전 못하면 손해'라고 하기 때문이다.

2010 남아공월드컵과 관련하여 남아공의 전력회사에서 우리 한전에 월드컵 준비상황을 Audit해 달라는 요청이 왔는데 2002 월드컵 당시 월드컵 조직위원회에서 설비담당관으로 내가 일을 했던 관계로 단장으로 차장 6명과 함께 남아공을 방문, Audit를 시행하였다. 우리 회사도 그렇고 우리 대한민국의 위상과 관련된 부분이어서 당시 김〇〇 사장께서 '끝까지 지켜보겠다'라고 말씀하실 정도로 중요한 일이었다.

대전 전력연구원에서 부장으로 근무하고 있을 때였으므로 할 수 없이 본사에 2주 정도 상주하다시피 하며 자료를 준비하고 대비를 한 후 출국하였는데 ESKOM사는 지적을 많이 받는 것이 좋을 것이 없어서인지 협조가 잘 안 되었다. 하는 수 없이 일행 7명 모두 아침부터 밤 12시가 넘도록 자료를 조사하고 검토하였다. 호텔에 돌아와서도 잠을 못 자고 열심히들 보고서를 만들었다. 결국 5일만에 55p 정도의 Audit 보고서를 만들어 토요일 아침에 건네니 담당자들이 깜짝 놀라는 것이었다.

그 짧은 시간에 현장 돌아보랴 워낙 열심히들 했고 내용도 제법 많이 담았기에 ESKOM 담당자들이 무척 놀란 것으로 생각되는데 그만큼 우리가 철저히 준비를 한 덕택이라고 생각한다. 매사에 최선을 다하면 그에 따라 좋은 결과가 얻어지지 않을까 생각된다.

모 사업소에 '직장생활 어떻게 할 것인가?'라는 제목으로 교육요청이 있어서 갔는데 전날 보내 준 PPT자료를 띄우질 못하고 쩔쩔매는 것을 보았다. 괜찮다고 PPT 없이 교육을 시작했는데 약 10여 분 지난 뒤에 해결이 되어서 사용할 수 있었다. 이런 경우는 사전에 담당자가 전혀 준비를 안 한 사례라고 할 수 있는데 간부들도 준비상황을 점검하지 않았다는 이야기이다. 본인들이 필요에 의해 초청한 강사에게 전혀 예의가 아닌 모습이다.

앞에서도 간단히 언급하였지만 행사를 할 경우에는 사전에 치밀하게 예행연습 등을 준비해야 하고 또한 준비하는 사람은 늘 예비로 관련자료를 챙겨서 만일의 경우에 대비하여야 한다.

사업소에서 지사장을 하며 느낀 것 중 하나가 본부산하의 사업소들이 사업소 소식을 열심히 올리는 것을 늘 관심 있게 들여다보곤 했는데 사업소 소식으로 올라온 것을 들여다보노라면 오탈자도 있고 틀도 엉성하게 올라와 있는 경우들이 눈에 종종 띄었다.

타 사업소의 사람들도 그 내용을 들여다보므로 그 내용은 해당 사업소의 얼굴이나 마찬가지인데 너무 허술하다는 느낌이 드는 경우가 있었다.

내용을 떠나 기본적인 틀과 문맥구성, 오탈자 등 기본적인 사항은 완벽하게 만들어서 올려야 한다. 그래서 혹시라도 담당직원들이 좀 미흡하게 올렸다면 간부들이 체크해 보고 바로 수정토록 해야 한다.

아무리 사소한 일이라도 정성을 들여서 해야 한다는 생각을 가져야 한다.

뉴욕지사 주재원으로 근무시 상사로 모셨던 분은 '업무에 혼을 실으라'라고 하는 가르침을 주셨는데 그 말을 늘 가슴 깊이 새기려 노력하고 있다.

지사장 시절 PC의 보안점검을 본부차원에서 시행한다는 문서가 왔다. 일전에 시행한 점검에서도 자체 PC 안전점검을 시행하지 않은 직원들이 있어 지적된 사례가 있었기에 부서별로 담당자를 지정하여 각 개인이 시행했는지 여부를 꼭 확인해야 한다고 지시를 하였으나 또 3명이 지적되었다.

원인인즉 총괄 담당자가 이메일로 각 개인에게 점검하라고 지시하고는 내버려 두다 보니 이런저런 사유로 3사람이 또 지적된 것이다. 일을 내가 맡게 되면 별거 아니라도 꼼꼼하고 치밀하게 시행하고 확인해야 한다. 모두 다 지시만 하고 확인을 하지 않으면 이런 결과가 나옴으로 리더는 이런 부분들을 꼼꼼히 챙겨야 한다.

또 지사장을 하고 있을 당시 지역본부에서 2차사업소 점검을 한 결과를 보내온 적이 있었다. 그런데 계산을 잘못하여 우리 지사의 실적률이 더 낮게 문서로 내려와서 황당한 경험을 하였다.

사업소간 비교가 되는 중요한 문서의 내용이 정확성 없이 그리고 민감한 사항으로 많은 사업장에 공유되는 걸 보고 담당직원도 그렇지만 간부들이 잘 체크하고 확인하는 것이 정말 중요하다는 생각을 하게 되었다. 당연히 정확하지 않은 잘못 계산된 실적률을 자체 보고하고 사업소에 내려오게 된 것인데 안타깝다는 생각이 들었다.

초임차장 시절 모 전력관리처에서 설비관리차장으로 근무할 당시에 본사에서 변전소 소화설비 점검을 온다는 공문이 내려왔다. 우리 설비관리과는 당시 신설된 조직이었기에 변전소의 소화설비를 점검할 줄도 몰랐을뿐만 아니라 점검할 장비도 하나 없었다.

그렇다고 마냥 손 놓고 본사점검을 받을 수도 없어서 인근 전력관리처의 경험 많은 직원들을 불러 점검을 하고 미흡한 개소들은 미리 다 조치를 하여 본사점검시에 지적이 되지 않도록 하였다. 그런데 당시에 담당직원은 본사의 점검을 받고 지적되면 조치하면 된다는 생각을 가지고 있어서 난감했던 기억이 난다.

본사 점검시 지적을 받게 되면 그 만큼 내가 속한 사업장의 업무상태가 미흡하다는 지적을 받게 되는 것이고 그것은 결국 내가 속한 사업장과 상사에게 누가 되는 것이기 때문에 적극적으로 대처하여야 한다. 직원들의 생각이 다르다면 내가 생각하는 것이 옳다는 것을 설득시키고 일을 추진하여야 할 것이다. 세세한 부분까지도 간부는 챙겨서 문제가 발생하지 않도록 해야 한다.

한전은 공기업이다 보니 공직기강 점검이라는 명분으로 감사원을 비롯 산업부, 국무조정실 등 다양한 곳에서 수시로 들이닥쳐 실태를 점검하곤 한다. 즉 퇴근 후 사무실에 서류가 방치되어 있지 않은지 캐비넷이나 책상들이 열려 있지 않은지 등등 건물 전체를 점검한다.

매년 되풀이 되고 주기적으로 이루어지는 점검이어서 늘 직원들에게 공직기강 점검에 철저히 대비를 하라고 하여도 예고 없이 들이닥치면 꼭 지적되는 사람들이 나온다. 일이 바쁘고 정신이 없다 하여도 내 자리의 서류 방치 여부를 비롯 전원 off 등 퇴근할 때에는 꼼꼼하게 주변을 살펴보고 이상유무를 점검한 뒤 퇴근을 하도록 해야 한다.

　사실 1층부터 사원증이 없는 일반인은 출입을 할 수 없는 상태이고 각층에서도 사무실로 사원증 없이는 들어올 수 없는 구조라 점검을 나온 사람이 당직실 근무자를 대동하여 문을 열고 들어와서 보안점검을 하는 행위는 현실적으로 앞뒤가 안 맞지만 도리가 없는 만큼 지적이 되지 않도록 완벽하게 대비하는 것이 필요하다. 그래야 지적된 후 피할 수 없는 창피를 당하지 않을 수 있다.

　더불어 사옥주변 청소라든지 이런 부분에 대해서는 총무업무를 맡고 있는 담당자들이 수시로 돌아보고 관리를 철저히 해야 한다. 사옥 주변에 풀이 어느 정도 자랐는지 울타리 주변에 일반인이 쓰레기들을 버리지 않았는지 과일나무들에게서 과일이 떨어져서 주차장이 지저분하지 않은지 둘러보고 청소할 곳은 청소를 하고 해야 한다. 사업소장이 둘러보고 지적을 받은 後에 하지 말고 늘 사업장 주변 사무실 주변을 돌아보고 필요한 조치를 담당자가 스스로 알아서 해야 한다.

강당에 의자가 오래되어 낡았으면 빨리 교체를 하고 필요한 곳에 빔프로젝터가 없으면 빨리 설치를 하고 어디에 무엇이 필요하고 무엇이 갖추어져야 하는지 알아보고 조치를 취해야 한다.

예전에 ○○지사장을 할 때 부임을 해서 사무실 전체를 순시하고 나서 깜짝 놀란 적이 있었다. 전임자들이 근무하고 갔을 텐데 강당의자가 많이 낡아 있었고 강당과 운영실에 빔프로젝터가 없어서 행사를 하기가 영 불편하였던 것이다.

강당에서는 매월 월례조회를 하고 운영실에서는 매주 화요일에 안전조회를 하는데 어떻게 빔프로젝터가 없었는지 아직도 미스테리로 남아 있다. 결국 내가 부임하여 의자도 교체하고 빔프로젝터도 설치하였다. 지사장을 비롯 많은 직원들이 있었음에도 어떻게 그런 상황에서 업무 및 행사가 진행되었는지 의아하다.

항상 주변에 관심을 갖고 또한 타 사업소라든지 타 부서와 비교해 보고 부족한 점은 배우고 좋은 점은 코칭을 해서 상호 발전할 수 있도록 노력하는 것이 중요하다.

매사에 나의 업무와 관련하여서는 누가 시키든 안 시키든 철저히 살펴보고 일을 하여야 한다.

4. 인간관계를 잘 맺다

　직장은 하나의 조직으로서 사람이 사람을 자리에 불러다 쓰는 구조로 인사가 이루어진다. 그러다 보니 데려다 쓸 위치에 있게 되면 일 잘하고 인간성 좋은 사람을 찾게 된다. 그래서 항상 상사나 주위 사람들과 좋은 관계를 유지해야만 승진을 하게 되고 보직을 잘 받게 된다.

　내 경우 직원 시절 수원에 근무하고 있었는데 아는 회사선배가 본사 부장으로 계신 분께 나에 대한 소개를 해 주어서 바로 본사에서 호출을 받았다. 그래서 본사에서 근무하다 차장으로 승진하여 사업소에 가니 1년 만에 다시 본사에서 불러서 올라왔고 부장으로 사업소에 내려가니 3개월 만에 얼굴도 모르는 본사에 근무하는 사무 1(을) 실장께서 같이 일하자고 연락이 왔다. 시기적으로 너무 빨라서 예의를 갖춰 고사를 하고 그래도 다시 1년 지난 뒤에 본사로 올라왔으니 같이 일했던 분들과의 인간관계가 얼마나 소중한지 알 수 있다.

　결국 주위에 계신 분들이 추천을 하기 때문에 이런 호출을 받게 된 것이므로 평소 주위에 함께 일하고 있는 사람들과 잘 지내고 맡은 일도 성실하게 해야 한다.

　사실 인간관계가 참 어렵다는 것을 절실히 느끼던 나는 『카네기 인간관계론』이란 책을 열심히 읽었다. 하지만 책을 읽고 아는 것하고 실천은 또 별개의 문제인 것 같다. 책을 읽고 아는 것은 중요하지만 실천을 하기 위한 노력이 또한 필요한데 그것이 쉽지 않다는 것이다. 그러기에 이 책을 늘 곁에 두고 보면서 인간관계의 지표로 삼아야 한다.

　승진할 때가 되면 본인이 어떻게라도 되려고 경쟁자들을 깎아내리는 말을 하는 사람들도 있다. 결국 그런 말과 행동은 돌고 돌아서 우연한 기회에 상대방의 귀에 들리게 된다. 그럴 때면 저사람이 나에 대하여 이렇게 이야기를 했었구나 하는 생각을 하게 되고 기분이 나빠지게 된다.

　평소에는 친한 척 그리고 나아가 본인이 나이가 어리면 대우를 하는 척 하지만 알게 모르게 없는 자리에서는 이런 이야기 저런 이야기를 하는 사람들이 있는데 남의 이야기를 어디 가서 내가 하게 되면 그 이야기가 부메랑이 되어서 다시 내게 돌아온다는 것을 기억하고 항상 말할 때 조심해야 한다.

　아무리 좋았던 사이라도 사소한 일로 거리가 멀어지고 소원해지기도 한다. 나도 고등학교와 대학교를 같이 다닌 친구가 어느 날 갑자기 밑도 끝도 없이 나를 동생으로 부르는 바람에 그 이후 상당히 어색해진 경험이 있다. 술을 마셨든 장난으로 그랬든 불필요한 말을 해서 상대방을 불편하게 해서는 안 된다. 사실 친구 입장에서는 장난삼아 그랬을 수도 있는데 그리고 내가 너무 민감하게 받아들인 것일 수도 있지만 좋은 인간관계 유지를 위해서는 아무리 가까운 사이일지라도 언행에 조심을 하여야 한다.

　좋은 사람, 유능한 사람과 같이 근무하고 나름대로 역할을 잘하게 되면 그분 덕택에 직장생활이 잘 풀려 나갈 수 있다. 반면에 문제만 일으키는 사람을 만나게 되면 길도 막히고 안좋은 일에 얽혀들어 인생이 꼬일 수도 있기에 인간관계를 잘 맺는 것이 직장인에게 무엇보다도 중요하다.

　나의 경우 직원, 차장, 부장, 실장 및 처장시에도 본사에 근무하다 보니 유능하고 잘나가는 사람들과 같이 일을 할 수 있었고 특히 뉴욕지사에 근무하는 행운도 얻었기에 좋은 인맥을 유지할 수 있었다. 그렇다고 해서 나의 직장생활이 술술 잘 풀려 나갈 수 있는 것은 아니지만 매순간 열심히 최선을 다해 생활하다 보면 이런 인연이 나에게 큰 도움이 된다는 것을 늘 명심하고 주위 사람들과 인간관계를 잘 맺기 위하여 노력해야 한다.

5. 긍정 마인드를 갖다

　세상을 살아가다 보면 편안하고 잘 나갈 때도 있는 반면 어려움이 오게 마련이다. 그래서 어떤 사람은 인생이 등산같은 것이라고 했는지도 모른다. 편히 걸을 때가 있는가 싶으면 경사가 심해 헐떡거리며 겨우 올라가는 곳도 있어서 그랬을 듯하다.

　그런 삶 속에서 벌어지는 모든 상황들을 매번 긍정적으로 바라보며 살아간다는 것이 말처럼 쉽지 않지만 긍정적인 마음으로 받아들이며 사는 것이 순리라고 생각한다. 아무리 안 되는 것을 발버둥친다 해도 될 것은 아닐 것이고 그러므로 최선의 노력을 다하고 결과를 기다리되 결과가 마음에 들지 않더라도 받아들이는 자세가 바람직하다. 실제로 내 주위에도 열심히 일했음에도 불구하고 번번히 승진에서 누락되어 마음고생도 심했고 병을 얻어 수술한 분들도 여러 분이 있다.

　내 경우도 부장승진 때 한번 누락되면서 엄청 마음고생을 한 적이 있다. 승승장구한 사람을 제외한다면 많은 사람들이 같은 마음고생을 한 경험이 있을 것이다.

　그러나 어찌할 수 있겠는가? 승진시 뽑아 주어야 할 사람이 안 뽑아 주는 데야 별 도리가 없다. 그래서 최선을 다하고 결과를 기다리며 그 결과를 순순히 받아들이는 마음가짐이 건강에도 좋다. 우에니시 아키라가 쓴 책 '간절히 원하면 이루어진다'라고 하는 책에서 보면 '좋은 것을 생각하면 좋은 일이 일어나고 나쁜 것을 생각하면 나쁜 일이 일어난다'라는 내용이 있다. 늘 좋은 일만 생각하고 간절히 원하면서 우리의 인생을 개척해 나가야 한다.

2011년도에 읽은 조엘 오스틴 목사님이 쓴 '긍정의 힘'이란 책이 생각난다. 내가 다니는 남서울교회 홍정길 목사님이 수차례 추천한 책이기도 하다. 이 책에서 저자는 '믿는 대로 된다'라고 하는 긍정의 힘을 강조한다. 저자는 이 책에서 우리의 잠재력을 극대화하기 위하여 7가지 단계를 제시해 준다. 먼저 비전을 키우라, 건강한 자아상을 일구라, 생각과 말의 힘을 발견하라, 과거의 망령에서 벗어나라, 역경을 통해 강점을 찾으라, 베푸는 삶의 즐거움을 누리라, 행복을 선택하라의 7가지이다. 그 의미를 생각만 해보아도 어떻게 살아가야 할지를 느끼게 해 준다.

조엘 오스틴이 쓴 '긍정의 힘'에 다음과 같은 내용이 나오는데 긍정의 힘이 얼마나 중요한지 우리에게 알려 준다.

닉이라는 사람이 유지보수를 하다 냉동열차에 갇히게 되는데 동료들은 다 퇴근한 뒤였고 닉은 자신이 이 냉동고 안에서 얼어 죽을 것으로 생각했고 죽음이 찾아오기만 기다렸다. 그러다가 자신의 상황을 기록해야겠다는 생각을 하고 몸을 떠는

와중에도 그 긴박한 상황을 적어 내려갔고 그것이 마지막이었다고 한다.

닉은 다음날 동사체로 동료들에게 발견되었던 것이다. 그러나 그 냉동열차는 오랫동안 고장이 나 있었고 그래서 전원도 꺼져 있었으며 닉이 죽던 날 밤의 냉동열차 내의 온도는 보통 실내온도보다 약간 낮았을 뿐이었던 것이다. 그의 부정적 생각이 그를 죽음으로 몰아간 것이었다.

'종이 위의 기적, 쓰면 이루어진다' 라고 하는 책에 보면 인디언의 화살의식에 대한 이야기가 나온다. 인디언들은 새해의 시작을 위해서 동짓날에 모두 모여 화살의식을 갖는데 화살 6개를 준비하여 3개는 산중턱에 모두 모여 원을 만들고 그안에 화살을 놓고 소멸되기를 원하는 것을 기원한 후 그 화살을 태워 버린다. 나머지 3개는 더욱 높은 곳으로 올라가서 똑같이 원을 만들고 화살을 놓은 다음 삶 속으로 원하는 것이 들어오도록 위대한 정령에게 부탁을 하는 의식을 갖는다고 한다. 그런데 이런 화살의식을 통해 놀랍게도 많은 것들이 이루어진다고 하니 긍정적인 사고와 간절히 원하는 마음가짐이 얼마나 중요한가를 다시 한번 깨닫게 해준다.

긍정의 힘을 이야기해 주는 명언들도 많다.

고진감래

할 수 있다고 생각하면 할 수 있고
할 수 없다고 생각하면 할 수 없다

〈헨리 포드〉

실패를 두려워하면 결코 성공할 수 없다

〈작자 미상〉

산을 움직이려 하는 일도
작은 돌을 들어내는 일부터 시작되느니라

〈공자〉

　세상을 살아감에 있어 최선의 노력을 다하되 단념할 것은 단념하고 상황에 긍정적인 마음으로 대처하는 것이 필요하다. 긍정적인 마인드를 갖기 위하여는 부정적인 사고방식을 버리려 노력해야 하고 하나씩 작은 성공경험을 쌓아 성취감을 느끼는 것 또한 중요하다.

Ⅳ. 예의있는 삶을 위하여

1. 에티켓을 갖추다

사회생활을 한다는 것은 상하관계가 존재하는 조직의 일원이 된다는 말이다. 즉 조직에는 상사와 동료 그리고 입사후 시간이 흐름에 따라서 후배 직원이 있게 되고 서로간에 기본적인 예의를 지키는 것이 굉장히 중요하다. 업무능력이 비슷하다면 누구나 예의바른 사람과 일하고 싶어 할 것이고 '업무가 미숙하면 교육하면 되지만 예절이 없으면 못 쓴다' 는 말이 있을 정도로 에티켓은 사람과 사람사이에 중요한 요소이다. 직장생활에서 어떻게 예의를 지키면 좋을지 업무는 어떻게 하고 마음가짐, 자세, 태도는 어떻게 해야 하는지 35년여 근무해 오면서 느낀점들을 중심으로 하여 후배 직장인들에게 도움을 주고자 평소에 느낀 생각들을 정리해 보았다.

에티켓을 갖추자는 말은 쉽지만 지키는 것은 어렵다. 나도 어느 상황에서든 에티켓을 지키기 위해 노력을 하고 있지만 상대방의 입장에서 보면 부족함이 있었을지도 모른다.

얼마 전 한 직장 동료가 에티켓에 대하여 이야기를 하는 것을 들었는데 내가 보기에는 본인 자체가 예의가 부족한 사람이라고 늘 생각했는데 실소를 금할 수 없었다. 이렇게 우리는 남의 잘못은 보고 나의 잘못은 보지 못하는 경우가 많다.

사람들은 너도 나도 에티켓이 중요하다고 이야기한다. 또한 어떤 사람이 예의 없다라고도 이야기 하곤 한다. 하지만 정작 본인이 예의를 잘 지키고 있는지 자신을 돌아보는 것은 나부터 부족한 것 같다.

예의를 지키지 않으면 상대방은 내색을 하지는 않더라도 속으로 괘씸할 것이고 기분이 상하게 되므로 기본적인 예의는 늘 잘 지킬 수 있도록 노력해야 한다. 같은 직급이고 같은 나이인데도 거만하게 말을 하는 사람들도 주위에 간혹 있어서 아쉬움이 많다.

최근에 나온 양정철이라는 분이 쓴 '세상을 바꾸는 언어, 민주주의로 가는 말과 글의 힘'을 읽었는데 '마음을 움직이는 말'이라는 표현에 공감이 갔다. 우리가 흔히 식당에 가면 사람들이 '언니야' 하고 부르는 경우를 본다. '이모'라고 부르는 사람도 있고 '삼촌'이라고 부르는 경우도 보는데 정겨운 일면도 있지만 때로 반말로 무례하게 느껴질 수도 있으니 조심하는 것이 필요하다. 항상 어느 장소에 있더라도 예의를 갖춰서 행동하여야 한다.

얼마전 우연히 TV 교양프로그램을 보다가 미국의 모 대학에서 CEO들을 모아 교육을 하는 과정이 있었는데 '당신을 성공시킨 비결은?'이라는 질문에 가장 우선적인 사항으로 능력, 실력, 운이 아닌 매너라고 답을 하였다고 한다.

직장생활을 하다 보면 매너가 부족한 사람들이 많다. '나'와 '저'를 구별하지 못하고 애매하게 사용하는 사람도 있고 상급자에게 하급자가 반말을 하는 경우도 있으며 남의 단점을 들춰내는 등 기분 좋지 않은 표현으로 상대방을 상처 주는 사람도 많다.

그런데 직장생활을 하다 보면 그리고 술 한잔 하다 보면 자연스럽게 많은 사람들이 에티켓에 대한 이야기를 한다. 그러나 실제로 에티켓이 체화되어 주위 사람들이 본받을 만한 모범이 되는 사람은 드물다고 생각된다. 상사의 경우는 물론이고 동료와 부하직원일지라도 인격적인 대우가 이루어지고 있는지 우선 말과 행동부터 각별히 주의를 기울여야 한다. 그동안의 경험을 통해보면 동일직급임에도 마치 훈수 두듯 이야기하는 사람도 보았고 하급자임에도 한 단계도 아닌 두 단계 정도의 직급차이가 나는 상사임에도 나이가 많다는 핑계로 언행을 함부로 하는 경우도 목격했다.

비슷한 나이의 부장으로 퇴직한 사람이 현직에 있는 처장에게 반말을 하는 경우도 보았는데 안타까운 생각이 들었다.
그렇다고 현직 처장이 나이가 있는 상대방에게 말을 하대할 수도 없는 노릇이니 이런 경우에는 서로 존대를 하면 되는데 서로 기분 나쁜 상황이 벌어지지 않도록 살아가면서 조심하는 것이 필요하다. '눈 감으면 코 베어가는 세상'이라는 말이 있듯이 세상이 쉽지 않지만 기본적인 에티켓들이 잘 지켜졌으면 하는 바램이다.

　상사든 동료든 하급자이든간에 상호 존중과 배려가 있을 때에 흔히 요즘 경영자들이 즐겨 말하는 출근하고 싶어 안달나는 회사를 만들 수 있지 않을까 생각한다. 그러면 어떠한 에티켓을 갖추어야 하는 것인지 다양한 사례에 대하여 그동안의 경험을 토대로 정리해 보았다.

① 근무복장

회사에 근무하면서 직원들을 비롯 인턴사원들도 보고 하였지만 요즘 신세대들을 포함한 직원들의 복장을 보면 아쉽다는 생각이 많이 든다.

우선 신발의 경우 현장도 가고 해서 그런지 운동화를 신는 경우도 종종 눈에 띄고 복장도 직장인의 모습과는 좀 거리가 있어 보이는 소위 청바지 등 집에서 입는 옷의 느낌을 받는 경우도 있다.

직종이 사무나 기술을 떠나 직장인다운 깔끔한 복장을 갖추는 것이 필요하다고 생각되고 출근하여 근무할 때나 현장에 나갈 때 상황에 따라서 운동화나 작업화를 신고 복장도 바꿀 수 있을 것이다. 50대 후반인 나의 경우 흰 와이셔츠가 아니면 상사가 혼내는 경우도 있을 정도로 예전엔 상사가 관리를 하였으나 지금은 분위기가 많이 달라져서 이야기하기를 피하는 시대가 된 듯 하다.

그러나 그런 회사의 분위기나 시대의 흐름과 무관하게 복장과 에티켓 등을 통해 나의 반듯한 모습, 다른 사람과는 긍정적인 방향으로 차별화되는 노력을 해 나가야 한다. 각자는 그 조직의 얼굴인만큼 내가 속한 조직의 위상을 높이기 위해 근무 복장부터 단정히 해야 한다.

여직원의 경우 슬리퍼 비슷한 것을 신고 찍찍 끌며 자기자리도 아닌 사무실 밖으로 그리고 타 사무실로 다니는 경우도 보이는데 이런 행동은 금물이다.

자기 자리에서는 슬리퍼를 신더라도 자리를 벗어날 때는 예를 들어 화장실이나 식당, 타 사무실을 갈 때에는 밖에 신고 다니는 구두 정도를 꼭 신어야 한다. 회사는 나의 집이 아니며 상사나 동료의 눈치도 봐야 하고 회사 분위기도 살피며 늘 조금은 긴장된 마음가짐으로 근무를 해야 한다. 집에서처럼 남의 신경 안쓰고 안하무인격으로 생활하면 타인에게 불쾌감을 주기 쉬우므로 삼가야 한다.

여직원의 복장과 관련해서는 모 사업소에 근무할 당시 감사님께서 방문을 한 적이 있었다. 사무실을 순시하면서 한 말이 젊은 여직원들이 왜 칙칙한 푸른 잠바를 입고 있느냐고 한 적이 있었다. 현장 나갈 때에 회사에서 제공하여 입도록 한 옷이긴 하지만 젊은 여직원들이 칙칙한 잠바를 입고 사무실에서 근무하는 모습이 맘에 안 드셨던 모양이다. 사무실에는 민원인도 오고 또 앞에서 이야기 한 적이 있는 것처럼 각자가 우리 회사의 얼굴이기 때문에 위상과 자부심을 높일 수 있도록 복장을 비롯 행동과 처신을 주의해서 해야 한다.

○○ 사업소에서는 일전에 외부강사를 초청해서 대강당에서 강연을 들은 적이 있었다. 외부강사는 강연 도중에 질문을 하

기도 하고 그런 과정에서 한 직원을 본인이 서 있는 강단으로 나오도록 했는데 앞줄에 앉아 있던 나는 그 직원의 모습을 보니 현장방문 등을 생각해서인지 바지도 후줄근하고 구두도 아닌 운동화 같은 것을 신고 있었다.

순간적으로 나는 내 얼굴이 화끈거리는 것 같은 느낌을 받았는데 외부적으로 좋은 이미지, 부러움의 대상이 되고 있는 우리 한전 직원들의 복장이 그에 걸맞지 못하다는 생각이 들었다.

또 어느 사업소에 근무할 때는 인턴사원들이 여러 명 왔는데 인턴활동을 마치고 돌아갈 때 활동보고서를 만들어 준 적이 있었다. 그 책에는 인턴사원들이 바라보는 우리 한전의 모습과 우리 직원들이 바라본 인턴사원들의 모습을 써서 넣었는데 우리 회사 한 차장이 인턴사원에게 주는 글에 복장을 잘하고 다니라는 당부의 글을 보게 되었다. 그만큼 요즘 젊은 세대들이 복장에 있어서 단정함이 다소 미흡하다는 느낌이 들었다. 또 같이 근무했던 한 부장은 여직원의 치마 길이가 너무 짧기에 본인이 이야기를 차마 할 수도 없고 해서 주위의 고참급 여직원에게 간접적으로 그 이야기를 해주도록 했다는데 며칠 괜찮더니 또 본래의 모습으로 돌아갔다고 하는 이야기를 들은 적이 있다.

직장생활을 할 때는 깔끔하고 단정한 복장을 하도록 해야 하며 주위 사람들로부터 복장으로 인한 눈총을 받는 일이 없도록 해야 한다.

최근들어 출퇴근하며 직원들의 모습을 살펴보노라면 예전에는 모든 사람들이 정장차림이었는데 요즘은 잠바차림, 패딩차림 등 다양하여 정장이 습관화되어서인지 보기가 어색하다.

모든 사람들은 자기가 속한 회사의 얼굴이다.
깔끔한 복장과 단정한 용모로 내가 속한 회사의 위상을 높일 수 있도록 해야 한다. 아울러서 머리를 보면 자고 일어난 모습 그대로인 경우도 보이고 단정하지 않은 머리도 눈에 띄는데 출근할 때는 항상 깨끗하게 머리를 감고 빗질을 하여 깔끔하게 하여야 한다.
항상 단정한 용모와 깔끔한 복장으로 자기가 속한 회사의 위상을 높일 수 있도록 해야 한다.

② 근무자세 및 생활습관

회사생활을 하다 보면 출근을 일찍 하는 사람, 정시 부근에 하는 사람, 허둥지둥 출근하는 사람 등 여러 유형이 있게 마련이다. 가급적 1시간 정도 일찍 출근하여 근무준비를 하면 바람직하겠지만 여러 가지 사유로 그러지 못한다 할지라도 근무시작 30분 전에는 출근하는 것이 바람직하다. 적어도 남들보다 앞서 출근은 못 한다 하더라도 비슷하게 출근하겠다는 마음가짐이 필요하다. 퇴근할 때도 아래 위 없이 퇴근하는 사람들도 많이 있지만 특별한 사정이 없는 한 상사가 퇴근한 후에 퇴근하는 것이 바람직한 직장인의 모습이다.

예전에 모 사업장에 부서원 간에 사이가 좋지 않은 직원 한 사람이 있었는데 출근을 꼭 9시경에 하는 것이었다. 그러다 보니 약간 늦게 되면 9시를 넘기게 되었는데 이로 인해 주위 사람들의 입에 안 좋게 오르내리던 사람이 있었다. 직장인이라면 출퇴근 시간 지키기 등 기본적인 생활습관을 잘 갖추어야 한다.

직장생활은 자기 하기 나름이다. 제대로 하는 것도 없으면서 말만 많고 하면 남들이 바라보는 시각 즉 평판이 나빠진다. 따라서 나 자신에 대한 평소 평판관리가 중요하다.

직장생활을 하다 보면 다양한 상황들을 접하게 된다.

일례로 점심시간에 한 여직원이 본인 자리에서 일을 하고 있었는데 이를 본 타 여직원이 '우리들은 휴게실에서 쉬는데 너만 일하면 우리가 뭐가 되냐'라고 하는 말을 했다는 걸 들었다. 쉴 수 있는 사람은 쉬더라도 본인이 필요해서 의욕적으로 책임감을 갖고 열심히 일하고 있는 직원의 사기를 꺾는 행위를 해서는 안 된다.

내가 속한 조직의 분위기라는 것은 업무도 중요하지만 그 이외에도 구성원의 마음가짐, 자세, 태도와 같은 무형적인 것도 굉장히 중요하게 작용한다.
상사이거나 동료이거나 부하이거나 내 주변의 분위기를 좋게 만들기 위한 노력을 해야 한다.

상사는 회사에서 나름대로 인정을 받아 그 자리에 올라간 것이므로 나와 마음이 잘 안 맞는다 하더라도 상사에 대한 마음가짐은 항상 존경하고 공손한 자세를 유지해야 한다. 몇년 전에 기사에 보도된 내용도 있었지만 아랫사람이 중간에 윗사람이 두 사람이나 있음에도 건너뛰어 보고하는 것과 같이 안하무인격으로 바로위 상사를 무시하고 행동해서는 안 된다. 올바른 마음가짐, 태도야말로 세상을 살아가는 지혜이다.

또한 시간 및 약속을 철저히 지키는 생활습관이 필요하다.
김성오 대표가 쓴 '육일약국 갑시다'라는 책에 보면 청소기 부품을 LG에 납품시 약속시간에 정확하게 사무실 문을 열고 들어갔으며 이런 모습이 구매자인 LG에 좋은 인상을 심어 사업에 많은 도움이 되었다고 하는 것처럼 시간 및 약속을 지키는 것은 신용을 쌓는 지름길일 것이다.

이와 더불어 회의라든가 조회, 세미나와 같은 행사가 있을 경우 최소한 5분 전에는 자리에 착석한다는 마음가짐으로 참여하는 자세가 중요하다. 그래야 예정된 정시에 정확하게 행사가 진행될 수 있기 때문이다. 실제로 수많은 회의나 심의 등을 해보았지만 바쁘다는 핑계로 늦는 사람들이 있어 정시에 정확하게 진행을 하기가 어려운 경우가 참 많았다. 남들이 그렇게 행동하더라도 나만큼은 김성오 대표의 사례에서 보듯 차별화된 삶의 자세가 현대를 살아가는 지혜로운 태도라 할 수 있다.

또한 내가 행사를 주관하는 경우에는 준비를 철저히 해야 한다.

일례로 내가 지방의 사업소장을 할 때 안전조회시 안전교육을 위해 영상물을 1주일 전에 넘겨주며 당일 활용할 수 있도록 하였으나 당일에 화면은 나오는데 소리가 나오지 않아 교육이 엉성하게 끝난 경우가 있었다.

준비하는 사람은 사전에 해보고 또한 바로 직전에도 재차 확인하여 예정된 행사가 완벽하게 끝날 수 있도록 철저히 준비하는 마음가짐이 필요하다.

준비는 행사의 성공여부를 판단하는데 중요한 사항이라고 말하기 전에 아주 기본적인 일이라고 할 수 있다.

준비가 제대로 되어야만 그 이후의 행사를 진행할 수 있고 그를 통해 행사가 잘 이루어졌는지 여부를 판단할 수 있는 것이므로 준비는 아주 중요한 사항이되 기본에 해당되는 부분이라고 보아야 한다.

따라서 무슨 일이든 준비에 철저를 기해야 한다. 근무자세나 생활습관에는 절제된 모습이 필요하다. 예를 들어 상사와 중요한 회식이 있어서 늦게까지 술을 마셨다 하더라도 그 다음날 출근시간은 평소와 다름없어야 하고 업무에 임하는 자세가 흐트러짐이 없어야 한다.

이런 경우 출근이 늦는다든지 근무시간에 업무태도가 안좋거나 하면 상사에게는 물론이고 동료나 후배직원에게도 모범은 커녕 비난을 받게 되므로 절제되고 일관된 근무자세가 중요하다.

또 한 예로 내가 입사했을 때 신입사원으로서 4주간의 교육을 받았는데 그때는 군사정권시절이라 아침 일찍 기상해서 점호도 하고 구보까지 하던 시절이었다.

그런데 그 신입사원 시절에도 몸이 아프다고 하여 점호에 자주 빠지고 단체행동에 비협조적인 사람들이 있었는데 회사 생활 끝날 무렵 살펴보니 적극적으로 협조하던 사람들에 비해 큰 발전이 없는 것을 볼 수 있었다.

사실 입사전 학창시절엔 군정권에 반발하여 시위도 많았고 정부에 염증을 많이 느끼던 때라서 그런 시절의 유물인 점호와 구보에 대하여 짜증이 날 수도 있었겠지만 규칙이니까 따라줘야 하는데 그러질 못했던 사람들이 있었다.
단체생활에서는 귀찮고 힘들더라도 적극적으로 협조하고 함께 협력해야지 개인적인 행동을 하게 되면 남들에게 피해를 주기 때문에 바람직하지 않다.

직원들은 대체로 상사가 유하면 풀어지는 경향을 보인다.
나는 지금까지 어떤 상사를 만났든지 근무시간에 풀어진 모습을 보이지 않으려고 노력했다. 중간간부들이 사무실에서 풀어진 모습을 보이면 모를 것 같지만 바로 사람들의 눈에 띈다.

일전에 내가 모셨던 분들 가운데 가장 존경스러웠던 분 중 한 분이 계셨는데 당시 CEO 앞에서 5분간 발표를 하게 되었다. 발표일이 내일이다 보니 오후 6시 30분경에 자료 준비가 끝나서 리허설을 위해 부장 이상 호출을 하셨다. 그런데 이미 일부 부장들이 퇴근을 한 상태여서 말씀은 안 하셨지만 내심 굉장히 씁쓸하셨을 거라고 생각한다.

본인은 내일 중요한 발표를 앞두고 긴장하고 있는데 예하 부장들은 관심 없는 듯한 모습에 실망스러웠을 것이다.

상사가 아무리 유하고 좋은 분이라 하더라도 항상 예의를 철저히 지키도록 노력해야 한다. 이 당시 전력사업처장을 맡고있던 나도 리허설을 마치고 7시 넘어 자리에 돌아와 보니 바로 옆의 부서원들이 모두 퇴근한 상태인 걸 보고 많은 생각이 들었다.

상사나 부하에게 욕이 되지 않도록 중간간부들이 늘 긴장하고 올라오는 보고서도 세밀하게 검토해서 최종 결재권자가 보았을 때는 사소한 부분에 대한 지적은 없도록 해야 하나 매번 지적해도 지적받는 사람은 유사한 내용으로 다시 지적을 받는다. 이러한 경우는 중간간부가 제대로 살펴보고 챙기지 않아서 발생하는 경우인데 이런 일이 없도록 내 손을 거쳐간 서류는 형식이나 틀에서는 지적을 받지 않도록 하겠다는 마음가짐이 필요하다.
아마도 독한 상사를 만나면 자세나 행동이 달라질지도 모르겠지만 유한 상사와 같이 일할 때에는 더더욱 근무자세나 태도를 확실하게 유지하는 것이 필요하다.

생활습관과 관련하여 이러한 경험을 한 적이 있다.
본사 1(갑)처장과 본부장 그리고 부장 등 몇 사람과 함께 식사를 하면서 대화를 하던 중에 한 사람이 본부장 어깨를 손가

락으로 꾹꾹 찌르면서 이야기하는 것을 보았는데 이런 행동은 금물이다. 동료도 아니고 상위 직급에 직책으로도 몇 단계 위의 상사인데 마치 친구 대하듯 행동하는 것은 상사에게 '뭐 이런 친구가 있나?' 라고 하는 생각을 하게 만든다. 물론 본인은 친하다고 생각하고 그런 행동을 할 수 있는데 예의 없는 행동이므로 조심해야 한다. 어떠한 경우에도 상사의 신체를 접촉하는 행위는 상사를 우습게 생각하는 것으로 비추어질 수 있으므로 절대로 해서는 안 된다.

③ 회식자리에서의 에티켓

요즘은 젊은 세대들이 부부 모두 직장이 있거나 그래서 일찍 귀가하여 자녀들을 돌보는 것이 필요하거나 하여 회식을 기피한다는 이야기를 종종 듣고 있다. 현실적인 문제가 있으므로 회식을 안 했으면 하고 하더라도 빠지는 사람도 있다. 그러나 부서 등의 회식은 자주 하는 것도 아니고 그 조직의 화합 및 단결, 소통을 위해서 꼭 필요한 것이라고 생각한다. 따라서 적극적으로 참여하는 모습이 필요하고 때에 따라서는 그런 자리를 주도적으로 만들어 조직의 분위기 전환이 될 수 있도록 솔선수범해야 한다. 일은 일, 나는 나, 너는 너라고 하는 사고방식은 이 험한 세상을 살아나가기에는 바람직하지 않은 방법이다.

회식자리에서도 소극적으로 행동하는 것보다는 술은 잘 못하더라도 상사에게 권할 줄 알고 선배를 챙길 줄 아는 모습이 바람직하다. 술을 권할 때는 상황에 따라 그 자리의 최고위치에 있는 상사에게는 뚜껑을 따지 않은 새 술병을 들고 가 한 잔 권하는 모습은 나만의 차별화된 멋진 모습으로 기억될 것이라 생각한다.

예의있고 차별화된 멋진 모습을 보이기 위한 노력은 본인에게 좋은 평가를 받게 해 줄 것이다. 실제로 회식자리에 가보면 아예 술을 권하지 않는 사람도 있고 상사가 술을 거꾸로 권하면 오래 가지고 있는 경우, 그리고 따르는 자세도 한 손으로 권하는 등 기본적인 에티켓이 안 갖추어져 있는 사람들도 종종 눈에 띈다. '주변의 분위기는 모르겠다, 그저 나에게 주어진 일이나 하겠다.'라는 사고방식은 바람직하지 않으며 주변사람들과 어울리고 솔선수범하고 하는 모습들이 본인에게 득이 되지 주변에 대하여 나 몰라라 하는 사람은 결코 본인에게 도움이 되지 않는다는 생각을 해야 한다.

회식자리와 관련하여 이런 일화가 있었다. 내가 전력사업처장을 하던 시절에 예하의 1개 팀 멤버와 본부장님을 모시고 저녁 식사를 하는 시간을 가진 적이 있었다.

1차 식사에서는 별 문제가 없었던 것 같은데 2차 맥주자리에서 낯 끄러운 해프닝이 발생하였다. 당시 부장은 나이가 차장보다 어렸는데 당시 함께한 사람은 본부장, 나(전력사업처장), 부장, 차장 2명과 예하직원 2명이 함께 하고 있었다. 이때 부장보다 나이 많은 차장 한 사람이 부장에게 하대를 계속하는 것을 보고 안타까움을 금할 수 없었다. 상사와 부하직원이 있는 데서 중간 상사를 하대하는 것은 나이 여부를 떠나 있을 수 없는 일인데 버젓이 그렇게 하는 것을 보고 많이 놀랐다. 공식적인 자리라면 술에 취했는지 여부를 떠나 조심해야 할 것이다. 상사에게도 죄송스러운 일이지만 동석한 직원들에게도 모범이 되지 못하는 불미스러운 행동이기 때문이다.

회식과 관련한 또 하나의 사례로 ○○지사장을 겸직할 당시 직원들과 소통 및 화합차원에서 점심을 같이 하는 시간을 가졌다. 당시 지사장을 겸직하고 있던 나는 직원들보다 약간 늦게 도착했는데 직원들은 한눈에 봐도 배가 고팠는지 음식에 손을 댄 흔적이 그대로 눈에 들어왔다.

너무도 아쉬운 것은 직원들 가운데도 고참이 있고 신참이 있는데 어느 누구도 사업소장이 도착하기 전에 음식에 손을 대는 것을 탓하는 사람이 없었다는 것이다. 그저 같이 음식에 손을 대고 사업소장을 기다린 모습이어서 참으로 황당하기 그지 없었다.

그후 나는 인터넷 등을 조사하고 이런저런 책에서 읽은 내용들을 중심으로 해서 직원들을 교육할 에티켓 기초자료를 만들었고 본부와 직할, 그리고 요청하는 사업소에 대하여 방문을 통해서 교육을 시행하게 된 동기가 되었다. 교육을 하면서 그런 상황에서는 음식에 손을 좀 댔다 하더라도 흔적을 최소화하여 그 자리의 최고 높은 직위의 사람이 도착할 때에는 크게 눈에 띄지 않도록 해서 기분이 상하지 않도록 해야 한다고 직원들에게 당부하였다.

또 모 사업소에서 지낼 때 가을이면 주말농장을 하는 직원들이 많이 있어서 거기에서 얻은 수확물로 30여분간 간단히 시식하는 행사를 하곤 하였는데 어느 날 모 부서에서 옥수수데이 행사를 가졌다. 당시 간부들이 해당 부서직원들과 함께 행사장에 모였고 최고 지위에 있는 사람이 참석을 위해 오시는중이었는데 멀리 떨어진 곳의 일부 직원들이 주섬주섬 옥수수와 준비된 음식들을 먹는 것이었다. 고참직원도 신참직원도 누가 막는 사람도 없고 멀리서 쳐다보는 내가 민망하고 씁쓸하기조차 하였다.

조직에는 어른과 상사가 있게 마련이고 늘 마음에서 우러나오지는 않는다 하더라도 존경하고 경외하는 마음은 있어야 한다. 이러한 것들이 너무 많이 사라져 가고 있어서 안타깝고 더욱 아쉬운 것은 신참들이 부족하면 고참들이 나무라고 본보기가 되어야 하는데 똑같은 모습이 더욱 아쉽게 느껴졌던 순간이었다. 상사가 나보다 못할 수 있고 나의 능력이 상사보다 뛰어날 수도 있지만 조직은 상하가 엄연히 있는 것이기 때문에 그에 걸맞는 행동을 해야 하고 주위에 있는 사람들이 그런 자세가 안 되면 나무라고 가르쳐야 할 것이다.

누구나 잘하기는 쉽지 않다. 그러나 서로 기본적인 에티켓은 지키기 위하여 노력하여야 한다. 인재개발원의 요청에 따라 배전분야 직원들에게 이런 내용을 교육하면서 선배들이 만약 이런 모습을 보인다면 젊은 여러분들이 그렇게 하지 않도록 모범적으로 행동해 주길 부탁하곤 한다.

나만의 생각일지 모르지만, 요즘에는 직원들로부터 크게 대우받으려 하는 상사들은 드물다고 본다. 내 맘에 들거나 들지 않거나 상사가 기분 상하지 않도록 기본적인 예의는 철저히 지켜야겠다는 생각을 갖는 것이 중요하다.

　서로 자기자신을 낮추는 자세, 그렇게 노력하는 모습에서 모두 기분 상할 일이 없을 것이고 그를 통해 즐거운 직장분위기를 만들어 나갈 수 있을 것이다.
　누구나 좋은 직장 분위기를 원하기는 하면서도 실제로 내가 아닌 남이 해주는 것으로 착각하는 사람들이 주위에 많이 보이기에 안타깝다는 생각이 종종 들곤 한다.

　회식자리에서의 에티켓에 대하여 좀더 사안별로 구체적으로 살펴보면 다음과 같다.

　먼저 회식자리의 자리구분이다. 때로 일부 사람들은 회식장소에 도착하면 먼저 자리를 차지하고 앉는 경우가 있는데 내가 앉을 자리가 어디인가를 잘 생각해 보고 자리를 앉아야 한다. 상석의 위치는 대부분 벽을 등지고 앉아 출입문을 바라볼 수 있는 자리의 중앙좌석이며 차석은 상석의 맞은편이다. 내가 앉을 자리는 어른, 상사, 연장자 등을 고려하여 판단하여야 한다.

　본사 모 처장이 ○○사업소 방문시 있었던 한 해프닝이다.
　당시 식사장소의 테이블은 아래 그림에서 보듯이 네 개의 테이블이 놓였고 두 번째와 세 번째 테이블은 문쪽이 한 사람, 안쪽이 한 사람, 즉 윗사람이 앉을 수 있도록 자리배치를 준비하는 사람들이 해놓았다. 대표격인 사람이 안쪽에 본사 처장이 앉도록 그 맞은편 입구에 앉으니 자리배치상 나도 똑같은 1(갑)처장이라 입구측의 중앙에 앉았다. 앉고 보니 누군가가 그 자리가 제일 상석이라며 나보고 일어서라는 것이었다. 그러고보니 상석은 맞는데 본사 손님과 우리측 대표자가 부득이 자리를 먼저 잡았으므로 내가 앉을 자리는 맞고 해서 혼자 앉는 자리가 아닌 둘이 같이 앉는 자리로 만들었다.

순간적으로 나는 내가 앉을 자리는 중앙 가운데 자리가 맞는데 왜 오른쪽 자리로 가라고 하나 의아해 했는데 알고 보니 그 자리가 혼자 앉게 되어 있어서였던 것이다. 그러나 대표격인 사람이 본사처장과 대각선으로 앉을 수도 없는 노릇이라 내가 앉을 자리가 맞는데 일행 중 한 사람이 굳이 이야기를 해서 당시에 분위기가 잠시 어색하였다.

동일직급이지만 이미 손님과 접대 주관자가 자리를 잡고 나서 내가 적절한 나의 자리를 찾은 것이니 내 자리를 한 사람 같이 앉도록 눈치껏 조정하면 되는데 생각의 차이가 가져온 기분 좋지 않은 경험이었다. 좌석배치는 직접 경험도 많이 했고 많이 들어도 보았지만 항상 이렇게 나이가 들고 지위가 있고 하면 조그마한 일에도 기분이 상하고 그런 것 같다. 따라서 준비하는 사람은 사전에 대비를 철저히 해야 한다.

이러한 자리와 관련해서는 많은 일들을 겪었다. 본사 타처와 교류를 위한 식사자리가 있었는데 1(갑) 승격을 같이 했지만 나이가 몇 살이나 어린 처장이 먼저 도착해서는 상석의 자리에 턱 하니 앉아 있었다. 예의 없는 사람이라고 소문이 나 있던 것은 익히 알고 있었지만 기본적인 에티켓도 모르는 사람임을 다시 한번 알 수 있었다.

이러한 경우 애매하면 상석의 자리쪽에 두 사람이 나란히 앉거나 하면 되고 그러지 않을 거라면 직위가 같다면 나이가 많은 사람 또는 승격이 앞선 사람이 상석의 자리에 앉으면 누구나 뭐라고 할 사람은 없을 것 같다. 직장생활 하면서 이러한 사소한 문제로 상대방을 기분 나쁘게 하는 것은 회사 분위기를 해치는 일이다. 내가 잘났을수록 남을 에티켓에 맞게 배려하면 나 자신의 격이 올라가는 것이 아닐까 싶다. 앞에서 언급한 황희정승이나 맹사성의 사례는 우리에게 귀감이 될 것이다.

술잔을 권하기와 받기는 아랫사람이 어른이나 윗사람에게 먼저 잔을 권하는 것이 예의이다. 어른이나 상사가 술을 따라

줄때는 무릎을 꿇고 양손으로 공손하게 받는다. 받을 때는 오른손은 잔을 잡고 왼손으로 오른손 손목을 가볍게 받치거나 두 손으로 공손하게 받아야 한다. 어른이나 상사와는 정면으로 두고 술을 마시면 안 되고 살짝 돌아 앉거나 상체와 고개를 돌려 소리가 나지 않도록 마셔야 한다.

직장생활을 하다 보면 다양한 유형의 사람들을 만나게 된다.

어떤 사람은 '잔 받으시오'라는 의미로 술잔을 상대방의 앞에 왼손으로 탁 놓고 잔을 따르려는 경우도 보았는데 이런 경우는 몰라도 너무 모르는 경우에 해당이 된다. 주위의 사람들이 하는 모습을 잠깐만 눈여겨 보아도 어떻게 해야 하는지를 눈치로 알 수 있는데 술자리에서의 예의에 대하여 너무 무감각하기에 그렇지 않은가 싶다.

또한 받은 술잔은 가급적 빨리 비우고 술을 권한 상대방에게 권하여야 하며 너무 늦게 잔을 돌려주게 되면 술을 권한 사람이 다른 사람에게 잔을 돌리지 못하므로 절대 주의가 필요하다. 잔을 받으면 마신 후에는 잔을 준 사람에게 권하여야 하는데 다른 사람에게 주는 행위를 해서는 안 된다. 간혹 이런 사람들이 눈에 띄는데 예의 없는 행동이다.

어른이나 상사에게 앉은 자리에서 이동하여 술을 권하여야 할 경우 윗사람이 앉아 있는 테이블에 있는 술병을 이용할 수도 있지만 가급적 자기 주변에 있는 새 술을 가지고 가서 권하는 것도 아주 좋은 모습으로 남과 차별화된 모습으로 보여질 수 있다.

따라 주는 술을 받는 경우 두손으로 잔을 잡고 공손하게 술잔을 받아야 한다. 술좌석에서는 가장 나이가 많은 어른이나 직위가 높은 사람에게 먼저 잔을 드리며 잔을 올릴 때는 두손으로 잔을 가볍게 받쳐 드는 등 예의를 갖춰 술잔을 올린다.
요즈음엔 연장자나 상사 등 상석에 앉은 분에게 처음부터 잔이 집중되기 때문에 주변에 앉은 사람들끼리 먼저 주고받다가 주변정리가 끝나면 본인에게 오도록 하는 상사들도 간혹 있다.

자신이 마신 술잔을 권할 때에는 냅킨이나 청결한 물을 이용하여 자신의 입술이 닿았던 부분을 깨끗하게 닦은 다음 권한다. 잔을 권할 때에는 반드시 양손으로 공손하게 드려야 하며 왼손으로 술잔을 주는 건 예의에 어긋나므로 주의해야 한다.

술자리에서는 술을 마시지 못한다 하더라도 시늉만으로도 함께 하는 것이 좋다. 술을 못하더라도 우선 잔은 받아 놓고 여럿이 잔을 들 때 술잔에 입을 대는 정도로 예의를 갖추면 된다. 술잔을 받은 후에는 입에 대고 약간 마신 후 내려놓으면 예의있는 행동으로 보일 수 있다.
술을 따를 때는 오른손으로 병을 잡고 왼손으로 가볍게 받쳐 들고 따르면 된다. 술병이 무거우면 술병의 아래를 왼손으로 받치고 따르며 주전자일 경우 오른손으로 주전자를 들고 왼손으로 주전자의 뚜껑을 가볍게 누르면서 따르면 된다.

술을 마신 후에는 안주를 바로 먹지 않고 가급적 잔을 깨끗이 닦아 권할 사람에게 권한 후 안주를 먹는 것이 예의 있는 행동으로 보인다.

지금까지는 술을 권하고 받고 하는 기존의 일반적인 방법에 대하여 설명하였는데 사실 요즘 젊은 사람들은 술잔 돌리는 것을 싫어한다. 따라서 술 권하는 문화도 앞으로는 바뀌어 나가야 할 것이다.

이와 관련하여 요즘은 상대방의 잔이 비면 채워 주는 일본식의 첨잔하는 방법도 가능할 것이고 또 기존의 방법과 비슷하게 한다면 내 잔으로 상대방에게 권하면 상대방이 본인 잔을 비우고 본인 잔에 우선 받은 다음 내 잔을 나에게 돌려주며 따라주면 결국 본인 잔으로 계속 마시는 것이므로 문제가 해결되지 않을까 싶다.

술을 권하기 위해 술병을 잡는 방법에도 많은 의견들이 있다. 내 나름대로 들은 바를 참고하여 생각을 정리해 본 결과 좋은 술은 술병의 상표라벨이 보이도록 하고 그저 그런 술은 상표라벨을 손으로 감싸 잡고 술을 따르면 된다.

회식자리에는 하급자가 먼저 도착하여 상사나 윗사람을 기다리게 되는데 이때 음식이나 안주 등에 손을 대서는 안 되며 주위에서 이런 행동을 하는 경우 지적하여 바로 잡아 주어야 할 것이다. 같이 술을 먹자거나 술을 사겠다고 해놓고 딴청을 피우거나 계산하지 않고 먼저 자리를 떠나는 것은 예의 있는 행동이 아니다.

실제로 오래 전 내가 직원시절에 겪었던 경험이다. 모시고 일하던 상사가 저녁식사를 하자고 해서 같이 갔는데 잘 먹고 나서는 계산을 안 하는 것이었다. 나도 눈치는 있는지라 다른 직원이 있었지만 내가 고참이라 계산은 해야 하는데 돈이 부족하였다. 할 수 없이 내 명함을 꺼내어 식당 주인에게 드리고는 나중에 와서 갚겠다고 외상을 하고 후일에 찾아가 해결하였다.

하기사 들은 이야기를 더하면 이 정도는 약과에 불과하다. 예전에 내가 아는 이제는 퇴직하신 어느 분은 직원시절 상사가 같이 가자고 해서 대형 슈퍼마켓에 따라가셨다고 한다. 거기서 물건을 사더니 계산할 무렵 갑자기 사라지기에 황당했지만 할 수 없이 물건값 계산을 했다는 것이다.

또 어느 상사는 주말에 서울을 올라가기 위해 한 직원이 자기 버스표를 끊었는데 자기 것도 하나 사오라고 하여서 겨우 사다 주었더니 이 좌석은 사고 나면 죽을 확률이 높은 곳이니 아예 좌석번호를 지정해 주고 사오라고 했단다.

표를 사러 가니 그 자리는 이미 없어서 힘들게 애써서 겨우 구해다가 드렸다는 일화를 듣고 참 나는 상대적으로 인간적인 측면에서 보았을 때 어려운 일을 덜 겪고 지나왔구나 안도의 한숨이 나왔던 경험이 있다. 아마도 호랑이 담배 피우던 옛날의 이야기겠지만 어느 누구라도 이런 행동을 해서는 안될 것이다.

술자리에서는 되도록 남의 말을 조용하게 경청하는 것이 좋다. 술을 많이 먹다 보면 자기도 모르게 대담해져 남의 험담, 신세 한탄 등 책임지지 못할 말을 마구 늘어 놓게 되며 술에 취했다고 다른 사람들이 이해하고 덮어 주리라는 기대를 가져서는 안 된다.

이제는 퇴직하신 오래 전에 모시고 있던 분이 저녁에 술을 드시고 나서 옆방에 있던 그룹의 여직원들에게 좀 심한 말을 하셨는데 그 다음날 사무실이 시끄러웠다. 여직원들이 항의를 하겠다고 나선 것이었는데 이때만 해도 오래 전이라 술을 드시고 나서 기억에 없으신 상태였다고 양해를 구하고 넘어간 적이 있지만 지금같은 시대에서는 더 이상 용납이 되지 않을 것이기 때문에 난감한 상황이 발생하지 않도록 술을 마실 때에는 더욱 행동에 조심해야 한다.

아울러 회식을 한 경우 함께 술을 마시다 보면 일찍 취한 사람도 있게 된다. 함께 자리를 한 사람들은 이 경우 술에 취한 사람을 안전하게 귀가할 수 있도록 케어를 잘해 주어야 한다. 즉 집까지 잘 들어갈 수 있도록 세심한 배려가 필요하다. 그래야 안전사고라든가 민망한 실수를 막을 수 있기 때문이다. 같이 술을 마신 사람이 취한 사람을 케어를 소홀히 하여 2층에서 떨어져 크게 다친 사례도 보았고 일행 중 한 사람이 술에 취한 채 도로를 건너다가 사망한 사례도 들은 적이 있기에 덜 취한 사람은 함께한 사람을 안전하게 귀가할 수 있도록 노력이 필요하다.

물론 술자리에서 무엇보다도 중요한 것은 각자가 정신을 잃지 않을 정도로 자제하는 것이 중요하지만 때로 한계를 넘는 경우도 있으므로 서로 서로 보살펴 주는 것이 필요하다.

술을 마시면서 업무를 화제로 삼는 것도 바람직하지 않다.
술을 마시면서 공적인 일을 화제로 삼으면 갑자기 용기가 생겨 나도 모르게 회사와 상사를 안주 삼아 이야기 하게 되고 횡설수설하다 결국 실언을 하기 쉽고 말싸움으로 연결되기 쉬우므로 그저 술자리에서는 상대방에 대한 덕담 등을 하는 것이 바람직하다.

오죽하면 김영승이라는 분이 '반성'이라는 시를 썼는데 누구나 한번 읽어보면 술을 많이 마셔 본 사람들은 정말 마음에 와닿는 느낌을 받을 것이다. 술에 취해서 수첩에다가 뭐라고 써놓았는데 술이 깨니까 그 글을 알아볼 수가 없었고 세 병의 소주를 마시니까 다시는 술 마시지 말자고 써 있는 글씨가 보였다라는 내용이다.

앞에서 식사자리에서의 자리배치에 대하여 언급하였는데 참고적으로 한 가지 사례를 더 소개해 본다. 예를 들어 2차 사업소 지사장과 지역본부장, 그리고 본사 처장이 함께하는 식사자리는 어떻게 자리배치를 하여야 할까. 2차 사업소장도 1갑인 경우에는 지역본부장도 본사 처장도 직급으로는 모두 1갑으로 같다. 이럴 경우 의전을 할 때에는 본사 처장, 지역본부장, 지사장 순으로 이루어진다. 따라서 본사 처장을 상석으로 하여 식사나 행사가 이루어져야 한다.

본사 처장이 사업소를 방문하여 위의 3사람이 함께 차 한 잔을 할 때 비서는 준비한 차를 어떤 순서로 드려야 할까. 세 사람이 같은 1갑 처장이지만 위에서 언급한 것처럼 본사처장을 비롯 함께 온 사람들에게 먼저 권하고 다음에 지역본부장, 지사장 순으로 드리거나 본사처장, 지역본부장, 지사장순으로 먼저 드린 다음 수행자에게 앉은 순서대로 권하면 예의에 크게 벗어날 일은 없을 것이다.

그러나 이렇게 하지 않고 지역본부장을 먼저 그리고 처장, 지사장순으로 권하는 것을 보았는데 잘못된 행동이다. 누가 먼저가 중요하다기보다 이런 경우는 같은 1(갑) 처장이지만 손님이란 생각을 하면 어떻게 해야 할 것인지 쉽게 이해가 갈 것이다.

따라서 지역본부장 및 1(갑) 지사장이 본사 처장실을 방문했을 때에는 세 사람 모두 1(갑)처장이지만 손님의 개념을 생각해 보면 지역본부장, 지사장, 처장의 순으로 차를 드리면 된다.

본사에 업체에 계신 대표이사 등이 방문했을 때에도 손님에게 먼저 차를 드리고 마지막에 처장에게 권하여야 한다. 잘 모르겠다면 사전에 선배나 상사에게 자문을 구하고 상황별로 잘 대처를 해야 한다.

④ 보고시의 에티켓

보고를 할 때에도 많은 에티켓이 있다. 보고와 관련 수많은 책들이 있지만 나는 남충희 박사가 쓴 '7가지 보고의 원칙'을 굉장히 감명깊게 읽었고 1직급 처장이 된 이후 그 책의 내용을 직원들에게 계속 교육을 해오고 있다.

책의 내용을 모두 소개할 수는 없지만 저자가 중시한 7가지 보고의 원칙은 고객지향의 원칙, 구조적 사고의 원칙, 두괄식 표현의 원칙, 미래지향성의 원칙, 건의형의 원칙, 적극성의 원칙, 조심성의 원칙이다. 굳이 세부적으로 설명을 하지 않아도 무슨 의미인지 알 수가 있을 것이다. 이 책의 내용을 수없이 읽고 실행을 위해 노력하는 마음자세가 필요하다.

여기에서는 그동안 회사생활을 하며 내가 겪었던 사례를 중심으로 이야기를 하고자 한다. 우선 상사가 윗사람, 즉 상사의 상사에게 보고를 해야 하는 자리에서는 하급자는 일단은 아는 체를 하거나 나서지 않아야 한다. 상사가 보고를 하다가 지원을 요청할 때 또는 기회를 줄 때에야 나서야 하는 것이다. 시도 때도 없이 기회다 하고 상사에 앞서서 나서는 사람이 있는데 이것은 절대 금물이다.

상사는 그만큼 조직내에서 한 역할이 있기 때문에 그 자리에 올라가 있는 것이므로 나보다 잘났거나 못났거나 존경하고 기본적인 예의를 갖추어야 한다. 승진을 포기했다 하더라도 조직원이라면 자기의 위치에서 무엇을 어떻게 해야 하는가를 고민을 하고 행동하여야 한다.

직장생활을 하다 보면 상사가 있는데 상사의 상사에게 다시 말해 중간 상사에게 보고를 하지 않고 건너뛰어 그 위의 상사에게 보고를 먼저 하는 사례도 있다. 신문에도 한때 중간 상사를 무시하고 윗선에 직접 보고를 했다는 그런 공무원 사회의 이야기들이 오르내리고 했듯이 우리가 속한 조직내에서도 그런 일들이 나타난다. 이 경우 중간에 끼어 있는 상사는 무시당했다는 생각으로 불쾌감을 억누르지 못하게 될 것이다.

때로 중간에 있는 상사가 자리를 비우고 있는 상태에서 일 자체가 급박하게 돌아갈 수밖에 없다면 위와 같이 그 위의 상사에게 보고를 할 수 있겠으나 요즘은 카톡이나 핸드폰이 발달되어 있는 만큼 사전에 통신을 이용하여 중간 상사에게 보고를 하고 그 다음 절차를 진행하여야 한다.

또한 내가 모시고 있는 상사에게 지시를 받았고 다른 상사에게서도 지시를 받았을 경우 다른 상사에게 받은 지시에 대하여 모시고 있는 상사에게 즉각 보고하고 일의 선후 등에 대한 지시를 받고 일을 처리해야 한다. 소속부서의 일도 바쁜데 그 일을 접어두고 타부서 상사의 지시를 처리할 경우 모시고 있는 상사에게 불쾌감을 줄 것이다.

항상 보고하고 대화하며 소통하는 자세가 필요하다.

상사보다 그 위의 상사에게 지시를 직접 받거나 하게 되면 이 사실을 바로 위 상사에게 즉시 보고하고 지시사항을 처리하도록 하여야 한다. 즉 중간에 있는 상사를 무시하거나 제끼고 일을 처리하는 경우가 없어야 한다. 이러한 마음가짐, 자세가 기본적으로 잘 이루어져야만 조직내 화합이 이루어질 수 있다.

한국전력공사의 고장담당 차장은 매일같이 고장현황을 사업소장에게 보고를 하는데 설비의 고장은 사회에 큰 영향을 미치기 때문에 굉장히 민감한 부분이라 사업소장들은 담당 차장이 방에 들어오면 때로는 화가 나고 때로는 안도의 숨을 쉬게 된다. 매일같이 되풀이되는 일이지만 시간이 지나면 이렇게 살갑게 부딪쳐 일한 사람들이 기억에 남는 법이라고들 모두 말한다.

요즘 젊은 세대들은 상사와 가급적 안부딪치려 회식자리도 피하고 사옥에서도 피하려는 듯한 인상을 주는 사람들도 일부 있는데 개인에게나 조직에게나 바람직하지 않은 일일 것이다. 적극적으로 능동적으로 접촉하고 소통을 하여야 한다.

또 지시를 받을 때나 회의를 할 때나 항상 메모하는 습관이 중요하다. 일례로 모 사업소에 판매사업실장(현 전력사업처장)으로 근무시 본부장께서 삶에 도움이 될 만한 좋은 영상물들을 주간회의 전에 10분 정도 보여 주셔서 공유하는 시간을 매주 가졌는데 아주 좋은 내용임에도 메모하는 사람들이 거의 없었다.

나는 그 내용을 메모하고 돌아와서 인터넷들을 조사하여 내용을 보강하고 그 핵심내용을 예하 간부 및 직원들에게 이메일로 보내서 공유토록 하였다. 아직도 그 내용들은 항상 가지고 있으면서 필요시 교육자료로 활용하곤 한다.

지시받은 사항에 대한 일처리가 시간이 걸리게 되면 중간보고를 철저히 하는 노력이 필요하다. 지시한 상사는 항상 그 일이 어떻게 진행되고 있는지 궁금해 하기 때문이다. 아울러 지시를 받을 때는 지시내용을 정확하게 파악해야 하며 이해가 잘 안되었을 경우는 물어서 지시내용을 확인하고 일을 처리하는 것이 필요하다. 잘못하면 귀중한 시간을 소비하며 엉뚱한 방향으로 일을 처리할 수 있기 때문이다.

간혹 애매한 지시를 하는 경우도 있지만 경험상 이런 경우는 중간 중간 진행사항을 보고를 하면서 방향을 수정하는 것이 바람직할 것이라고 생각한다.

그리고 보고를 할 때는 핵심적인 결론을 먼저 이야기해야 한다.

보고를 받아 보면 종종 곁가지 이야기를 한참 하고나서 정작 가장 궁금해 하는 부분은 마지막 부분에 이야기를 하여 짜증이 나는 경우가 종종 있다. 상사는 가장 먼저 결론이 궁금한 것이기 때문이다.

　또한 보고를 할 때는 항상 가능한 안들을 제시하고 그중에 '어떤 것이 어떤 이유로 가장 합리적이다'라고 하는 의견을 제시해야 한다.

　예를 들어 저녁에 회식을 하게 되면 '일식, 중식, 한식전문점이 여기저기 있는데 그중에 이번에는 이런 이유로 이 집을 선택하면 좋을 듯 합니다'라고 하는 형태의 보고가 이루어져야지, '어디로 할까요?'는 상사로 하여금 난감하게 만들 수도 있는 보고이다. 또한 '회의 순서는 어떻게 할까요?', '발표순서는 어떻게 할까요?', '좌석배치는 어떻게 할까요?'와 같은 질문은 질문을 하기 전에 내가 먼저 어떻게 해야 하는지 생각해 보고 안을 만든 다음에 상사에게 나의 의견을 제시하고 의견이 다를 경우 조정할 수 있도록 해야 한다.

　상사가 택할 수 있도록 기본적인 정보를 제시해 주는 노력이 보고자에게 필요하다. 또 보고서를 결재판에 넣어서 가져와서는 결재판을 반으로 접어서 상사에게 보고를 하는 사람들이 있는데, 그렇게 해서는 예의에 어긋나고 결재판을 열어서 두손으로 상사가 보도록 드려야 한다.

아주 기본적인 것인데도 무의식적으로 이렇게 행동하는 직원들을 보면 안타까운 생각이 든다.

보고서를 작성하는 경우 내가 직접 기획해서 만드는 경우가 있는가 하면 예하사업소나 다른 사람들로부터 자료를 받아서 취합하여 만드는 경우도 있다. 자료 취합 시에는 보고서 틀이나 내용 등을 작성 후 잘 살펴보고 내용을 세부적으로 확인하여 보고를 하여야 하며 취합만 하고 내용 파악을 하지 않으면 보고시 질책을 받을 수도 있으므로 주의해야 한다.

요즘도 TV를 보면 하급자가 상급자에게 보고시 하급자는 서서 상급자는 앉아서 보고를 받는 모습들을 흔히 본다. 간단한 보고서야 금방 끝나니까 그렇다 치더라도 분량이 많은 보고서는 시간이 걸리므로 보고자를 앉도록 하고 보고를 받는 것이 좋다. 요즘은 보고 받는 탁자도 보통 원형탁자를 많이 사용하므로 가급적 앉아서 편안한 상태로 보고를 받는 형식으로 하면 좋겠다는 생각이다.

⑤ 자동차 승차시 및 운전시의 에티켓

자동차를 탈 때도 각자의 지위 등에 따라 앉는 자리가 있다.

운전자가 일행 중 가장 지위가 높은 경우에는 운전자 옆자리가 가장 상석이지만 운전자의 지위가 낮은 경우는 운전자의 대각선 자리가 상석이 된다. 이런 논리는 운전자의 대각선 방향 좌석이 가장 안전하고 운전자 옆 좌석이 가장 위험성이 크다는 측면에서 생긴 것이라고 보면 된다. 이런 논리에 상대방을 존중해 주는 의미를 포함시켜 생각하면 될 것이다.

전담 운전기사가 운전을 하는 경우라면 제일 상석은 운전자의 대각선 뒷좌석이 되며 두 번째 상석은 운전자 뒷좌석, 세 번째 좌석이 운전자 옆좌석이 된다. 또한 승차시에는 아랫사람이 상석 자리측의 문을 열어 윗사람을 먼저 태우고 자기는 돌아가서 반대편 문을 열고 승차하거나 앞 좌석에 승차한다.

최근에는 산타페와 같은 차종들의 경우 운전석 옆자리가 상석이라고들 말한다. 그러나 일반적으로 상사들은 운전석 대각선 자리를 상석으로 생각하고 있기 때문에 상사가 어디에 타려고 하는지 상황을 살핀 뒤 승차하면 예의에 벗어날 일이 없을 것이다.

운전사를 제외하고 4명이 한 차를 타는 경우가 있는데 이

때는 상사가 편하게끔 운전석 옆에 앉고 뒤에 3사람이 같이 타면 된다. 이때에도 운전석과 대각선 위치가 그다음 상사의 자리가 되고 운전석 뒤가 그 다음, 그리고 가운데 자리가 가장 말석이 된다.

그러고 보니 일전에 모 사업장에서 신입사원들이 보니까 선배 직원들이 상사가 차를 탈 수 있도록 문을 열어 주는 모습을 보고 그 상사는 손이 없냐 하며 마땅찮게 이야기들을 하더라는 이야기를 들었는데 직장생활은 업무도 중요하지만 상사나 동료에 대한 예의도 중요한 만큼 긍정적으로 생각하며 나쁜 행동이 아니라면 적극적으로 행동하는 것이 나에게 도움이 된다.

굳이 상사에게 문을 열어 주지 않아도 되지만 회사근무도 오래 하신 분이고 인정을 받아서 그 위치에 오른 것이니만큼 예의라고 생각하고 행동하면 좋을 것이다.

한 조직에서 지내면서 선배나 상사에게 나의 예의 바른 모습을 보여 드림으로써 다른 사람과 나를 차별화할 수 있는 장점이 있으니 직장생활에 도움이 될 것이니만큼 적극적으로 능동적으로 긍정적인 사고를 하며 즐겁게 행동해야 한다.

이런 승차와 관련해서 간부들도 제대로 잘 모르는 경우가 많다. 예를 들어 운전석 옆 차문을 열어주면서 '타세요' 하는 간부들도 있고 하여 황당하기도 하다. 문을 열어주기까지 하니 안 타기도 그렇고 일단은 타지만 어디가 상석인지 어디에 내가 타야 하는지를 모르는 직원들이 있기에 참으로 안타깝다. 이러한 것들은 누구에게 배워서 한다기 보다도 남이 하는 걸 보고 자연스럽게 배워지는 것인데 직원들만이 아니라 간부들까지도 이런 행동을 하는 사람을 가끔 보면서 아쉬움이 많이 느껴진다.

본인은 자기 나름대로 생각을 하고 액션을 한 것이지만 에티켓에 대하여 알고 있는 상사의 입장에서 보면 황당한 일인 것이다.

예의라고 하는 것은 꼭 배워서 하는 것이 아니다.
남들이 어떻게 하는지 평소에 관심을 갖고 살펴보고 이런 상황에서는 내가 어떻게 해야 하나 약간의 고민을 해보았다면 실수를 할 일이 없을 텐데 생각나는 대로 행동하는 모습을 보노라면 안타깝다.

자동차 운전시에도 다양한 주의가 필요하다.
동료나 상사를 태우고 운전을 하는 경우 턱이 있는 경우에는 덜컹하고 넘지 않도록 조심하여야 하며 두손으로 핸들을 잡고 운전하여야 한다.
일례로 내가 UAE 원전건설 현장을 방문했을 때 현지에서 고용된 외국인 전문기사가 회사 차를 가지고 나왔는데 옷도 후줄근하고 운전도 난폭하게 하는 상황이어서 관리부서에 교육을 시키도록 요청하였다.

본사에서 처장이 출장 나와서 안내를 위해 운전을 하는데 마구잡이로 운전을 하는 것은 있을 수 없는 일이기에 단단히 교육을 시키도록 관련부서에 이야기를 하였다. 운전기사로서 전혀 기본이 안 되었다는 생각이 들었다.

그날로 관리부서에서 교육을 어떻게 시켰는지 그 다음날 다시 만났는데 복장도 단정해졌고 운전도 조심해서 하는 모습을 확인할 수 있었다. 관리 부서는 고용한 운전기사들의 복장이라든지 운전하는 마음가짐, 자세에 대하여 주기적으로 교육을 시행하고 실태도 점검해야 하는데 그러한 업무수행이 소홀하였다고 생각된다.

또 하나의 사례를 살펴보자.
본사 처장이 사업소를 방문하여 지역본부장, 1갑 지사장과 같이 식사를 하고 헤어질 때 누가 먼저 출발해야 할까. 세사람 모두 1(갑) 처장이지만 본사 처장이 의전상 앞이고 또한 손님이므로 본사처장이 출발한 후 지역본부장과 지사장이 출발해야 예의에 맞다. 먼저 인사하고 가버리는 것은 에티켓이 부족한 행동이며 손님이 출발하는 것을 보고난 후에 출발해야 한다.

또한 인재개발원에서 원장 기사가 턱을 덜컹하고 넘다가 원장에게 혼이 났다는 이야기도 들었는데 기본이 안된 있을 수 없는 일이라고 생각한다. '이렇게 함부로 운전을 하다간 내가 이 일을 더 이상 할 수 없을 것이다'라는 생각을 평소에 조금이라도 해보았다면 운전을 그렇게 함부로 할 수는 없었을 것이다.

오래 전에 내가 사업소에서 1(갑) 지사장을 할 때 내 차를 가지고 본부장을 모시고 어디에 갈일이 생겼다. 이때 본부장께서 잘 아는 다른 사업소의 모 부장이 동행을 하게 되어 결국 부장이 내 차를 운전하게 되었는데 운전이 거칠어서 앞에 차와 충돌할 뻔 하였다. 이렇게 운전할 때 보면 매너가 부족한 사람들이 우리 주변에 많이 있다.

상사를 모시거나 동료나 부하직원과 동행할 때에도 운전은 조심해서 안전하게 해야 한다. 그리고 이런 경우에는 미리 차도 깨끗이 해서 동행하는 사람들을 쾌적하게 모실 수 있도록 준비하는 습관이 필요하다.

⑥ 대화시 예절

대화시에는 좋은 말을 사용하도록 노력하여야 한다. 그러기 위해서는 밝게, 명료하게, 부정적인 표현은 사용하지 말고 긍정적인 표현을 사용하여야 한다. 또한 명령형이 아닌 의뢰형으로 쉽고 공손하게 대화에 임하는 것이 좋다.

말할 때의 바람직하지 않은 자세는 자기 이야기만 일방적으로 하는 경우라든지 전문용어, 외래어 남발 등의 경우도 바람직하지 못하다. 들을 때에도 건성으로 듣지 않도록 주의가 필요하고 대화시 눈 맞추기 등도 중요하다. 또한 대화 중간에 말을 끊는다든지 말 참견하기 등도 반드시 지양해야 한다.

여러 사람들과 같이 있을 때 이 사람 저 사람 골고루 눈 맞추고 이야기를 해야 하며 특정한 사람만 쳐다보며 이야기를 하는 것은 바람직하지 않다. 인간인 이상 어떤 사람에게 평소에 싫은 감정이 있다 하더라도 내색을 하지 않고 시선을 처리해야 한다.

그 외에도 상사에게 신뢰감을 주지 못하는 표현이나 자신감 없는 표현 등 다음과 같은 용어들은 사용하지 않는 것이 바람직하다.

'죄송합니다'의 경우 죄송하다는 표현을 사용할 경우가 발생되지 않도록 평소에 맡은 일을 비롯하여 업무를 철저히 수행하여야 한다는 측면에서 바람직하지 않다. '아마'라는 표현은 자신감 없는 언어로 상대방에게 신뢰감을 주지 못한다.

'열심히 하겠습니다'는 좋은 말이지만 요즘은 그 말 대신에 '스마트하게, 똑똑하게 일하겠습니다'라는 표현이 좋다고들 말한다. 또한 일반적으로 저희 회사(본부)는 우리 회사(본부)에 속하지 않는 사람과 대화시에 사용하고 우리 회사(본부)는 우리 회사(본부)에 속한 사람과 대화시에 구별하여 사용하는 것이 바람직하다.

동료나 아랫사람에게 친근감이나 권위의식을 표시하느라 반말을 남용하는 것은 삼가해야 하며 또한 공적인 자리에서 '형님, 언니야' 등의 말은 삼가는 것이 좋다.

윗사람이나 동료, 가까운 거래처 사람에게 당신이라는 말을 남용하는 것은 자칫 오해를 일으키기 쉬우므로 삼가해야 한다. 지역에 따라서는 당신이라는 표현이 존경의 의미가 있다 하더라도 사람에 따라서는 얕잡아보는 것으로 불쾌하게 생각하는 사람도 있으므로 주의가 필요하다.

자신보다 먼저 입사한 사람이라고 모두 자기보다 연장자이지는 않으나 나이가 어리다 해도 회사에서는 경험과 실력을 쌓은 선배이므로 선배에 대한 기본적인 예의는 철저히 지키도록 하여야 한다.

상사나 선배에 대하여 예의를 갖추는 것은 중요하다.

그리고 또 후배 직원들에 대해서도 말을 함부로 하거나 하면 안 되며 업무적으로 질책은 하더라도 자존심은 건드리지 않아야 한다.

우리는 자기도 모르는 사이에 무심코 내뱉은 말로 인해 사람들에게 상처를 주기 쉽다. 오죽하면 김준엽이라는 시인은 '내 인생에 가을이 오면'이라는 시에서 '내 인생에 가을이 오면 나는 나에게 남을 상처 주는 일은 없었느냐고 물을 것입니다. 그때 자신있게 말할 수 있도록 남을 상처 주는 말과 행동을 하지 말아야겠습니다.'라는 표현을 썼다.

무심코 던진 돌에 개구리가 맞아 죽는 것처럼 내가 무심코 던진 말에 상대방은 큰 상처를 입을 수 있다는 것을 명심하고 대화시에는 늘 조심하여야 한다.

화가 나서라든지 짜증이 나서 부하직원에게 던진 아픈 말은 상대방은 평생 그것을 기억한다. 잊어 버리려 해도 잊혀지지 않고 그 사람만 보면 떠오른다.

내 경우도 이젠 퇴직하신 분이지만 업무적으로 연계가 되어 가끔 만나는 분이 있는데 상사로 모시고 근무할 때 별로 유쾌하지 않았던 기억이 내색은 않지만 그럴 때마다 다시 떠오르곤 한다. 남을 상처 주는 자존심을 건드리는 말은 될 수 있으면 하지 않아야 한다.

또 회의나 행사를 할 때 보면 하급자인데 '나'와 '저'를 섞어서 쓰는 사람을 보게 된다. 처음에는 저라는 표현을 쓰는데 이야기를 하다 보면 나라는 표현이 중간에 섞인다. 이것은 예의에 어긋나는 행동으로 조직의 분위기를 해치는 일이므로 조심하여야 한다. 이야기를 하다 보면 '나'와 '저'를 구별도 못하고 말을 하는 사람들이 종종 눈에 띄어서 안타깝다.

직장인으로서 대화를 할 때에는 하급자이거나 동료이거나 상사에 대하여 그에 맞는 예의를 갖춰서 하여야 한다. 그렇게 함으로서 조직의 분위기를 망치지 않고 분위기를 좋게 살려 나갈 수 있는 초석이 될 것이다. 말 한마디의 중요성에 대하여는 김수환 추기경님의 '말 한마디'라는 시를 읽어보고 직장 생활을 하면서 조심하여야 한다. 저작권 침해가 될까 이 책에 싣지를 못해 아쉽지만 말을 조심하지 않으면 어떤 결과가 나타나는지 잘 묘사되어 있는 詩이니 늘 옆에 두고 명심하여야 한다.

'말 한마디로 천냥 빚을 갚는다'라는 말이 있는데 우리 주변에 보면 굳이 상대방이 듣기에 좋지 않은 그런 말을 툭툭 던지는 사람들이 종종 있다. 오죽하면 '육일약국 갑시다'라고 하는 책을 쓴 김성오라는 분이 동창회에 얼굴을 내밀었더니 친구가 던진 첫 마디가 '너는 왜 그리 홀딱 늙었니?'라고 하는 말에 충격을 받았다는 이야기가 나올까 싶을 정도로 우리 주변에서 말을 조심하지 않는 경우가 많은데 주의해야 한다.

직장생활을 하다 보면 나이가 어리거나 동년배인데 상위직에 있는 사람을 만나는 경우가 있다. 이럴 때에는 하위직에 있는 사람은 당연히 존대를 해야 하지만 상위직에 있는 사람도 하위직에 있는 사람에게 예의를 갖춰서 대화를 해야 한다.
나의 경우 사업소장을 할 때에 동년배가 차장을 하는 사람을 만났는데 그 사람은 나에게 깍듯이 했고 나도 대화시 신경 써서 서로 기분 상하지 않도록 하였다. 지금은 멀리 떨어져 근무하지만 가끔 통화할 정도로 잘 지내고 있다.

그러나 아쉽게도 우리 주변에는 직급이 높다 하여 본인은 하대를 하고 하위직급의 사람은 어쩔 수 없이 존칭을 하는 그런 경우도 보이는데 서로 간에 직급, 직위를 떠나 기본적인 예의를 갖추는 것이 필요하다. 그것은 상대방을 배려하는 마음에서부터 출발해야 함은 물론이다.

⑦ 직장에서의 호칭 예절

일반적으로 직장에서의 호칭은 상급자에 대하여는 오부장님처럼 성+직책+님으로 하급자에 대하여는 송대리처럼 성+직책으로 그리고 동료에게는 이름+씨 정도로 부르면 된다. 다만 동료인데 나보다 나이가 많다면 이름+씨보다는 ○○○감독님 등 좀더 상대방을 배려하는 호칭을 찾아서 사용하면 좋다. 공식석상에서는 '사장 훈시, 부장의 업무보고'와 같이 존칭을 사용하지 않는다.

외부사람에게 회사내 직원을 소개할 때에는 '○○○부장을 찾으십니까'처럼 존칭을 생략한다. 상사보다 더 윗사람에게 상사를 이야기할 때에는 직속 상사를 다음과 같이 낮추어 호칭해야 한다.

예) 직원이 자기 상사인 신과장을 부장에게 보고할 때
   ① 부장님, 신과장은 출장중입니다.
   ② 부장님, 신과장은 출장중이십니다.
   ③ 부장님, 신과장님은 출장중이십니다.
   ⇒ ①은 예의가 없어 보이고 ③은 과도한 예절이며
      ②가 가장 적절

또한 회사에서 언니, 누나, 형님 등의 표현을 마구 쓰는 사람들이 있는데 회사는 집이 아닌 만큼 공식적인 직위나 신입사원의 경우 ○○○ 사원 등으로 호칭하면 된다.

시대가 바뀌어 가면서 요즘 모 사기업에서는 직책을 부르지 않고 '○○○프로' 형태로 부른다고 한다. 아직 우리나라 현실에서는 좀 어색해 보이는데 앞으로 시간이 좀더 흐르면 우리가 지금까지 불러오고 있는 호칭도 영원히 사라질지 모르겠다.

일전에 어느 결혼식장에서 퇴직하신 분을 만난 적이 있다. 그 분은 나를 '○○○처장'이라고 부르기도 하고 또 어떤 때에는 느닷없이 '○○○씨'라고 부르는 것이었다.

참 듣기가 거북하고 이상했는데 이처럼 상대방을 호칭할 때는 상대방이 기분 나쁘지 않도록 주의를 기울여야 한다.
무슨 특별한 악의가 있어서 그런건 아닐지라도 듣는 사람이 비아냥거리는 느낌이 들지 않도록 조심하는 것이 필요하다.

이름과 직책을 부르기가 불편하면 상대방을 쳐다보면서 하고 싶은 이야기만 하면 된다. 즉 애매하면 ○○○씨라고 불러서 상대방을 불편케 하느니 호칭을 생략하고 예의를 갖춰 할 말만 하면 된다.

나보다 낮은 직급인데 나이가 많은 분이면 어떻게 호칭해야 할까? 이럴 때는 예를 들어 오대리님하고 '님'자를 붙여서 부르면 서로 기분 상할 일은 없을 것이다.

애매모호하면 상대방이 기분 나쁘지 않도록 배려하는 마음으로 호칭하면 된다.

제대로 된 호칭 사용은 직장생활의 기본이다.

상대방에게 맞는 올바른 호칭은 원활한 인간관계를 유지하는데 꼭 필요한 요소이며 또한 성공하는 데 필수적인 것임을 명심해야 한다.

⑧ 식당 등에서의 예절

앉아야 할 자리와 관련해서는 우선 상석은 창가가 있는 곳이라면 창밖이 잘 보이는 자리, 무대가 있는 자리라면 무대가 잘 보이는 자리가 바로 상석이 된다고 보면 된다. 그래도 모르겠다면 가만히 있으면 상사가 알아서 자리를 찾아 가거나 종업원이 먼저 의자를 빼주는 곳이 상석이 된다. 이때 주최자나 아랫사람은 접대자나 윗사람과 마주 보는 자리나 출구 쪽에 앉으면 된다. 냅킨은 반으로 접어 무릎 위에 살짝 올려놓으며 음식을 먹다가 입가를 닦을 때에는 한쪽 끝을 쥐고 입 주위를 닦으면 된다.

식사 중에 잠시 자리를 비울 때에는 냅킨을 접어 의자 위에 올려놓으면 식사 중의 표시가 되며 식탁 위에 냅킨을 올려놓는 것은 식사가 끝났다는 의미가 된다. 양식을 먹는 경우 포크와 나이프가 여러 개가 있으면 가장 바깥쪽부터 사용하면 대체로 맞는다.

원탁에서 양쪽에 놓인 빵과 물잔을 보고 어느 것이 나의 것인지 알기가 어려운데 이 경우 빵은 왼쪽, 물은 오른쪽의 것이 내 것이며 이를 '좌빵우물'이라고 기억하면 쉽다. 학회라든가 호텔에서 모임을 갖게 되는 경우 그리고 요즘의 결혼식장도 종종 이런 경우가 있는데 '좌빵우물'을 기억하면 좋고 기억하지 못한다 하더라도 알려 주는 사람이 반드시 한 명은 있으므로 대부분 바로 해결 된다. 식사를 마쳤다면 나이프와 포크를 5시 방향으로 나란히 두면 식사가 끝났다는 의미가 된다.

예의란 많이 배웠다고 해서 잘 지키는 것도 아니고 못 배웠다해서 잘 못 지키는 것도 아니다. 명문대를 졸업한 나의 친구 모 박사님도 하수구에 담배꽁초를 그대로 내던지고 문화적인 차이가 있을지 모르겠지만 우리 입장에서 보면 IT분야의 대가인 빌 게이츠도 주머니에 손을 넣고 대통령과 악수를 하는 걸 보면 예의를 차릴 줄 모르긴 매한가지이다.

배운 사람일수록 또한 나부터 솔선수범해서 예의를 지키고 상대방을 배려하는 그런 사회가 되도록 노력해야 한다.
따라서 예의가 무엇인지 상황에 따라 어떻게 행동을 해야 하는 것이 바람직한 행동인지 등에 대하여 직장에서는 상사가 가정에서는 부모가 역할을 해야 하나 시대가 바뀜에 따라 권위나 영이 서지 않는 상황이 되어가고 있어 아쉬움이 많이 든다. 하기야 잘못 나섰다가는 망신을 당하는 수가 많기 때문일 것이다.

그럼에도 불구하고 상사는 상사대로 부모는 부모대로 역할을 다하기 위하여 더욱 노력해야 한다.

일례로 서울의 모 고등학교 교장선생님께서는 재직시 학교

식당에서 학생들이 점심식사를 할 때 테이블마다 선생님을 한 분씩 배정해서 밥상머리 교육을 시행하셨다고 한다.

에티켓을 비롯 살아가면서 지켜야 할 태도 행동 마음가짐 등에 대하여 식사를 같이 하며 함께 자리한 선생님들이 코칭을 하도록 했다고 한다.

이 밥상머리 교육을 지금도 만나면 자랑스럽게 이야기하시는 것을 들었는데 사실 사람들은 몰라서 못 하는 경우가 많다. 따라서 모르는 사람에겐 선배나 상사의 입장에 있는 분들의 코칭이 중요하다.

모르는 것이 자랑이 아니다. 모르는 것보다는 알아야 하고 알고나면 그것을 행동으로 실천하는 것이 중요하다. 이제는 음주문화도 바뀌어 가고 있지만 초급간부의 위치에 있는 사람이 왼손으로 상사에게 잔을 권하는 경우도 보았고 상사에게 받은 잔을 마냥 가지고 있는 경우도 경험을 하였는데 이러한 사례들은 안타깝지만 몰라서 그렇게 행동하지 않았을까 생각한다.

일반적으로 사람들은 모르더라도 주위의 사람들이 하는 것을 보고 눈치껏 하게 마련인데 그런 것을 알 만한 사람임에도 불구하고 안 되는 경우를 종종 본다.

따라서 에티켓을 비롯 직장생활에서의 모든 일들에 대한 실천은 각 개인의 몫이지만 모르는 것에 대해서는 알고 있는 사람이 우선 알려주는 것이 중요하다.

그것을 받아들일지 말지 행동으로 실천 여부는 각자의 선택에 따라 다르겠지만 좋은 방향, 바람직한 방향에 대한 코칭은 직장 선배 혹은 상사로서 해야 할 중요한 역할이기 때문이다.

⑨ 이메일 보낼 때의 에티켓

　요즘은 통신수단이 발달하여 PC나 핸드폰 등을 이용하여 메시지를 비롯 이메일 발송 등 정보전달이 홍수를 이루고 있다. 예전에는 이런 류의 정보를 전달할 때 많은 주의들을 한 것 같은데 요즘은 상대방을 알거나 모르거나 업무적이거나 업무와 관련없어도 메일 또는 메시지를 마구 보내고 있다.

　어떻게 보면 보내는 사람 입장에서는 목적이 있지만 받는 사람 입장에서는 짜증이 날 수도 있다. 그래서 메일을 보내기 전에 생각을 많이 해보아야 한다. 동료에게 보내는 것은 문제가 없지만 상사에게 그것도 잘 모르는 상사일 경우에는 좀더 신중하게 생각해야 한다.

　예를 들어 지역본부에서 2차사업소에 업무적으로 메일을 보내는 경우 담당자나 차장 정도 수준으로 보내야 하는 건지 부장까지 보낼 건지 사업소장까지 보낼 건지 신중히 생각해야 한다. 사람들은 저마다 다 생각이 다르기 때문에 업무적인것임으로 좋다고 생각하는 사람도 있는 반면 짜증내는 사람도 있기 때문이다. 혼자서 결정하기 어려우면 상사와 상의하여 수신대상을 마구 보낼 것이 아니라 좀더 신중하게 생각해야 한다. 하나하나의 행동이 상대방으로부터 평가를 받는다 생각하면 조심을 할 수밖에 없을 것이다. 보내는 본인에 대한 평가뿐만 아니라 소속부서에 대한 나름대로의 평가도 될 수 있기 때문에 신중에 신중을 기하는 것이 좋다.

　사업소장도 사업소장 나름이다. 예전에 보면 지사장의 경우
나 실장의 경우나 본사조직의 팀장을 보더라도 직급이 부장이
있고, 1(을)처장이 있고, 그리고 1(갑)처장으로 나뉜다. 예를
들어 지역본부에서 사업소로 부장이나 차장이 이메일을 보낸
다면 부장이 사업소장을 하는 곳이라면 큰 결례가 안될 수도
있겠지만 내용에 따라서는 이메일이 홍수를 이루는 현대사회
에서 그 이상의 직급이 사업소장을 하는 곳이라면 에티켓 측
면에서 결례가 아닐 지 한번 더 신중하게 생각해야 한다.
　업무관련 정보를 제공하는 것이므로 나쁠 것은 없지 않나라
고 생각할 수도 있지만 상대방이 그렇게 생각하지 않을 수도
있다는 것을 고려해야 한다. 굳이 보내야 하겠다면 똑같은 문
장으로 보내지 말고 상급자가 사업소장을 맡고있는 사업소는
더욱 완곡한 표현으로 공손한 내용으로 보내야 한다.

　세상을 편하게 내 마음대로 살아간다는 생각은 큰 오산이
다. 내가 기안한 문서 한 장으로도 내 자신이 평가된다는 사
실을 알고 정성들여 최선을 다해야 한다.

　아울러 이메일을 받았을 때는 간단하게 받았다는 응신을 하
는 것이 좋다. 아무런 반응이 없는 것보다는 읽었다는 것과
소감정도까지 간단히 보낸다면 훌륭한 태도가 될 것이다.

그리고 이메일에 답신을 할 때는 가급적 [Re]라는 내용이 제목에 붙지 않도록 제목을 바꿔 쓰는 것이 상대방에 대한 예의가 아닐까 하는데 몇 년 전 직원들에게 이런 내용을 교육했더니 업무적인 내용에 대해서는 [Re]가 붙도록 상대방이 보낸 메일 내용에 추가하여 보내는 것이 효율적이 아닌가라는 의견도 있었다.

내 입장에서 볼 때는 줄줄이 이런저런 내용을 붙여서 보내는 것보다 다 지우고 내가 말하고자 하는 내용만 간결하게 답으로 보내는 것이 좋지 않을까 생각한다. 사소한 부분이지만 받는 상대방의 입장을 생각해 보고 보내야 한다.

그리고 문서도 마찬가지이지만 부하이거나 예하사업소이거나를 떠나 '지시'와 같은 고압적인 문구는 피하고 '요청' 등의 완곡한 표현을 써서 받는 사람이 기분 상하지 않도록 배려하는 것도 중요하다.

예전에 지역본부 소속 부서에서 부장 전결로 타부서로 문서를 보낼 때 '지시' 형태의 문서를 보내서 시끄러웠던 사례가 있었다. 문서상 표현에 있어서 상대방에 대한 배려나 주의가 필요하다.

매 순간이 마찬가지이지만 상대방을 배려하는 자세가 중요하다.

많은 사람들이 보았던 MBC TV 드라마 대장금을 보면 최고 상궁을 뽑기 위하여 중전 주관으로 한상궁과 최상궁을 대상으로 밥짓기 대회를 여는 장면이 나온다.

　　최고상궁이 되기 위하여 한상궁과 최상궁은 밥짓기를 하는데 최상궁은 솥안의 김이 새어 나가지 않도록 하여 맛있는 밥을 지었고 한상궁은 솥 안에 큰 그릇을 넣어서 그릇 밑은 된밥, 사이는 보통밥, 그리고 물이 밀려서 온 부분은 진밥이 되도록 3층밥을 짓는다.

　　중전 주관으로 누구 밥이 더 좋았는지 상궁들을 대상으로 투표를 한 다음 개표를 하기 전에 중전이 상궁들에게 '누구 밥이 더 맛있었느냐?'고 질문을 하자 대부분이 최상궁 밥이 맛있었다고 답을 한다.

　　그러나 투표한 결과를 개표해 보니 의외로 9:5로 한상궁 표가 더 많이 나왔다. 중전이 의아하여 투표를 한 상궁들이 최상궁 밥이 맛있었다고 하더니 어째서 투표 결과는 한상궁 표가 더 많냐고 물으니 한상궁이 답을 하기를 '저는 투표를 한 상궁들과 어렸을 때부터 함께 자라서 상궁들 개개인이 어떤 밥을 좋아하는지를 알기 때문에 삼층밥을 지어서 기호에 따라 진밥, 된밥, 보통밥을 나누어 주었습니다.'라고 말한다.

　　즉 진밥을 좋아하는 상궁들에게는 진밥을, 된밥을 좋아하는 상궁들에게는 된밥을 줘서 투표결과 이겼다고 하는 내용인데 어떤 상황에서든 상대방을 고려하고 배려하는 행동이 중요하다는 메시지를 이 드라마를 통해서 알 수 있었다. 이러한 한 상궁의 조용하면서도 상대방에 대한 세심한 배려하는 모습은 우리에게 귀감이 되고 큰 울림을 준다.

⑩ 회의, 토론회 등에서의 자리배치

직원들이든 간부들이든 자리배치와 관련 직급, 직위를 고려함에 있어 소홀함이 없도록 하여야 한다. 본사의 경우 조직이 계속 바뀌고 있지만 얼마 전까지만 하더라도 같은 팀장이라도 부장으로서 팀장이 있고 1(을) 처장으로서 팀장이 있었고 사업소에도 부장으로서 지사장인 경우와 1(을) 처장으로서 지사장인 경우, 1(갑) 처장으로서 지사장 업무를 수행하는 경우 등 다양하다.

당사자들도 마찬가지이지만 직원들도 그러한 내용을 잘 알고 서로간에 기분 상하지 않도록 상황에 맞게 처신해야 한다. 다시 말해서 같은 팀장이지만 똑같은 팀장이 아니고 크고 작은 사업소의 똑같은 사업소장이지만 직급은 다른 것이므로 예의에 맞게 처신해야 한다. 요즘은 직급이 다름에도 공적자리에서도 예의를 지키지 못하는 간부나 직원들이 눈에 많이 보여 아쉬움이 크다. 여기에서 이야기하고자 하는 회의나 토론회 등에서의 자리배치도 민감한 부분이다. 예를 들어 본사의 본부장님을 모시고 1(갑) 처장들이 참석하는 정책토론회라면 1(갑) 처장들의 자리배치도 합당한 논리 하에 배치가 되어야 한다.

대부분 직제 순으로 하면 큰 문제가 없겠지만 상황에 따라서 승진년도를 감안하여 자리배치를 하는 것도 생각해 볼 필요가 있다. 하여간에 자리배치 문제는 담당자가 합당한 논리에 따라 배치를 하고 상사와 협의해서 문젯거리가 없겠는지 신중하게 처리해야 한다.

○○본부에서 근무할 때 자리배치를 본부장을 중심으로 양쪽에 전력사업처장(1을), 송변전사업실장(1갑)을 앉게 하고 사업소장을 배치한 사례를 보았는데 그보다는 1(갑) 송변전사업실장, 1(을) 전력사업처장이 한쪽에, 그리고 맞은편엔 1(갑) 사업소장, 1(을) 사업소장 순으로 자리를 배치하는 것이 본부의 양 실장을 각각의 상석에 배치하는 형태보다 좋았겠다는 생각이 들었다.

아마도 송변전사업실장이 1(을)이 아닌 1(갑)인데다 당시 일반적으로 직제상 부본부장격인 1(을) 전력사업처장이 있다 보니 송변전사업실장 다음에 전력사업처장을 앉히기도 그렇고 전력사업처장을 앞에 앉힐 수도 없어서 취한 고육지책이었던 듯 싶다.

또한 본사주관의 많은 행사들이 사업소 관내에서 개최되는데 이때는 지역유지, 국회의원, 본사 관계자, 지역 본부장등 많은 사람들이 참석하고 VIP로 분류되는 사람들도 많다. 이러한 행사에는 좌석배지에 득히 신경을 써야 하고 좌석배치표는 상사에게 보고하고 이견이 없는지 세심하게 준비하여야 한다.

얼마 전 MOU 체결행사와 관련하여 행사장 및 오찬장 좌석 배치표를 담당간부가 가져왔길래 보니까 좀 잘못된 것 같았다. 그러나 내색 않고 보낸 후 왜 그렇게 배치표를 만들었을까 곰곰 생각해 보다가 아무리 보아도 이해가 안 되고 잘못되었다는 생각이 들어서 담당 차장에게 좌석배치를 다시 하도록 하였다.

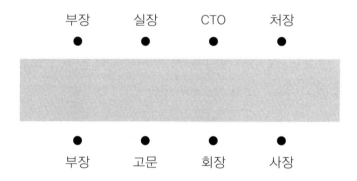

오른쪽 부분에서 MOU 체결행사를 하는데 자리배치를 위와 같이 하여 가져온 것이었다. 이 배치표에서 고문은 모회사의 부회장을 겸하고 있는 사람이었으니 실장과 처장의 자리가 바뀐 상태인 것이다.

고문이 모 회사의 부회장을 겸하고 있고 오른쪽의 사장은 자회사의 사장이었는데 우선 사장이 격이 낮았고 처장과 사장을 같이 앉히려면 적어도 고문과 사장의 자리를 바꾸고 그 맞은편에 처장을 배치해야 하는데 자리배치에 대하여 직원들의 생각이 부족했던 경험이었다.

지위가 높을수록 사이드가 아닌 중앙으로 배치를 하여야 한
다. 즉 다음과 같이 자리배치를 하여야 하는 것이다.

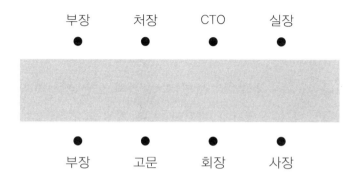

조금만 생각해 보면 답이 나오는 간단한 내용임에도 조정이
안 되고 그냥 올라오는 것을 보고 당황스러웠다. 이러한 사항
들은 검토하는 사람들이 세밀하게 신경을 써서 발생되지 않도
록 해야만 한다.

⑪ MOU 체결 등 행사시의 에티켓

외부기관과 MOU를 체결하거나 행사를 하는 경우 참석자
소개는 상대 기관부터 먼저 하며 인사말씀도 상대기관 참석자
에게 먼저 기회를 준다.

그러나 행사를 참석하다 보면 잘 몰라서 그런 것인지 알 수
는 없지만 행사 진행자가 자기가 속한 기관을 먼저 소개하고
인사말도 먼저 하도록 하는 경우를 보았는데 이것은 상식을
벗어난 결례라고 생각된다.

상대방을 배려하는 행사 진행이 필요하다.

일례로 모 협회와 MOU를 체결했을 때의 일이다.

우리 한전에서는 CEO를 대신하여 CTO와 담당 처장 및 관
련직원들이 참석을 하였고 상대방에서는 협회장을 비롯 담당
간부들이 함께 참석을 하였다.

그런데 회의진행을 상대측에서 하였는데 인사말과 참석자
소개를 자기 협회측부터 하고 우리 한전을 나중에 소개를 하
는 것이었다. 행사장소가 그쪽이었으니 우리가 손님격이었기
때문에 당연히 먼저 우리측에서 인사말을 하고 소개도 우리측
부터 해주는 것이 예의인데 당시 황당하기도 하고 많이 놀랐
었다.

자세히 연유를 확인해 보지는 않았지만 추측컨대 협회측의 대표자가 자기 나름대로는 사회적 위치가 있다고 스스로 생각하고 우리측 대표도 CEO가 아니라서 그렇게 하지 않았나 생각이 드는데 결코 바람직하지 않았던 행사 모습이었다. 행사 준비를 하는 사람들은 이러한 상황들을 정확히 사전에 파악을 하고 미리 보고를 해서 대비를 할 수 있도록 하는 것이 필요하다.

짱쩐슈에라는 분이 쓴 '나를 낮추면 성공한다' 라는 책도 있고 자신을 아무 때나 낮출 필요는 없겠지만 행사시의 손님에 대한 배려는 기본적인 것임에도 자존심 문제에서였는지 그런 식으로 행사를 진행하는 모습을 보면서 안타깝게 느껴졌다.

물론 우리측 준비 요원들이 사전에 어필하고 조정했어야 할 일이었지만 즐거워야 할 행사가 오히려 기분이 좋지 않은 경험이 되었다.

내가 격이 높다고 생각될지라도 상대방 즉 손님측을 우선 배려해 주는 것이 일반적인데 상식에서 벗어난 행사진행을 보면서 안타깝기 짝이 없었던 경험이었다.

2018년 모 협회와 연구개발 관련 행사를 한 적이 있는데 참석자도 10명 이내로 간단한 행사이고 해서 진행절차를 보고받지 못하고 참석을 하였다.

우리측 간부가 사회를 보면서 소개도 인사말씀도 우리측부터 해서 순간적으로 아차하는 생각이 들었다.

　행사를 할 때에는 상대방을 배려하고 존중하는 자세를 가져야 하며 애매하거나 할 때에는 이렇게 하려는데 어떨까요 하고 상사에게 한번 더 사전에 확인해보는 것이 좋다.

　이 사례는 우리측에서 연구개발 과제를 만들어서 산하기관인 모 협회에 준 경우이고 우리가 주관하여 하는 행사이다 보니까 우리 직원들이 우리측부터 소개하고 인사말도 우리측부터 하도록 한 것으로 보여진다. 사전에 진행절차를 보고를 해주었으면 좋았을 텐데 하는 생각이 들었던 경험이었다.

⑫ 메시지를 받았을 때의 에티켓

직장생활을 하다 보면 상사로부터 또는 동료나 부하직원으로부터 메시지를 받는 경우가 자주 있다.

메시지를 받았을 때에는 읽고서 아무런 답이 없는 사람들이 있는데 그 내용이 별로 도움이 안 된다 하더라도 간단하게 잘 보았다는 내용의 회신을 해 주는 것이 좋다.

보낸 사람은 나름대로 많이 생각해 보고 보낸 메시지인데 아무런 회신이 없으면 별로 도움이 되지 않았나 하는 생각을 할 수 있기 때문에 간단하게나마 답을 해주는 것이 좋겠다고 생각된다. 특히 상사의 입장에 있는 사람들은 밑에 사람이 생각을 많이 해보고 보내는 메시지임을 인식하고 반드시 답을 해주는 것이 좋다.

물론 업무적인 것이 아니고 인사차 또는 주기적으로 본인을 알리기 위하여 계속 보내는 메시지도 있어서 이럴 경우에는 사실 매번 답을 하기는 쉽지 않다.

또한 인사 및 승진철이 되면 심사위원으로 들어갈 가능성이 있는 대상자들에게는 아는 사람을 비롯 모르는 승진대상자들까지도 이메일 또는 카톡도 많이 보내므로 사실 일일이 답을 해주기는 어렵다.

그 대상자들의 애절한 마음을 모르는바 아니나 나의 경우 심사위원으로 들어갈지 안들어갈지 알 수도 없고 들어간다 해도 잘 평가해 주겠다고 확답을 하기도 어려운 일이라 그런 메시지를 받아도 일일이 답을 하지는 못하였다. 다른 심사위원 대상자들도 마찬가지일 것이다.

그렇지만 격려의 글 정도로 간단하게나마 가능한 한 성의껏 회신을 해 주는 것이 좋다.

⑬ 기타 상황에서의 에티켓

상사와 함께 걸어갈 때에는 나란히 걷지 않으며 뒤로 반 보 정도 떨어져서 옆에서 걷는다. 상사보다 앞에서 걷거나 나란히 걷지 않으며 약간 뒤에서 걷는다는 느낌으로 옆에서 걷는다. 때로 안내를 하여야 하는 경우는 앞에서 할 수도 있지만 늘 상사에게 예의를 갖춘다는 마음가짐으로 행동하면 된다.

PPT 발표를 할 때 보면 가끔 레이져 포인터를 빙빙 돌리는 사람이 있는데 보고 듣는 사람이 불편하다. 가리키고 싶은 부분을 고정적으로 가리키고 천천히 직선방향으로 또는 아래 위로 움직이는 것이 좋다.

많은 사람들 앞에서 발표하다 보면 레이져 포인터가 떨릴 때가 있는데 청중이 불편할 수 있으므로 떨림을 최소화 할 수 있도록 노력해야 한다.

또한 나주 본사에 근무하다 보니 출장 등으로 SRT나 KTX를 이용하는 경우가 많았다. 특실임에도 매번 탈 때마다 핸드폰으로 통화하는 사람들 때문에 짜증이 나곤 하였는데 한두 차례 방송으로 자제를 해달라고 안내를 해도 매번 상황이 똑같다. 전화를 걸거나 받을 때는 밖에 있는 통로에 가서 해야 한다. 다른 사람들에게는 엄청 귀에 거슬리기 때문에 각별히 조심을 해야 한다.

2. '차대접?' 즐겁게 하다

요즘 신입사원들 즉 젊은 층들의 이야기를 들어보면 회식을 왜 하는지, 체육행사를 왜 주말에 하나, 회식할 때에 잔을 왜 돌려야 하나를 비롯 왜 우리가 동료나 선배나 상사에게 차를 타 주어야 하는지에 대하여 다양한 의견들이 많이 나온다. 시대가 점점 바뀌고 있으니 모든 것들이 바뀌어야 하는 것은 맞다고 생각한다.

그러나 현실적으로 아직 그런 분위기, 즉 차 한잔을 예로 들었을 때 각자가 알아서 자기 것은 자기가 타서 먹는 방향으로 가려면 시간이 아직 이르지 않나 싶다. 그런 시대가 올 때까지는 어떻게 처신하는 것이 좋을 것인가를 각자가 판단하여야 한다.

87년에 현재의 회사에 입사한 나는 사업소를 거쳐 본사에 근무하면서 부서에 손님이 오거나 하면 자동적으로 쟁반을 들고 휴게실에서 커피를 뽑아오곤 하였다. 내 경우 대학원과 군대생활 그리고 타 직장에서 근무하다가 30세에 입사했지만 직원인 내가 차를 준비하지 않으면 당시 차장님들이 직접 커피를 뽑아올 수밖에 없었기에 당연히 그렇게 해야 한다고 생각하고 자동적으로 움직였는데 요즘 젊은 직원들은 그런 것들이 자존심이 상하는 모양이다.

사실 7080 우리 세대의 이야기이지만 어느 책에서 본 내용이 떠오른다.

어떤 사람이 대학을 졸업하고 어느 기관에 입사를 했는데 2~3일이 지나도록 주위 선배나 상사가 아무런 일을 시키지 않더라는 것이다. 그래서 왜 그런가 고민하다가 그 다음날부터는 먼저 와서 청소도 하고 선배들이 출근하면 커피도 타서 드리고 하다 보니까 타이핑도 시키고 복사도 시키고 업무적으로도 코칭을 해 주더라는 이야기인데 요즘 시대에 안 맞는지는 모르겠지만 사람 사는 세상은 다 이렇게 주고 받기가 아닌가 싶다. 내가 다른 사람을 위하여 수고를 해야 다른 사람들도 나에게 이런저런 도움을 주는 것이라 생각하고 생활을 해야 한다.

우리 직장의 경우 주위의 동료나 선배 상사가 결국 나의 미래를 열어 나가는데 중요한 사람이고 또한 내가 평소에 어떻게 했느냐에 따라 나중에 도움을 받을 수 있을지 여부도 결정될 것이므로 아무런 꿈이 없다면 모르겠지만 꿈을 갖고 미래를 개척해 나가고자 하는 사람이라면 즐겁게 커피 한 잔 타서 동료나 선배나 상사에게 언제나 권할 수 있는 마음가짐이 필요하다.

나의 인생은 내가 열어가야 한다.

다른 사람들이 어떻게 하느냐도 중요하지만 나는 어떻게 할 것인가 다른 사람들과 어떻게 차별화 할 것인가를 늘 생각하고 좋은 방향으로 멋진 방향으로 행동을 하는 것이 좋다.

내가 선배나 동료, 상사에게 차 한 잔 권하면서 살갑게 대하면 그분들이 내게도 그렇게 해줄테니까 즐겁게 늘 긍정적으로 생각하며 생활해야 한다.

치열한 생존경쟁의 시대이니만큼 나를 차별화하기 위한 노력을 열심히 해야 한다. 선배나 상사에게 '차 한 잔 대접하기'는 돈 안 들이고 나를 어필할 수 있는 하나의 방법이므로 그런 차원에서 즐겁게 적극적으로 하는 것이 좋다. 꿈이 있고 미래를 기대한다면 다른 젊은 주위의 동료들이 뭐라고 하든 간에 말이다.

남에게 비춰지는 내 모습이 중요하지 않을 수도 있다. 내가 할 일 다하고 직장생활 하는데 남의 시선을 의식하는 것은 어쩌면 비굴해 보일 수도 있을 것이다. 그러나 나에 대한 평가 즉 평판은 내 주위 사람들에 의해 결정되므로 나의 평판관리를 잘 하기 위한 노력은 끊임없이 계속하여야 한다.

3. 말을 조심하다

　요즘 직원이든 상사든 말을 가려서 하지 못하는 사례를 종종 본다.

　본인이 실수를 했는지도 아예 모르는 경우가 대부분이다. 실수를 하는 사례들을 들어보고 어떻게 조심을 해야 하는가를 살펴보고자 한다.

　우선 '나'와 '저'의 구별을 못하고 말을 하는 경우를 자주 본다. 이러한 현상은 특히 나이가 많다든지 예의가 없는 사람의 경우에 자주 나타나는데 누가 상사인지 구별이 안되는 황당한 경우가 있다.

　상사가 나이가 적든 학교 후배이든 직장에서는 직급이 낮으면 사적인 자리가 아닌 한 공식적인 자리에서는 대화시 예의를 갖추어야 한다. 즉 '나'와 '저'를 언제 써야 하는지 정도는 명확하게 처음부터 끝까지 구별해서 대화를 해야 한다. 그래야 동료나 후배직원들도 그런 것을 보고 배울 수 있을 것이다. 애매하게 섞어서 쓰는 것은 예의에 어긋나는 일임을 늘 명심해야 한다.

　기본적인 에티켓을 잘 지키지 못하는 사람들이 주변에 너무 많기에 안타깝다는 생각이 든다. 요즘 오죽하면 동료나 상사가 투명인간이 되는 경우가 종종 있다는 이야기가 있을 정도로 무시하고 왕따를 만드는 경우가 있다고 하는데 모두가 즐겁고 행복한 직장생활을 할 수 있도록 하기 위해서는 이러한 부분들부터 우선 개선이 되어야 한다.

어느 날 입사동기에게서 전화가 왔다. 그런데 직급이 여러 단계 차이가 나는데도 친구 대하듯 전화를 한다면 굉장히 당황하게 된다. 직장에서는 대리, 과장, 부장, 실장, 처장 등 직위가 있는데 전화에 대고 위의 지위에 있는 사람에게 함부로 말을 한다면 굉장히 이상할 뿐만 아니라 당사자는 당황스럽지 않겠는가 ?

이런 경우에는 어색하더라도 서로 예의를 갖춰서 대화를 하는 것이 좋을 것이다. 김성오라는 분이 쓴 '육일약국 갑시다'라는 책에서 보면 육일약국을 시작으로 청소기 부품업체 인수, 메가스터디 운영 등 다양한 사업으로 성공을 거둔 저자가 학교 동문 친구들이 동문회에 나오라고 하여 오랜만에 나갔더니 친구 중 한 명이 '너는 왜 그렇게 홀딱 늙었냐?' 라고 물어보는 바람에 기분이 굉장히 나빴다고 하는 내용이 나온다.

직장생활을 하다 보면 좋은 이야기를 해 줄 수도 있는데 위에 언급한 것처럼 남의 단점을 이야기하고 듣기 싫어하는 이야기를 일부러 콕 집어서 하는 사람들이 종종 있다. 틀린 말은 아니더라도 일과 관련도 아닌 걸 가지고 일부러 상대방을 기분 나쁘게 할 필요는 없을 것이다. 상대방의 감정을 상하게 할 필요가 없다는 이야기다. 남에게 듣기 좋은 이야기만 하는 것도 좋은 것은 아니지만 기분 나쁘라고 일부러 이야기를 할 필요는 없다.

뛰어난 미모로 당나라 현종의 마음을 사로잡아 권세를 누린 양귀비에게도 치명적인 약점이 있었으니 겨드랑이에서 나는 암내가 굉장히 심했다고 한다. 양귀비는 이 약점을 감추기 위하여 하루에도 몇 번씩 목욕을 했다고 하며 옆에서 시중드는 시녀들은 이 사실을 비밀로 해야만 했고 말을 하는 순간 목숨까지 위태로웠다고 한다. 아이러니하게도 양귀비에 푹 빠져 정사를 멀리했던 당 현종은 축농증이 심해서 양귀비의 암내를 느끼지 못했다고 하는데 하여간에 남의 단점을 여기저기 이야기 할 필요는 없다.

특히 남을 비난하는 말은 돌고 돌아 부메랑이 되어 내게 돌아온다고 한다.

데일 카네기의 '인간관계론'에 보면 링컨대통령이 젊었을 때 제임스 쉴즈라는 사람을 비난하곤 하였다. 결국에는 지역 매체에 익명으로 그를 비난하는 기사를 실었다가 들통이 나서 결국 죽기살기의 결투까지 가게 되었다는 내용이 나온다. 다만 결투전에 친구들이 말려서 어느 누구도 다치지는 않았지만 남을 비난하게 되면 상대방에게는 상처가 되고 불구대천의 원수가 될 수도 있다. 이 사건 이후 링컨 대통령은 남을 비난하는 행위를 일절 하지 않았다고 한다. 따라서 우리 직장인들도 남을 비난하지 않도록 노력해야 한다.

어느 식당에서 나이가 드신 노부부가 식사를 하고 있었는데 그 옆으로 20대 부부가 식사를 하러 들어왔다. 식사를 하던 중 노부부의 아내가 수저를 떨어트리자 옆 좌석에서 식사를 하던 젊은 남자가 '시발, 늙어가지고 괜히 기어 나와서 민폐네. 늙으면 집에 처박혀 있지 왜 나와서 지랄인거야' 그 말에 노부부 중 남자가 다음과 같이 말한다. '나이를 먹으니 실수가 많아지네요. 정말 죄송합니다.'

그러자 젊은 남자는 '나이 처먹어 가지고 집구석에 처박혀 있지 냄새나는 것들 쩝, 나가자' 하면서 식사를 계산한다. 노인은 '젊은이 미안하게 되었습니다. 계산은 우리가 하겠습니다.' 라고 말한다. 그러자 젊은 남자는 '됐어요 됐어' 하며 휙 계산하고 나간 뒤 차를 빼다가 옆에 주차된 차를 드륵 긁었다. 노부부는 뒤따라 나오면서 차를 타려고 하다가 자기 승용차를 긁고 나가는 것을 목격한다. 노부부의 차는 1억 8천짜리 최상급 벤츠였다.

젊은 부부는 차에서 내려 긁힌 상황을 보고 어쩔 줄 몰라 하며 '사장님 죄송합니다' 라고 말한다. 차 수리비만 2800만원이 나온 것이었다. 노인은 다음과 같은 말을 남기고 식당을 떠나갔다.
'차를 몰다 보면 그럴 수도 있지요. 그러나 당신이 식당에서 나에게 친절하게 대했다면 난 차 수리비를 청구하지 않았을

겁니다. 앞으로 착한 마음으로 다른 사람에게 친절하게 대하세요.' 말을 조심해야 한다는 것을 우리에게 다시 한번 일깨워 주는 사례이다.

(인터넷, 좋은 글 중에서)

우리가 어렸을 때부터 익히 들어왔던 황희정승의 한 일화도 말을 조심해서 해야 함을 우리에게 일깨워 준다. 황희정승이 젊었을 때 시골길을 가다 누렁소와 검정소를 몰면서 일하는 농부를 만났는데 어느 소가 일을 잘하는지를 농부에게 물었다. 그러자 농부는 황희의 귀에다 대고 아주 작은 소리로 누렁이가 더 일을 잘한다고 대답을 한다.

이상하게 여긴 황희가 왜 그렇게 조심스러운 말로 대답을 하냐고 물으니 농부는 황희를 한쪽으로 데려가서 말하기를 두 마리 소가 다 열심히 일했는데 누렁이가 더 일을 잘한다고 하는 소리를 들으면 검정소는 얼마나 서운하겠냐며 누렁이는 얼마나 우쭐할 것인가 그래서 두 마리 소가 들리지 않도록 작은 목소리로 이야기를 하였노라고 말한다.

직장생활도 아주 사소한 일로 인해 감정이 상하고 기분이 나빠지곤 한다. 따라서 위의 농부가 처신한 것처럼 좋은 이야기이든 나쁜 이야기이든 항시 조심하여야 한다.

4. 얼굴표정을 잘 관리하다

직장생활 하다 보면 얼굴에 표정이 없고 무뚝뚝해 보이는 사람들이 있다. 반면에 항상 생글생글하고 밝은 얼굴 밝은 모습으로 사람을 대하는 사람들도 많다. 예전에 1(갑)처장이 되어 ○○지사에 발령을 받아 사무실 순시를 했는데 한 여직원이 아주 밝은 얼굴로 인사를 하는 모습을 보았다. 그 첫인상이 지금도 잊혀지지 않는데 그 여직원은 매사에 적극적이고 쾌활하게 일을 하는 모습을 그 이후에도 볼 수 있었다.

이런 첫 인상을 받은 후 함께 생활하면서 보니 점심시간을 이용 동료직원들과 탁구장에서 열심히 탁구시합을 하고 나중에 우리 사업소 대표로 사업소 대항 탁구시합에 대표로 참가하는 등 적극적이고 열정적인 모습도 확인할 수 있었는데 다른 직원들의 귀감이 되는 모습이었다.

반면에 모 사업장에 근무할 때는 비서가 높은 사람들이 오든 어떤 유형의 손님이 오가도 일어서질 않고 자리에 앉아서 손님을 잘 쳐다보지도 않는 그런 모습을 보아서 황당했는데 이런 것은 큰 문제이다.

이런 유형의 사람은 다른 사람들에게 물어 보아도 똑같은 대답이 돌아온다. 그 자리가 손님을 맞이하며 안내하고 하는 자리이기 때문에 상냥하고 늘 밝은 얼굴로 친절하고 예의바르게 손님을 맞이하고 보내야 하는데 마음가짐이 너무 안 되어 있구나 하는 생각이 들었다. 회사가 좋으면 좋을수록 그 속의 직원 각자는 늘 자기자신을 돌아보고 항상 긴장하며 살아야 한다는 것을 후배들에게 꼭 이야기해 주고 싶다. 누군가는 그 모습을 보고 있고 평가를 하기 때문에 자기 자리에서 행동과 태도뿐만 아니라 업무자세에도 최선을 다하여야 한다.

우리 회사는 공사이기 때문에 자기 일을 하고 특별히 큰 문제가 없는 한 회사에서 짤리는 일은 없다. 그러나 사기업의 경우는 오너 마음이기 때문에 태도나 자세가 마음에 안 들면 바로 그 즉시 회사를 그만두게 할 수도 있으므로 늘 얼굴표정을 잘 관리하는 것이 중요하다.

'웃는 얼굴에 침 뱉으랴' 라는 말도 있듯이 밝고 쾌활한 모습은 조직생활에서 좋은 방향으로 작용할 거라고 생각한다.

정연아라는 분이 쓴 '성공하는 사람에겐 표정이 있다' 라는 책을 보면 '성공하려면 먼저 웃어라. 항상 부드러운 미소가 얼굴에 감돌도록 만들어라. 치열한 경쟁사회에서 살아 남기 위해서는 자신의 능력도 중요하지만 그전에 상대방에게 자신을 드러내어 호감이 가는 사람이라는 말을 들을 수 있어야 한다.' 라고 우리에게 이야기 해 준다. 즉 얼굴표정 관리의 중요성을 우리에게 강조한다.

또한 얼굴표정의 중요성과 관련해서는 '웃음과 치료'의 저자인 제임스 윌스라는 분의 말도 떠오른다. '잘 웃는 사람은 실제적으로 웃지 않는 사람들보다 더 오래 산다. 건강은 실제로 웃음의 양에 달려 있다.' 즉 웃음이 건강과 직결되며 수명으로 연결된다는 말을 우리에게 해 주고 있다. 업무는 힘들고 괴롭더라도 항상 미소를 잃지 않고 부드러운 얼굴표정을 유지하며 직장생활을 할 수 있도록 노력해야 한다.

타면자건(唾面自乾)에 얽힌 고사가 있다.

중국 당나라 때 누사덕이란 관리는 성품이 따뜻하고 너그러워 아무리 화나는 일이 생겨도 흔들림이 없었다. 그러던 중 동생이 높은 관직에 임용 되자 동생에게 '너는 앞으로 어떻게 처신할 것이냐?' 하고 묻는다.

그러자 동생은 '남이 내 얼굴에 침을 뱉더라도 화내지 않고 닦겠습니다' 라고 말한다. 그러자 누사덕은 다음과 같이 타이른다. '내가 염려하는 일이 바로 그것이다. 침같은 것은 닦지 않아도 그냥 두면 자연히 마를 것이야. 화가 나서 침을 뱉었는데 그 자리에서 닦으면 더 크게 화를 낼 것이니 닦지 말고 그대로 두라'고 당부하였다고 한다. 항상 온화한 모습으로 얼굴 표정을 잘 관리하도록 노력해야 한다.

V. 배워가는 삶을 위하여

1. 벤치마킹에 노력하다

회사에서 일을 할 때에 창조적으로 하는 것도 중요하지만 내 경험으로는 하고자 하는 일의 이전 사례가 있는지 살펴보고 있으면 그중에서 잘된 것을 입수하여 살펴보고 모방하면서 나의 창의성을 더 가미한다면 일이 좀더 수월하면서 질이 높은 결과물을 낼 수 있다.

물론 비슷한 사례가 없을 경우에야 맨땅에 헤딩하듯 머리를 짜내 기획을 해야 하겠지만 일반적인 일의 경우 대부분 반복해서 하는 일들이 많이 있기 때문에 모방 및 벤치마킹이 굉장히 중요하다. 따라서 보고서를 작성할 경우에도 동료들의 잘된 보고서를 살펴보고 모방과 창조를 하여 작성한다면 더욱 훌륭한 보고서를 만들 수 있다.

실례로 내가 초임 부장시절에 차장 한 사람이 사업소 평가보고서를 만들어야 되는데 어떻게 해야 될지 모르겠다고 상사인 내게 와서 이야기를 하였다. 그 보고서는 매년 작성하는 것이기 때문에 나는 본사에 연락해서 전년도에 제일 잘 작성이 된 우수보고서 5편을 받아 그 형식 가운데에서 가장 좋은 점들만을 뽑아 틀을 구성하고 그 틀대로 만들어 보라고 하였다. 그 결과 평가대상 사업소 가운데 1등을 하게 되었다.

앞에서도 이야기하였듯 우리 주변엔 뛰어난 사람들이 많이 있다. 그래서 우리는 늘 그런 사람들에게서 배울 점을 찾고 좋은 점을 모방하며 나 자신이 발전될 수 있도록 노력해야 한다. 현대는 평생을 학습해야 하는 시대다. 모든 것을 내가 잘할 수 있다면 더할나위 없이 좋지만 그렇지 않다면 부끄러워하지 말고 주위의 뛰어난 사람들로부터 늘 배운다는 자세를 갖는 것이 중요하다.

항상 배우려고 하는 자세 알려고 하는 자세가 곧 열정일 것이다. 무사안일하게 회사를 왔다갔다하는 것보다는 무언가 열정을 갖고 도전하며 부딪쳐 보겠다는 마음가짐이야말로 현대를 살아가는 가장 지혜로운 방법이다. 이렇게 노력하는 사람은 주위에서 도와주게 되어 있어 성공에 이르는 한 방법일 것이라고 생각한다.

신입사원 시절 지중 토목설계를 주로 하였는데 2공관로, 4공관로, 6공관로, 12공 관로를 비롯 맨홀설치, 토목설계 등을 하다 보니 수작업에 의한 계산이 수반되었다. 그러다 보니 모시고 있던 차장님께서 저녁식사를 마치곤 10시까지 설명드리고 검토를 하게 되어 시간이 많이 소요되어 아깝다는 생각이 들었다.

그때 마침 지중 토목부분을 전산설계화 하여서 시범적으로 운영을 한다는 이야기를 듣게 되었다. 나도 전산설계를 적용해보겠노라고 품의를 받고 수작업 설계 대신 전산설계를 하니 검토과정이 필요 없게 되고 일사천리로 일이 진행되었다. 설계내용이 전산에서 처리되어 나오므로 입력표만 이상 없으면 검토를 할 필요가 없게 된 것이다. 벤치마킹을 통해 업무를 좀 편하게 할 수 있었던 사례이다.

차장시절 일본 북해도전력을 방문하였을 때 보니 인도가 좁은 곳에서는 건물과 배전선로간에 이격거리 확보가 어려우므로 곡선형 전주를 사용하는 것을 보고 귀국하여 출장보고서에 그 내용을 자세히 사진과 함께 기록하였다. 국내에서는 곡선형 전주가 없을 때였는데 모 업체가 벤치마킹하여 개발을 하였으며 이후 Y형전주까지 만들어지게 되었다.

그 이외에도 배전자동화 도입을 위하여 미국의 웨스팅하우스를 비롯 일본의 도시바, 히다치, NGK 등을 방문하여 벤치마킹을 하였으며 수요관리 벤치마킹을 위해서는 미국과 프랑스의 EDF를 방문하였는데 이처럼 다른 나라나 타인의 잘하는 모습은 늘 배우고 그것을 내 업무에 적용하는 것이 중요하다.

얼마전 '대부분의 가치있는 것은 부딪쳐 봐야 알 수 있다'라는 글을 보았는데 인생을 살아가면서 두려워 말고 부딪쳐 나가는 것이 필요하다.

부 딪 침

사람은 누구나
부딪치기를 싫어합니다.
세상의 모든 부딪침은
힘들고 괴롭기 때문입니다.
하지만 부딪치지 않으면
좋은 것을 얻을 수 없습니다.
가치있는 것 대부분은
부딪쳐야만 얻을 수 있습니다.

우리는 훗날 실패가 아니라
부딪쳐 보지 않은 것을 후회할 것입니다.
참으로 가치있는 것은
그냥 주어지지 않습니다.
직접 경험하고 부딪쳐야 얻습니다.
편안함, 익숙함, 게으름, 거짓, 쉬움, 불안을
떠나십시오.
그래야 가치있는 것을 얻습니다.

(출처 : 정용철의 사랑의 인사)

남과 부딪치는 것은 때론 괴로움이 수반된다.

늘 즐거운 일로만 부딪치는 것도 아니고 잘 안 되는 일도
많기 때문이다.

그러나 직장생활에서 좋은, 대화하기 편한 동료나 상사만을

만나는 것도 아니고 나와 다른 다양한 생각을 갖고 있는 상대방과 대화를 해야 일을 풀어 나갈 수 있는 경우도 많기에 항상 업무와 관련해서뿐만 아니라 인간관계 측면에서도 부담이 따른다.

그러므로 업무도 마찬가지이지만 인간관계를 잘하기 위해서도 이 분야에 뛰어난 주변에 있는 사람들의 조언을 구하고 벤치마킹을 한다는 자세가 중요하다.

2. 독서에 힘쓰다

책을 많이 읽어야 한다는 것은 누구나 다 알고 있다. 하지만 바쁜 업무로 인해 책을 읽기가 쉽지 않을뿐더러 더군다나 독후감을 써서 남과 공유한다는 것은 무척 힘든 일이다.

2011년 광주전남본부의 전력사업처장을 할 때 직원들과 협의하여 독서활동 On · Off line 모임을 시작하였다. 독서활동을 시작한 후 850명이 회원으로 활동하는 온라인 모임으로 성장하였으나 시간이 흐르면서 실제로 활동에 적극 참여한 사람들은 20여명 수준에 지나지 않았다.

그동안 사업소장을 통해 온라인 독서모임이 책을 많이 읽는 계기가 되고 이 활동을 통해 도시를 비롯 오지에 근무하는 전 직원들 간에 소통과 화합의 장이 된다는 말을 강조하였지만 '좋다'라고 말할 뿐 실제 활동인원은 그리 늘지 않았던 것이다. 인턴사원들이 오면 그들을 시켜 책을 읽게 하고 독후감을 올리라고 하는 정도라고나 할까, 초기 동호회 회장으로 활동을 추진해 온 나로서는 많은 아쉬움이 아직도 남아 있다.

독서의 중요성이야 옛 성현들을 비롯해 많은 사람들이 이야기하는 부분이다. 옛말에 '사내는 모름지기 다섯 수레의 책을 읽어야 한다(男兒須讀五車書)'는 말이 있다. 또 안중근 의사는 '하루라도 책을 읽지 않으면 입에 가시가 돋는다(一日不讀書 口中生荊棘)' 라고 말씀을 하셨듯이 옛 성현들은 독서의 중요성을 누누이 강조하고 있다.

일찍이 프란시스 베이컨은 '아는 것이 힘이다' 라고 했다. 독서는 일생을 살아가는 데 있어서 커다란 힘이 되며, 좋은 책 한 권이 한 사람의 인생을 바꿀 수도 있다. 그래서 우리는 열심히 책을 읽어야 하고 그 읽은 책을 전 직원이 참여하는 온라인 독서카페에서 나눈다면 그 효과는 배가 될 것이다.

2011년도에 독서활동 '맛있는 책' 회장을 하며 책을 읽은 내용의 공유가 얼마나 중요한 것인지를 느낀 적이 있다. 당시한 멤버가 '127시간' 이란 책의 독후감을 올렸는데 내용을 A4 2페이지로 간략하게 정리를 해서 우리 온라인 카페에 올려놓았다. 나는 그 내용을 수 차례 읽었는데 그 책 내용이 실화였으며 나중에 영화로 나왔다는 것을 알게 되었고 우연히 TV 채널을 돌리다 그 영화를 보게 되었다.

나는 책과 그 내용에 대한 영화를 실제로 보지 않았어도 A4 2페이지의 소감을 읽고 나서 그 핵심내용을 확실히 알고 있었던 것이다. 이처럼 책을 읽지 않았어도 남이 올려놓은 소감을 보고 그 책을 읽은 것과 같은 효과를 거둘 수 있다는 것을 느꼈다.

요즘처럼 바쁜 세상에서 많은 책들을 보기는 어렵다. 그래서 동호회 활동을 통해 내가 읽은 책의 내용을 공유하고 남이 읽은 책의 내용을 같이 나눔을 통해 시간과 비용을 줄이면서 독서의 량을 늘릴 수 있는 효과를 얻을 수 있으므로 이런 독서활동에 적극 참여하기를 권한다.

책을 읽지 않아도 세상을 살아가는데 큰 불편함은 없다.
신문이나 TV 등을 통해서 상식이라든가 교양을 넓힐 수도 있지만 책은 옛 성현들이 말씀하신 것처럼 많은 혜택을 우리에게 준다. 그러므로 나이나 성별을 떠나 책은 누구나 열심히 읽어야 할 것이다.

인생은 한 권의 책과 같다

상 파울

인생은 한 권의 책과 같다.
어리석은 사람은 그것을 마구 넘겨버리지만
현명한 이는 열심히 읽는다.
인생은 단 한번만 읽을 수 있다는 것을
알기 때문이다.

키케로의 시

책은 청년에게는 음식과 같고
노인에게는 오락이 된다.
부자일 때는 지식이 되고

고통스러울 때면 위안이 된다.

나의 경우 앞에서 언급한 것처럼 모 사업소에 근무할 때 독
서카페를 만들어서 운영을 했고 또 자체 사업소 독서활동을
넘어서 전남대가 주관한 '광주가 읽고 톡하다'라는 프로그램
에 직원들과 같이 동아리로 참여해서 최우수 동아리로 선정되
어 전남대총장상과 상금 50만원을 수상한 바 있다. 아울러 광
주 MBC 방송에서 2시간 동안 우리 독서활동을 촬영하여 가
기도 했고 직원이 방송에 출연도 하였다.

[전남대 총장상 상장]

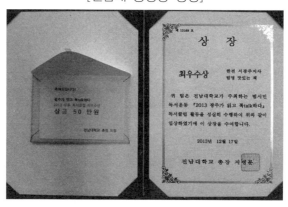

또한 우리 한전내에서도 인사처 주관의 독서활동에서 최우
수 독서동아리로 선정이 되었으며 유홍준교수와 함께 경복궁
문학여행을 하는 소중한 경험을 하였다. 2015년말에는 사내
방송에서 우리 회원 2명을 촬영하였으며 그 내용은 kepCN
북모닝을 통해 방송이 되기도 하였다.

인사처 주관의 독서활동에서는 최우수 독서동아리로 계속 선정되어 2016년도에는 동아리 멤버들과 일본 인문학기행을 다녀왔고 2017년도에는 대만 인문학 기행을 다녀오는 소중한 경험도 하였다.

자체적으로 독서활동을 시작하였지만 하다 보니 전남대 주관 독서활동을 비롯 회사내 인사처 주관의 독서가 생기면서 많은 성과를 거두었다. 요즘은 회사내 여러 부서에서 활동경험을 이야기해 달라는 요청이 와서 그동안의 활동이 더욱 보람 있게 느껴진다.

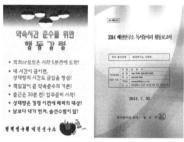

좋은 책들이 수없이 많지만 내가 읽은 책 중에서 직장인에게 몇 가지를 추천하라 한다면 직장인이 꼭 알아야 할 소중한 이야기들이 나와 있는 '7가지 보고의 원칙'과 '디테일의 힘', '인간관계론'을 비롯 '혼창통', '육일약국 갑시다'를 우선 꼽고 싶다. 직장인이라면 꼭 읽고 이 책의 내용처럼 실천하기 위해 노력하는 것이 중요하다.

2차 사업소장을 할 때는 직원들과 같이 주중 오후 늦게라든지 주말을 이용하여 인근지역으로 인문학 기행을 하기도 하였다. 예를 들면 '감옥으로부터의 체험'을 읽고 실제로 감옥을 체험해 보고, '소금'이라는 책을 읽고는 염전을 방문하여 염부의 생활도 체험하였다. 또한 '느림의 미학'을 읽곤 Slow City라고 하는 창평면을 둘러보기도 하였다. 바쁜 업무 가운데서 잠시 짬을 내어 인문학 체험을 함으로써 힐링도 하고 창의력도 고취하는 경험이 되도록 하면서 나름대로 많은 보람을 느낄 수 있었다. 다음은 일본 인문학 기행 사진이다.

다음은 대만에서 인문학 기행을 하면서 찍은 사진들이다.

　회사에서 시행한 독서활동에서 '최우수 독서동아리'로 선정
되어 일본에서는 오사카성을 비롯 임진왜란 때 조선인의 귀를
잘라 모아서 묻었다는 귀무덤, 윤동주와 정지용 시인의 시비
를 둘러보았고 대만에서는 독립투사 기념비를 비롯 명소들을
돌아보는 유익한 해외 인문학 기행을 할 수 있었다.

3. 소멸과 소진의 교훈 · 소진하다

내가 지사장을 하던 시절에 인턴사원들이 지사에 와서 몇 개월간 생활을 같이 하게 되었는데 끝날 무렵 활동보고서를 만들어 준 적이 있었다. 당시 차장 한사람이 인턴사원들에게 다음과 같은 내용을 써서 주었는데 시대의 흐름에 편승하여 이리저리 흔들리지 말고 삶을 열심히 소진하는 사람이 되라는 의미의 뜻 깊은 글이었다. 대략 내용은 다음과 같다.

입사 3년차쯤 되었을까. 그 당시 외국어를 공부하는 동료선배들은 하나같이 귀에 이어폰을 꽂고 다녔다. 가방에는 수많은 카세트 테입과 교재들이 있었고 출퇴근 버스에서도, 점심식사 하는 자리에서도, 심지어 화장실에서도 신분상승을 위해 피해 갈 수 없는 그 시절 풍속도였다.

나도 일단은 하드웨어적인 준비를 마치기 위해 손바닥에 쏙 들어오는 최신형 워크맨을 할부로 장만했다. 주위에서 부러워 했다. 나를 변화시켜 줄 이 물건. 오직 외국어 공부에만 쓰기로 하고 FM이나 음악을 들을 때는 다른 고물 수준의 카세트 플레이어를 쓰면서까지 이 물건을 소중히 아꼈다. 그로부터 십수 년. 이삿짐을 정리하다가 발견한 워크맨. 부끄러움으로 확 달아오르는 나를 자책하면서 박스를 열고 물건을 보니 동작 불능. 카세트시대는 오래 전에 종료됐고, CD/MD를 거쳐 MP3가 세상을 지배하고 있는 때 움직이지 않는 워크맨을 앞에 두고 원망은 물론 자괴감마저 들었던 때가 있었다.

소멸(消滅)과 소진(消盡). 스스로 사라져 없어짐과 다 써서 없어짐의 차이. 'PLAY' 해보지도 못하고 기능이 다 소멸되어버린 물건.
정년을 몇 년 앞에 두고 그 때 그 물건과 지금의 나를 생각해 본다.
나에게도 달란트가 주어졌다면 나는 나의 달란트를 열심히 다 써서 소진되어가고 있는가? 아니면, 아끼다가 쓰지도 못하고 자연 소멸되어가고 있는가? 나는 후자 쪽일 것이다. 의지박약, 안이함, 목표 불분명, 우선 가치의 개념이 불명확했던 당연한 결과일 것이다.
이제 직장생활을 시작하려는 인턴사원에게 선배의 아픈 경험은 교훈이 될 것이다. 직장에서 성공하기 위해 손자병법을 연구할 필요는 없다. 직장이 전쟁터이거나 서바이벌 게임장은 아니다. 상하좌우 소통을 중시하고 그대에게 주어진 재능의 발산에 혼신을 다해 보라.

주저하지 말고, 아까운 재능을 다 써보지도 못하고 버려지는 일이 없도록 열정을 보태 보라. 그리하여 퇴직할 때 상쾌한 피로감으로 후회 없는 행복을 얻어 가시길 바란다.

이 글을 다시 한번 읽으면서 나의 직장생활 35년을 돌아보며 소멸인가 소진인가를 곰곰 생각해 본다. 열심히 치열하게 살아왔으니 그래도 결론은 소진 쪽에 가까운 것 같다. 직장인의 삶은 치열한 경쟁의 연속이다. 따라서 남을 따라하는 흉내가 중요한 것이 아니라 내실 있게 열심히 하는 자기 계발 도구를 소진하는 그런 삶을 살아야 한다.

VI. 감사하는 삶을 위하여

1. 모든 것이 은혜임을 기억하다

얼마 전 일요일에 목사님의 설교를 들으면서 정말 내게 주어지는 순간순간 모든 것이 감사한 것임을 깨닫게 되었다. 한 신학자가 계셨는데 이런 저런 강연 요청으로 스케줄이 바쁘셨다고 한다. 그런데 어느 순간 오른쪽 안면부분이 마비가 오면서 침도 흘리고 밥도 흘리고 하였고 부득이 참석한 강연은 말이 새서 너무 힘드셨다는 이야기였는데 평소 건강할 때는 전혀 못느끼던 것이 한 순간에 무너지는 것을 보면서 많은 것을 내려놓게 되었다라는 설교 내용이었다.

직장생활을 하다 보면 승진이나 보직, 업무 등으로 기쁠 때도 있지만 좌절을 경험할 때도 있다. 그러나 그런 것들도 나보다 훨씬 어려운 상황, 조건에 있는 사람들을 생각한다면 내게 주어지는 순간순간의 모든 것들이 은혜라는 것을 깨달을 수 있다.

얼마전 복부가 불편하여 이런저런 검사를 받았다. CT를 비롯 초음파, 그리고 몇 년 동안 못했던 내시경검사를 어렵게 하였다. 속이 불편하다 보니 검사결과를 의사로부터 듣기 전까지는 뭐가 없을까 걱정이 태산이었다. 특히 위내시경은 동네 내과병원에서 수면으로 두 번을 시도하였지만 못 했던 관계로 병원을 옮겨서 다행히 검사는 했지만 결과가 어떨지 굉장히 불안하였던 것이 사실이다.

다행히 검사결과는 특별한 사항이 없어서 마음의 안정을 곧 찾았지만 직장생활도 계속하여 힘든 일들이 내게 찾아온다. 그러나 건강하고 일을 할 수 있음만으로도 감사한 일이고 최선을 다해 하면 안될 일도 없는 만큼 늘 모든 것에 감사하며 생활을 해야 한다. 인생은 짧다. 어려운 일이나 시련이 닥치면 최선의 노력을 다해 보면 되고 그래도 안 되면 또 도전해 보든지 포기하면 된다. 아무리 힘들고 어려운 상황이 온다 하더라도 나보다 더 어려운 상황에 있는 사람들을 생각하고 항상 감사하며 열심히 노력해야 한다.

나의 31년의 직장생활은 애환도 많았지만 돌아보면 잘 마칠 수 있었기에 감사하다. 지방근무도 여러 번 했지만 그를 통해 다양한 지역의 명승지도 돌아볼 수 있었고 전국의 많은 사람들을 만날 수 있었으니 정말 멋진 추억으로 남았다.

직장생활을 하면서 만났던 많은 사람들도 고맙고 감사하다. 좋은 인연들이 많았고 도와준 분들도 많았으니 직장생활 돌아보자니 감사하기 그지없다. 함께 했던 모든 분들도 늘 감사한 일로 넘치는 직장생활이 되기를 기원해 본다.

2. 베푸는 삶의 즐거움을 누리다

요즘 재능기부란 말이 많이 나온다. 나야 공학도이어서 음악이나 미술이나 이렇다 할 재능이 없어 그 흔한 재능기부 봉사활동도 못하고 있지만 그래도 그동안 가는 곳마다 일본어를 배우고 싶어하는 직원들에게 초급반을 만들어 내가 직접 강의를 해 주었다.

학원 다녀본 적도 없이 나 혼자 공부한 것이지만 일본은 대부분의 전력회사를 거의 다 가 보았고 도시바, 히다치를 비롯 많은 기업들을 방문한 경험도 있어서 편하게 일본어 배우기를 원하는 직원들에게 여러 차례 강의를 해 왔다.

지방에서 사업소장으로 근무할 때와 연구소장으로 근무할 때 그리고 가장 최근에 와서는 본사에 근무하면서도 바쁜 시간 가운데 시간을 내서 일어공부를 직원들과 같이 열심히 하

였다. 요즘 들어 우리 회사의 기술수준이 높아져서 일본 전력회사를 통해 배울 것은 크게 없지만 가까운 이웃인만큼 업무가 아니라도 관광차 가는 사

람들도 많아서 호응도는 높았다.

직원들 입장에선 돈 들이지 않고 배우는 것이니까 좋고 나야 우리 직원들 자기계발에 도움이 되니 좋을뿐만 아니라 그 시간을 통해 소통과 화합이 되니 일석삼조라 할 수 있다. 연구소장으로 근무시에는 기타도 함께 배우고 했지만 외부강사를 초청한 것이 아니고 직원중에 리더를 세웠으므로 돈들이지 않고 편하게 기타 초급반 입문을 하였다. 리더들에게 내가 부탁한 것은 먼저 배운 사람으로서 배우고자 하는 사람에게 베풀어 주라는 말을 했을 뿐이다.

먼저 배운 것을 남에게 가르쳐 준다는 것은 참 좋은 일이다. 물론 시간에 쫓기는 현대인들이 나 할일도 많은데 남을 무료로 도와준다는 것은 아까운 시간낭비라고 생각할 수도 있을지 모르겠지만 더불어 사는 세상에서 서로 가르쳐 주고 배우며 살면 얼마나 좋겠는가.

'당신이 헛되이 보낸 오늘 하루는 어제 죽어간 이들이 그토록 살고 싶어 했던 내일이다' 라고 말한 미국의 사상가이자 시인이었던 에머슨은 '나는 세상의 누구에게나 배운다' 라는 말을 하였다.

그가 농장에서 장성한 아들과 송아지를 우리에 끌어 넣으려 아무리 애를 써도 할 수가 없었다. 이때 주위에 있던 하녀가 손을 송아지 입에 넣고 끌고 들어가니 이 일을 쉽게 해결할 수 있었던 것이다.

이처럼 내가 하지 못하는 일을 쉽게 처리하는 사람이 우리 주변에 많다. 즉 누구나 남을 도와줄 수 있고 가르쳐 줄 수 있는 자기만의 달란트를 갖고 있으므로 그런 부분을 남에게 베풀어 주면 된다.

그러므로 내가 가진 달란트는 무엇인지 생각해 보자.
그리고 그것을 주위 사람들에게 가르쳐 주고 베푸는 삶을 살아간다면 나의 삶이 더욱 풍성해질 것이다.

값진 삶을 살고 싶다면

프리드리히 니체

그대가 값진 삶을 살고 싶다면
날마다 아침에 눈 뜨는 순간
이렇게 생각하라

오늘은 단 한 사람을 위해서라도 좋으니
누군가 기뻐할 만한 일을 하고 싶다고

3. 늘 초심을 유지하다

직장생활을 하다 보면 여러 유형의 사람들을 만나게 된다.
그중에서도 직위가 올라가면서 돌변하는 사람도 종종 있는
데 그런 상황을 맞닥뜨리게 되면 상당히 당황스럽게 된다. 예
를 들어 같은 직원이었는데 그중 한 사람이 간부가 되고 승승
장구하는 경우 목에 힘이 들어가고 뻣뻣해지는 경우를 보게
된다.

대부분 처음에는 그렇지 않은데 새로운 자리에 적응이 되고
지위에 대한 인식을 갖게 되면서 많은 사람들이 달라지게 되
는 모습을 보게 된다. 지위가 있게 되면 많은 사람들이 따르
게 되고 그러다 보면 예전에 동료였거나 직장 선배였던 사람
도 이젠 자기 밑에 소속된 많은 사람들 중에 한 사람이 되다
보니 자연스럽게 목에 힘이 들어가게 되는 것 같다. 처음에는
전의 상황들을 기억하면서 대부분의 사람들이 행동을 조심해
서 하지만 시간이 흐름에 따라서 목에 힘이 들어가고 직위와
권력의 맛을 알게 되면서 행동이 변한다.

술중에 '처음처럼'이란 소주가 생각난다.
참 잘 지은 이름인 것 같다. 늘 변함없이 한결같은 마음으
로 세상을 살아가야 하겠다고 하는 생각을 이 술을 한잔 마시
면서 다시 한번 생각해 볼 수 있기 때문이다.

고사성어 중에 처음에 가진 마음을 잊지 말라는 뜻의 '初心不忘'이라는 단어가 떠오른다. 승승장구하며 잘 나가더라도 동료나 예하 직원에게 함부로 대해서는 안 되고 적절한 예의를 갖춰서 상대방의 자존심이 상하지 않도록 하는 훌륭한 직장선배나 리더들이 되어야 한다.

상사가 어떻게 직원들을 대하느냐는 상당히 중요한 문제이다.

선배 검사가 후배 검사에게 모욕을 주어서 자존심이 상한 후배 검사가 자살하였다는 소식도 우리가 뉴스를 통하여 접한 바가 있고 회장님이 운전기사를 함부로 대했다는 뉴스도 우리가 이미 귀에 익숙해진 상황이다.

이렇듯이 우리나라 사회 각계 각층에서 업무를 빙자하여 인격모독 등의 파렴치한 행동이 아직도 근절되지 않고 있는 것이 현재 우리 사회의 실정이다. 직장선배나 리더들이 '初心不忘', '初志一貫'이라는 고사성어를 생각하면서 늘 한결같은 마음 자세로 부하 직원들이나 후배들을 대하여야 한다.

초심하면 불의와 타협하지 않았던 이순신 장군이 떠오른다.

직장생활 하다 보면 하면 안 되는데 할 수밖에 없었던 경험을 해본 사람들이 있을 것이다. 즉 실무적으로 검토해 본 결과 하면 안 된다고 결론을 내렸음에도 위에서 하라고 하면 안 할 수도 없는 그런 경우가 있다. 이 때에 내 생각, 초심을 유지하기는 참 어렵다.

이순신 장군은 윗사람의 지시에 어쩔 수 없다고 말하지 말라고 하셨고 행동으로 불이익을 당하면서도 보여 주셨다. 직속상관과 불화로 몇 차례나 파면과 불이익을 받았음을 우리는 알고 있다.

현실에서 이순신장군처럼 올바른 길이 아니라고 판단했을 때 타협하지 않고 즉 초심을 유지하며 바른 길을 가기는 쉽지 않다. 실제로 근래에 들어 사회나 정부의 잘못된 점을 지적한 사람들이 많았지만 칭찬이나 보답 이전에 권력을 갖고있는 사람들에 의해 직장을 잃고 피해를 본 사례들을 우리는 언론을 통해 익히 알고 있다.

초심을 유지하는 것 정말 중요한 일이다.
병원에서 수술을 신청했는데 다른 의사가 수술을 하고 의사와 전공의 간에 군대같은 분위기를 비롯 의과대학을 졸업할 때 히포크라테스의 선서를 했음에도 많은 잘못이 병원에서 저질러지고 있는 모습을 뉴스를 통해서 보게 된다. 초심을 잃었기 때문인 것이다. 한국 문학계의 거봉이기도 하고 노벨문학상 후보에 오르기도 하는 분이 요즘 성추행 논란에 휩싸여 안타까움을 자아내게 한다.

이 뿐만 아니라 높은 지위의 검사가 후배 여검사를 성추행하였다 하여 여론을 들끓게 하고 있다. 이러한 모든 것들이 어떤 분야를 시작할 때만 해도 그렇지는 않았을 텐데 직위가 올라가고 파워가 생기면서 초심을 잃어버리고 갑질을 한 사례라고 할 수 있다. 이런 밝은 세상에서 아직도 음지에 숨어 이러한 잘못된 행동을 하는 사람들이 얼마나 많은지 또한 이러한 권력이나 위세 앞에 속절 없이 당한 사람들이 얼마나 많을까 안타깝기도 하다. 리더들은 리더가 되기 전의 힘들었을 때의 모습을 늘 생각하면서 즉 초심을 유지하면서 생활을 하여야 한다.

초심을 유지한다는 것이 정말 어려운 일이지만 늘 마음만은 초심을 잃지 않겠다는 자세로 이 세상을 우리 모두 살아나가야 한다.

초심하면 또 하나 떠오르는 말이 '목에 깁스를 하고 다닌다'라는 말이다.
많은 사람들이 누군가를 향해 이런 말을 해 본 사람들이 있을 것이다.
잘났다고 돈을 많이 벌었다고 고개를 빳빳하게 세우고 거들먹거리는 사람을 보고 하는 말인데 가끔 이런 사람들을 우리는 주위에서 볼 수가 있다.

라이언 홀리데이 저 'EGO라는 적'이라는 책에 보면 미국의 정치가이자 사상가, 작가로도 유명한 벤자민 프랭클린도 이런 말을 들은 적이 있다. 제법 성공한 후에 자만심에 도취되어 있던 그는 평소 경쟁자로 여겼고 보스턴에서 존경 받던 목회자 코튼 매더를 만나게 된다. 그를 만나서 함께 걸어가면서 신나게 자기자랑을 하며 떠들어 대던 그에게 가만히 그의 말을 듣기만 하고 있던 매더가 갑자기 소리를 친다.

'고개를 숙여! 숙여!'

자기 자랑을 하느라고 정신이 없었던 프랭클린은 그 앞에 나타난 천정 보를 보지 못했고 결국 들이받고 만다. 그런 프랭클린에게 매더는 다음과 같이 말하였다.

'고개를 그렇게 빳빳하게 세우고 다니지 말라는 말을 명심하게나. 세상을 살아가려면 고개를 숙이고 다니라는 말이네. 이 어린 친구야, 그래야 아까처럼 머리가 받히는 일을 피할 수 있단 말이지.'

위에 언급한 검사나 명망 높았던 ○○ 시인도 유명인사가 되기 전까지는 겸손하였을 것이다. 그러나 갑자기 지위가 높아지고 따르는 사람이 많아지면서 사람들이 기피하는 괴물이 되었는지도 모른다. 초심을 잃지 않고 겸손하며 남을 배려하는 모습을 보였다면 계속해서 얼마나 존경을 받았을까 하는 안타까운 생각이 든다.

직장생활은 끌어주고 밀어주고 하는 것이다.
그러나 상사라고 해서 아무나 끌어주는 것이 아니고 부하나 동료라고 해서 아무나 밀어주지는 않는다. 뭔가 역할을 하고 괜찮은 사람이어야 끌어주고 밀어주는 것이지 그렇지 못하면 '저 친구는 안돼' 라는 이야기를 할 수도 있다.

모 지역본부에 근무할 당시 괜찮은 간부라고 생각했던 사람이 있었다. 승진주자 대상이 되어 당시에는 직원들의 다면평가를 받아야 했는데 서너 차례 이 평가에서 떨어져서 승진이 늦어진 경우를 보았다. 지금은 이 제도가 없어졌지만 당시에는 상사로부터의 평가와 직원들의 다면평가, 즉 평판이라는 것이 중요하였고 지금도 이런 평판관리를 위해 늘 조심하고 노력하는 모습을 보여야 한다.

따라서 직장생활은 함께 가는 여정이지만 끌어주고 밀어주고 싶은 나 자신이 우선 되어야 한다.

2018년 평창에서 개최된 동계올림픽에서 스피드 스케이팅 여자 팀추월 경기가 있었는데 우리나라 팀이 예선전에서 이해할 수 없는 상황을 연출하여 매스컴과 SNS를 통해 이슈가 되었다.
사연인즉 팀원 3명이 결승선을 들어올 때 두 선수는 먼저 들어오고 한 선수가 뒤에 한참 쳐져서 들어온 것이다. 이 경기 자체가 세 사람이 협력해서 밀어주고 끌어주며 하는 경기인데 완전히 한 사람을 망신 주듯 왕따시킨 모습이 펼쳐진 것이었다.

국가대표라는 선수들이 장난하듯 이해할 수 없는 경기를 펼쳐서 전 국민의 지탄을 받게 되어 안타깝기 짝이 없었다. 이 경기를 보면서 코치나 감독의 리더로서의 역할에 대하여 다시 한번 생각해 보게 되었다. 팀 추월 경기의 본래 취지처럼 직장생활은 서로 밀어주고 끌어주는 함께 가는 삶이 되어야 하며 리더의 올바른 역할이 중요하고 또한 필요하다.

최근에 내가 다니는 교회는 '장애인의 날'이라고 하여 다양한 장애인 지원행사와 더불어 장애인 목사님의 초청설교가 있었다. 휠체어에 의지해 생활하시는 그 목사님은 몸이 아파 모 병원에 가면 간호사나 인턴의사들이 행려병자 취급을 하며 기분 나쁘게 대하더라는 것이었다. 그런데 사실 목사님의 동생이 그 병원에서 과장으로 근무하고 있었으니 지금은 그 사실이 병원 관계자 모두에게 알려져 VIP 대접을 받는다며 세상의 현실이 이렇게 냉혹하다고 이야기를 하셨다.

안타깝게도 세상은 이렇듯 공정하지 않다.
건강한 사람이 있는가 하면 건강하지 못한 사람이 있고 부자인 사람이 있는가 하면 찢어지게 가난한 사람도 있다. 그러나 어떤 누구에게나 한결같은 마음으로 사랑으로 대할 수 있도록 노력해야 한다. 살아가면서 늘 초심을 유지하는 것이 중요하다.

VII. 차별화된 삶을 위하여

1. 악기를 하나 배우다

직장생활을 하다 보면 업무에 바빠서 취미생활을 거의 하지 못하는 경우가 많다.

누구나 다 악기에 대한 로망은 있지만 시작하기가 참 힘든 것 같다. 그러나 더 늦기전에 색소폰이든 기타이든 악기 하나를 배우는 것을 빨리 시작하는 것이 좋다. 혼자 배우기는 어려우므로 희망하는 사람들을 모아서 동아리로 활동을 하면 정보를 얻기도 쉽고 배우기도 편하다.

내 경우는 5년 전에 기타를 샀는데 2년 동안 전혀 쓰지 않다가 기타를 산지 3년 만에 연습을 하게 되었다. 처음에는 외부에서 강사를 초청하여 20여명이 함께 배웠는데 직원들보다 배우는 것이 늦을까봐 걱정을 했지만 열심히 연습하다 보니 직원들보다 더 잘할 수가 있었다. 더불어 매월 행사때마다 단체로 연주도 하고 그런 활동을 통해서 직원들과 더욱 가까워 질수 있었고 기타실력도 향상되는 효과를 거두었다. 동호인들이 함께 모여 연습하며 배우는 것이 얼마나 유익한 것인지를 요즘 많이 깨닫게 된다.

그러고 보니 체육행사를 비롯 본사산악회 방문시 기타연주를 하였고 연말 공식행사 시에도 동아리 멤버들과 같이 발표하여 1등을 한 바도 있다. 직원들과 같이 상금도 받고 하며 보람 있는 활동을 많이 할 수 있었는데 무엇보다도 감사한 것은 많은 사람들 앞에서 연주를 할 수 있는 기회를 가질 수 있었기에 참여한 직원들 모두 뿌듯함을 느꼈다는 것이다.

[기타 동아리 활동모습]

기타를 처음 시작할 때는 악기를 다루는 방법도 물론 모르지만 어떤 노래의 악보를 어떻게 구해서 연습을 할 것인가 등 하나하나가 다 어렵기 마련이다. 동아리 활동이 좋은 것은 함께 연습을 하다 보면 먼저 배운 사람들이 이렇게 저렇게 알려 주기 때문에 혼자 하는 것보다 훨씬 수월하다. 코드도 처음에는 막막하지만 먼저 배운 사람이 중요한 몇 개 코드를 알려 주고 숙달되면 좀더 어려운 코드를 알려 주고 하면 기타를 배우기가 좀더 용이하다.

그동안 동아리 활동을 하면서 여러 번 악보집을 만들었고 초보자들 간에 서로 공유하며 먼저 배운 사람이 주법과 코드를 알려주는 방식을 통해서 함께 연주할 기회를 여러 번 가졌다는 것이 좋은 경험이었다.

그동안 함께 공유한 악보집 일부를 살펴보면 대략 다음과 같다.

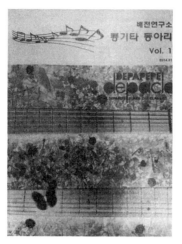

그동안 동아리 멤버들과 많은 곡들을 연습을 하였다.

7080세대의 통기타곡 및 최신곡을 비롯하여 어학공부 차원에서 중국과 일본노래 그리고 팝송까지도 연습을 하고 발표도 하였다.

7080세대의 대표적인 곡으로 '조개껍질 묶어(라라라)', '그 겨울의 찻집'을 비롯 김광석의 '먼지가 되어', '사랑했지만' 과 '월량대표아적심', '사치코', 탐존스의 '딜라일라' 등도 연습을 같이 하였다.

여러 번 발표를 하다 보니 잊지 못할 에피소드와 추억들도 많다.

연말 장기자랑을 할 때 우리는 통기타를 준비했는데 '꼴찌만 면하고 어떻게 중간만이라도 하자'라고 하는 마음으로 준비를 열심히 하였다. 중간 간주 부분에 색소폰 연주도 넣고 가수도 2명을 세워서 구색을 제법 갖췄는데 결과는 우리가 1등을 한 것이었다.

그런데 나중에 녹음한 것을 들으니 앞부분 첫 소절의 노래가 조금 이상하여 어떻게 된 것이냐고 멤버들에게 물었더니 가수를 맡은 대학교시절 보컬 출신인 위촉연구원이 강당에 꽉 찬 관객으로 인해 떨어서 그렇다는 이야기를 듣고 한참을 웃었다. 사실 나는 맨 앞줄에 앉아서 기타를 치느라 정신이 없었기에 어떻게 끝났는지도 몰랐다.

기타를 연습하고 발표도 하고 하다 보니 정말 연습을 열심히 해야 하는구나 하는 생각이 절로 든다. 남들 앞에서 하면 연습할 때 실력의 70% 정도 수준의 실력밖에 표현이 안 된다는 것을 알게 되었기 때문이다. 그래서 다음과 같은 말이 가슴에 깊이 와닿는다.

벤 호건의 연습론

하루를 연습하지 않으면 내가 알고
이틀을 연습하지 않으면 갤러리가 알고
사흘을 연습하지 않으면 온 세계가 안다

2. 책을 쓰다

직장생활을 하다 보면 주변에 있는 사람들이 책을 출간하는 경우를 종종 본다. 업무를 하다 보면 사실 바빠서 책을 낸다는 것이 엄두가 안 날 수도 있다. 그러나 틈틈이 남는 틈새 시간을 이용하여 나만의 장점을 살린 책을 펴낼 수 있다면 나에게도 그리고 주변 사람들에게도 도움이 되지 않을까 싶다. 직장생활을 30여 년 하면 사실 어느 분야에선가는 누군가에게 도움을 줄 수 있는 책 한 권은 쓸 수 있지 않을까 생각은 드는데 사실 이것이 마음같이 쉽지는 않다.

최근에 읽은 책 중에 '나는 평생 일만 하다 가고 싶지 않다' 라는 책을 쓴 김우태씨는 낮에는 양계장 김씨로 밤에는 글쓰는 김씨로 이중생활을 하며 지금까지 무려 5권의 책을 발간하였는데 매년 1~2권의 책을 내고 있다. 새벽 5시부터 저녁 7시까지 일을 하면서도 틈새 시간을 이용하여 본인이 좋아하는 책읽기와 글쓰기를 하고 있다고 한다. 매년 300~500권의 책을 읽는다고 하니 그의 틈새 시간을 이용한 독서에 대하여도 놀라지 않을 수가 없다.

이 책을 읽노라면 로마의 정치가 키케로가 '잡것들이 너나나나 할 것 없이 책을 내려고 한다' 라는 말을 했다고 하는데 사실 이 말을 생각하면 별 대단한 것도 없이 나 자신이 책을 낸다는 것이 좀 걸리기는 한다. 하지만 뭐 어떠랴. 인생 60여 년 살면서 책 한 권 못 낼 것이 무엇이 있는가? 세상만사 마음 먹기에 달린 것, 새로운 분야에 도전하는 것도 좋지 않을까 생각해 본다.

사실 발간을 안 했을 뿐 나도 회사생활 하면서 수도 없이 많은 책들을 만들었다. 그것이 회사 업무와 관련된 내용의 책들이 대부분이었지만 이런 경험을 토대로 회사생활을 마무리하기 전에 김우태씨처럼 틈새 시간을 이용하여 후배들에게 도움이 될 수 있는 책 한 권이라도 낼 수 있다면 얼마나 보람이 있을까 생각하며 책 한 권이라도 발간을 위해 노력해보자 다짐해보는 요즘이다.

얼마 전 회사내 모 부장을 만나서 이야기를 나눈 적이 있다. 예전에 차장시절 비서실에 근무했을 당시의 실수를 비롯 여러 가지 일화를 들을 수 있었는데 그런 내용을 자료로 만들면 후임 직원들에게 큰 도움이 될 것 같다는 생각이 들었다.
그런 실수를 예방하기 위하여 'CEO의 외부행사와 관련하여서는 기본적으로 3번을 꼭 확인해야 한다' 라는 말이 마음에 와 닿았다. 행사라는 것이 계속 바뀔 수 있기 때문에 확인하고 또 확인하지 않으면 실수가 발생할 수 있기 때문이다. 이러한 실수사례를 포함 경험을 자료집으로 만들어서 후배들에게 물려주면 반면 교사가 되기도 할 테고 소중한 참고자료가 될 수 있다.

직장생활을 하는 후배들도 김우태씨처럼 그리고 우리 주변에서 책을 발간하는 사람들을 보며 퇴직 전에 책 한 권 내보겠다는 다짐을 하는 것도 멋진 일임에 틀림없다. 기억을 더듬어 회사생활 하면서 만들었던 책들을 살펴보면 다음과 같다.

1. 배전 신기술 동향
2. 뉴욕 현지 정착자료
3. 뉴욕지사 업무백서
4. 배전백서 Ⅰ
5. 송배전분야 해외사업 추진현황
6. 일본의 배전자동화 현황 (번역본)
7. 월드컵 960일의 기록
8. 나의 직장생활 어떻게 할 것인가?
9. 시와 좋은 글 무조건 외우기
10. 바람직한 업무자세 및 삶을 살아가는 지혜
11. 지리산 1박 2일 종주의 기록
12. 영화동호회 활동 보고서
13. 산악회 활동보고서
14. 독서 동아리 활동보고서
15. 해외연수보고서
16. 해외출장보고서
17. 중소기업 기술지원과제 추진현황
18. 배전실무교육교재
19. 배전손실
20. 연구결과 보고서

위에 언급한 책 중에서 뉴욕 현지정착 자료는 발간 후 미국 내 한인방송과 신문에 보도를 하였는데 많은 사람들이 요청을 해서 무료로 배포를 해 주었으며 현지 교민을 비롯 유학생, 타기관의 주재원 등으로부터 많은 감사편지를 받았다.

또한 월드컵 960일의 기록은 현재 한전 도서관에 전자문서 화되어 보관되어 있으며 세계 청소년 월드컵을 비롯 평창 동계올림픽 준비 관련해서도 자료요청이 있어서 제공을 하였으니 자료집으로 만든 보람을 느끼게 한 책이다.

3. 인문학 활동을 하다

한전의 전력연구원에 근무하면서 독서동아리 활동도 하였지만 연구원에는 등단 시인들이 몇 분이 있어서 함께 정기적으로 모이며 시낭송도 하고 우의를 다지곤 하였다. 등단시인분들이 본인이 쓴 시를 낭독해 주기도 하고 참석자들이 좋아하는 시를 낭송하기도 하였는데 직장생활 하면서 경험해보기 어려운 시간이었다고 생각한다. 특히 옛 선조들이 모여서 시를 짓고 했을 대전 시내에 있는 고택에서 식사를 같이 하면서 함께한 시간이 기억 속에 오래 남아 있다. 이 모임은 2015년 가을에 연구원에서 개최한 동행제에도 시를 지어 전시하는 등 다양한 활동을 하였다.

지난 일이지만 함께 동아리에 들어 있다고 시를 쓰라고 하는 바람에 한번도 써보지 않은 시같지 않은 시(?)를 써서 회원들과 같이 전시도 하였지만 지금도 그 때를 생각하면 얼굴이 화끈거린다. 등단시인과 동료들이 수정도 해 주고 해서 그냥 용기를 내어 전시를 하였고 많은 직원들이 보았겠지만 그렇게 내가 쓴 글을 전시하는 경험도 어거지로 해보았다. 사실 내 생각에 시라고 할 수도 없는 졸작이지만 한번 고민해서 써보았다는 것이 꽤 의미가 있지 않나 생각된다.

이렇게 써도 시라고 할 수 있나 하는 생각도 들었는데 실은 윤동주의 '하늘과 바람과 별과 시'에도 이런 형태의 시가 있는 것을 보고 사실 깜짝 놀랐다. 이후 이렇게 저렇게 써보고 있는데 시를 쓰는 재주는 없는지 쓴 글을 보노라면 탐탁치는 않지만 써본다는 것 그 자체만으로도 도전한다는 의미가 있지 않을까 싶다.

생각은 있지만 나처럼 용기를 내지 못하는 분들을 위해서 동아리를 만들어 취미로 글쓰는 연습을 해보는 것도 어떨까 생각한다. 당시에 썼던 어설펐던 글들은 아래와 같다.

동 행 제

맑고높은 가을하늘 아름다운 문지동산
은행나무 굴참나무 단풍으로 형형색색
울긋불긋 물들어서 우리들을 유혹하니

어서빨리 달려가세 연구원의 동행축제
직원가족 일심동체 한자리에 모여앉아
즐거웁게 소통하며 모두함께 즐겨보세

뚝딱뚝딱 난타공연 축제마당 문을 열고
색소폰과 기타선율 흥을더욱 돋으면서
갈고닦은 숨은장기 보여주고 뽐내보고

시인화가 사진서예 숨은실력 발휘하니

우리모두 달려가서 이것저것 둘러보며
유유자적 즐겨보세 스트레스 풀어보세

장기자랑 실력발휘 막상막하 용호상박
모두다가 하나같이 훌륭하고 멋지지만
깊어가는 가을이라 시낭송이 최고일세

낙엽진다 슬퍼말고 멋진단풍 구경하며
김밥이랑 떡볶이랑 먹으면서 노닐면서
우리들의 놀이마당 신나게나 즐겨보세

근심일랑 걱정일랑 오늘만은 접어두고
예산실적 연구성과 잠시나마 잊으시고
우리모두 하나되어 참여하여 즐겨보세

자주자주 이런기회 만들어서 준비하여
이심전심 통하면서 한마음이 되어보고
갈고닦은 실력발휘 숨은장기 뽐내보세

장기자랑 상도타고 경품추첨 당첨되어
활기차게 기분좋게 가을저녁 즐기면서
가족간에 화목도모 직원간에 소통화합

웃는 얼굴 밝은미소 서로서로 인사하고
재미있게 구경하며 기분좋게 활보하며
깊어가는 가을밤을 여유롭게 즐겨보세

오늘만은 세상만사 걱정근심 털어내고
가을날의 정기받고 에너지를 충전하여
내일부터 고군분투 본업으로 돌아가서

무신불립 집사광익 일신월이 청렴결백
변화도전 혁신창조 끊임없이 노력하여
연구원의 대외위상 세계최고 이뤄보세

   위와 같은 글을 써서 전시를 하였는데 아래 사진이 그 전시
물이다.

위의 글을 쓰기 전에 사실 제출하기가 민망하여 다음과 같은 글을 써보았는데 동호회 회원들이 무조건 제출해야 한다고 하여 결국 위와 같이 전시를 하게 되었다. 당시는 무안하기 짝이 없었지만 지나고 보니 추억으로 남았다. 아래가 당시에 썼던 글이다.

詩作을 시작하며

시써본적 없건만은 동아리에 끼워주니
시작연습 끄적끄적 아니하고 못배겨서
글쓰기를 하고보니 이게신지 의아하여
동행제에 내걸어도 괜찮은지 염려로세

동행제용 시제출이 눈앞으로 다가오니
회장님은 시지어라 제출하라 독촉하고
짧은실력 할수없어 열심히는 써봤으나
사람들의 매서운눈 박한평가 걱정되네

힘내거라 용기내라 회원들은 격려하나
시써본적 없다보니 겨우겨우 완성하여
부족하다 시원찮다 이게시냐 할까봐서
이밤또한 걱정으로 잠못들어 하노메라

근심일랑 접어두고 걱정일랑 매어두세
나의시를 전시하면 동행제가 처음이고
일취월장 해보려는 초보자의 노력이니

격려하여 줄사람이 어이없을 손가보냐

    당시에는 내가 썼다고 하는 글을 수많은 사람들 앞에 전시한다는 것이 두려웠던 것이 사실이다. 회원들이 강권하는 바람에 어쩔 수 없이 내걸기는 했지만 지금도 당시를 생각하면 얼굴이 화끈거린다. 그만큼 나의 것을 남에게 보여주는 것은 정말 자신이 있다고 생각되기 전에는 어렵다는 생각이 든다. 회원들과 더불어 전시는 하였지만 전시기간 내내 좌불안석이었던 것이 사실이다.

    윤동주의 시를 여러 편 외우고 있지만 다음과 같은 형태의 시가 있는 줄은 몰랐었기에 더더욱 그랬었던 것 같다. 윤동주의 시중에 '기왓장 내외'라는 시가 있는데 소개해 보면 다음과 같다.

기왓장 내외

비오는날 저녁에 기왓장내외
잃어버린 외아들 생각나선지
꼬부라진 잔등을 어루만지며
쭈룩쭈룩 구슬피 울음웁니다.

대궐지붕 위에서 기왓장내외
아름답던 옛날이 그리워선지
주름잡힌 얼굴을 어루만지며
물끄러미 하늘만 쳐다봅니다.

요즘 '시를 꿈꾸다' 라고 하는 밴드가 있어서 가끔 들어가서 보는데 다양한 형태의 시를 쓰고 교류하는 것을 볼 수가 있었다. 이중에는 가끔 등단의 꿈을 이루는 분도 나오고 하던데 대부분 시를 쓰고 싶어 하고 쓰기를 즐기는 사람들이 아닐까 생각된다. 그분들이 올리는 시들을 보며 연습 삼아 써보는 것도 좋을 것 같다.

　지난번 주말에 사촌동생 아들 결혼식에 갔다와서 재미삼아 다음과 같이 글을 지어 보았다.

결혼식에 다녀와서

어릴적에 동생들이 어느사이 어른되어
자녀결혼 시킨다고 청첩장을 보내왔네
나도학생 너도학생 그땐모두 어렸는데
시간흘러 세월가니 검은머리 백발되고
이마에는 너나나나 주름살이 생겼구나

결혼하고 아이낳아 꼬맹이들 손잡고서
어른수업 시작한게 엊그제만 같건마는
그아이들 성장하여 장가가고 시집가니
우리인생 이팔청춘 어느결에 다지나고
마음만은 청춘이되 머리카락 백발일세
우리인생 뭐가있나 그럭저럭 사시다가
천상에서 부르거든 즐겁게나 달려가서

이태백님 김병연님 시인들을 만나보고
함께시를 지어보며 한수두수 배워보세

  시를 258편을 외우지만 쓰는 것에 대해서는 잘 모른다. 배워 본 적도 없고 써본 적도 거의 없으니까 문외한이라고 해도 과언이 아니다. 위의 윤동주 시인의 글을 보면 7자 5자로 구성이 된 것 같은데 꼭 형식을 갖추어야 하는 것인지는 잘 모르겠고 방랑시인 김삿갓의 시도 자유분방했으니 생각나는 대로 써보면 되는 게 아닐까 생각하며 때때로 끄적여 보고 있는 요즈음이다.

벌 초

추석명절 다가오니 형제들이 함께모여
부모님의 산소관리 부지런히 하고있네
낫을들고 잔디깎고 갈퀴로는 낙엽긁고
여기저기 잔디씨를 뿌려주고 덮어주네
9월햇빛 따가워서 땀도뻘뻘 흘리는데
얼음물과 쥬스한잔 무더위를 식혀주네
세상일이 바쁘니깐 찾아뵙기 어렵구나
술한잔을 따라놓고 형제들이 절올리네

칼 국 수

밀가루에 물붓고 손반죽하고
둥글둥글 공같이 모양만들어
일부분씩 떼어서 봉으로밀고
얄팍하고 둥글게 모양만드네

적당하게 접어서 칼로썰으면
가느다란 국수발 준비끝나고
끓는물에 멸치를 조금만넣어
구수하고 맛있는 다싯물내네

끓고있는 다싯물 국수발넣고
엉키며는 안되니 휘저어주고
적당하게 끓거든 그릇에퍼서
한사람당 한그릇 배분을하네

칼국수에 고추장 풀어넣고서
그위에다 부추를 올려놓고요
김치에다 깍두기 함께먹으면
소싯적에 먹었던 그맛이로세

곰 탕

나주목사 살던곳 인근지역에

유명하단 곰탕집 하얀집있네
기다리는 사람들 줄을서있고
먹는사람 모두가 맛있다하네

코쟁이 아저씨도 열심히먹고
농부들 농사기법 토론을하며
꼬부랑 할머니는 따님과같이
맛있게 정겨웁게 식사를하네

그대여 나주곰탕 모르시거든
이지역 지나갈때 꼬옥들려서
수육에 곰탕까지 먹어보시고
그맛이 어떻노라 말해주시오

　　윤동주의 '기왓장 내외'라는 시와 같이 4·3·5 형태 7·5
형태를 생각하며 나주에서 곰탕으로 유명한 하얀집에서 식사
를 하던 때를 기억하며 써본 글이다. 쓰고 보니 4·3·5 형태
와 3·4·5 형태가 혼합되었다.

　　회사 덕택에 대만에 인문학 기행시 천등이라고 하는 하늘로
연같은 것을 날리는 곳을 찾은 적이 있다. 이곳이 '꽃보다 할
배'라는 TV 프로그램이 방영된 후 아주 유명해져서 사람들이
많이 온다고 하는 곳인데 이곳을 방문하고 나서 다음과 같이
글을 써보았다.

천 등

비행기로 2시간
자동차로 또 1시간
머나먼곳 섬나라 타이완에
알려지지도 않았던 곳

꽃보다 할배가 다녀간 후로
한국사람 떼거리로 온다고 하네
붉은 천에 나의 소망 자세히 쓰고
안에다가 촛불을 켜니
풍선처럼 부풀어 올라
하늘높이 오르네

나의 소망과
우리 기족의 바램
건강과 행복과 성공을 소망하오니
하늘높이 천상에 올라
나의 꿈을 이루게 도와주소서

나의 모든 꿈을 이루게 도와주소서

　시집으로 발간할 것이 아니라면 그리고 습작으로 써보는 거
라면 심심풀이로 써보고 동료들이나 회원들과 교류하는 것도
나쁘지는 않을 것이다. 애초부터 글을 잘 쓰는 사람이 있을손

가? '약해지지 마'라고 하는 시를 쓴 시바타 도요라는 일본 분도 나이가 90이 넘어서 아들의 도움을 받아가며 시를 썼다고 들었고 위 시로 일약 유명한 시인으로 등단하지 않았는가? 용기를 갖고 재미삼아 취미 삼아 글을 써보는 것도 유익한 일이 아닐까 싶다.

인문학하면 공학을 전공한 사람으로서 사실 생소한 분야이긴 하다. 그러나 많은 사람들이 인문학의 중요성을 이야기하곤 한다.

언젠가 어디에서 본 다음과 같은 내용이 생각난다.

외국의 어느 학교에서 공부를 제일 못하는 아이들만 모아놓은 학급이 있었다고 한다. 이 학급의 담임으로 배정된 선생님은 아이들이 공부를 싫어하므로 매일같이 운동장에서 놀게만 하였다. 그랬더니 아이들이 어느 날 '우리가 매일 이렇게 놀기만 하면 되느냐 공부도 조금은 해야 되지 않느냐' 하는 말들을 하기에 공부를 따로 시키지 않고 인문학 책을 계속 읽혔다고 한다. 그랬더니 인문학 책을 조금씩 읽던 아이들이 공부도 하게 되고 그래서 제일 열등한 아이들만 모아놓았던 그 반이 제일 공부 잘하는 우수한 학급으로 발전하였다는 이야기인데 이 실화야말로 인문학의 중요성을 잘 알려주는 멋진 사례가 아닌가 싶다.

그동안 생각나는 대로 펜 가는 대로 써본 글들을 정리해 보았다.

말 하 기

정 금 영

말한마디 하려면 따듯케하고
그런말이 아니면 하지를마세
생각대로 맘대로 뱉아버리면
어떤말은 안한만 못할터이니
생각하고 말하며 살아갑시다

되는대로 함부로 말하다보면
서로간에 감정만 상할뿐이요
말한마디 천냥빚 갚는다하니
불편한말 가급적 지양하고요
듣기좋은 말하며 살아갑시다

　

이제는 고인이 되신 김수환 추기경께서 쓰신 '말 한마디' 라
고 하는 시를 생각해 보며 '말하기' 라는 제목으로 써보았다.
우리가 일상에서 아무 생각없이 막 하는 말들이 잘못하면 상
대방에겐 큰 상처를 준다. 따라서 김수환 추기경께서 쓰신
'말 한마디' 라는 시를 늘 기억하며 말할 때에 조심해야 한다.

4. 시 258편을 외우다

직장생활하면서 뭔가 나만의 독특한 취미를 갖는 것도 굉장히 유익한 일이 아닐까 생각한다. 최근에 읽은 책 중에 한양대 국문학과 교수가 쓴 '시를 잊은 그대에게'라는 책이 있는데 이 강의는 매 종료시마다 학생들의 기립박수를 받는다고 한다. 인문과가 아닌 공대생들의 경우에는 독서도 그렇지만 시를 읽는 사람들은 거의 드물 것이다. 내 경우는 학창시절부터 시를 외우기를 즐겨해서 현재 258편을 외우고 있다. 이렇게 시를 외우고 있다 보니 가끔가다가 특별한 경험을 하곤 한다.

오래 전 일이지만 대학교를 같이 다닌 사람들의 모임이 있었는데 그 시절 박인환의 '목마와 숙녀'가 가수 박인희씨의 목소리로 방송을 탄 이후 유명해졌다. 한 사람이 박인환의 '목마와 숙녀'를 가지고 와서 식사 중간에 읽어주는 걸 접했는데 실은 당시 그 시를 외우고 있었지만 아는 체 하기도 뭐하고 해서 그냥 넘어간 아쉬운(?) 경험이 있다.

또 독일에 출장을 갔을 때 잠시 오후시간에 짬을 내어 하이델베르그 성을 들렀는데 안내해 주던 분이 한용운님의 '님의 침묵'을 들려주는 걸 들었다. 이때 나도 외우고 있던 시라 써서 주었더니 신기해 하던 그런 추억도 있었다.

프랑스에서 한국식당에 들렀을 때 보니까 윤동주 시인의 '서시'가 있었는데, 마지막 부분에 있는 '오늘밤에도 별이 바람에 스치운다'라는 부분이 없었던 것이 어렴풋이 기억난다.

광주에 있는 홍아네라고 하는 식당에 들렀을 때도 시가 있었는데 내가 아는 것과 두 부분의 단어가 달랐다. 이상하다 생각하고 나중에 집에 와서 인터넷을 찾아 보니까 2개의 연으로 구성되어 있는데 거기는 한 연만 써 놓았던 것이다.

고려말 나옹선사라는 분이 쓴 글로 자료마다 조금씩 다르긴 한데 인터넷에서 찾아본 내용으로 2개 연을 다 써보면 다음과 같다.

> 청산은 나를보고 말없이 살라하고
> 창공은 나를보고 티없이 살라하네
> 사랑도 벗어놓고 미움도 벗어놓고
> 물같이 바람같이 살다가 가라하네
>
> 청산은 나를보고 말없이 살라하고
> 창공은 나를보고 티없이 살라하네
> 성냄도 벗어놓고 탐욕도 벗어놓고
> 물같이 바람같이 살다가 가라하네

식당에 걸려 있던 글은 성냄과 탐욕으로 되어 있었던 것 같고 나는 위의 연의 사랑과 미움으로만 외우고 있었기에 이상하다고 생각했던 것이었다.

대학교 후배와 대전에서 어느 시골같은 곳에서 식사를 하였
는데 식사 후 나와 보니 둥그런 달이 떠 있었다. 내가 시를
외우고 다니는 걸 안 후배가 달과 관련된 시를 들려 달라고
해서 당시는 김소월의 '예전엔 미처 몰랐어요'라고 하는 시를
들려 주었다.

예전엔 미처 몰랐어요
김 소 월

봄 가을 없이 밤마다 돋는 달도
예전엔 미처 몰랐어요
이처럼 사무치게 그리울 줄도
예전엔 미처 몰랐어요
달이 암만 밝아도 쳐다볼 줄을
예전엔 미처 몰랐어요
이제금 저 달이 설움인 줄을
예전엔 미처 몰랐어요

연구소장을 할 당시에는 대전에 있는 한 고택을 방문하여
식사를 하였는데 당시 모이셨던 선배들 중 시인도 계시고 해
서 시 낭송이나 암송을 하였다. 나에게도 기회가 와서 당시
겨울이라 김광균의 '설야'라는 시를 암송하였다.
본사 산악회가 대전지역의 산에 왔을 때는 등산 전일 저녁

에 행사가 있었는데 당시 통기타로 분위기를 만들러 나갔던 적이 있다. 통기타만 하기가 좀 그래서 한 사람이 기타연주를 하고 나는 등장하면서 가을이니까 구르몽의 '낙엽'이란 시를 암송하며 무대로 나갔던 경험이 있다.

연구원의 인문학 동아리에서 요청이 왔을 때는 박인환의 '목마와 숙녀', 김준엽의 '내 인생에 가을이 오면'이라는 시를 암송하였고 2017년 송년회에서도 '목마와 숙녀'를 암송하였다.

회식이 있을 때 가끔 시를 시키는 사람들이 있는데 이때는 너무 길면 지루하고 해서 늘 김춘수의 '꽃'을 암송한다. 이처럼 다양한 상황에서 시를 암송하곤 했는데 시와 거리가 있었던 사람들에게는 새로운 경험이었을듯 하다.

2017년 송년회에서 직원들이 몇 가지 이벤트와 더불어 기타연주 그리고 특이하게 시낭송하는 시간을 가졌다. 시낭송에서는 2명의 직원이 각각 자기가 좋아하는 시를 2개씩 낭송을 하였는데 널리 알려진 푸시킨의 '삶이 그대를 속일지라도'를 비롯 정호승 시인의 '풍경달다'와 '수선화에게'라는 시를 낭송하였다. 나도 시 외우기가 취미인 사람이라 음악에 실어서 '목마와 숙녀'를 암송하였는데 직원들 입장에서는 직장생활 중 처음 겪어보는 상황이어서 약간은 신선하지 않았을까 생각한다.

사업소에 근무할 당시 본사에서 모 부장이 교육을 왔는데 중간중간에 시를 섞어서 교육을 하던 기억이 난다. 그 중에서 지금도 기억이 나는 것은 다음과 같은 글인데 내가 평소에 외우고 있던 내용이라 더욱 관심이 많았다. 이 글은 '꾸뻬씨의 행복여행'이라는 책에도 나오고 유시화의 시집 '사랑하라, 한번도 상처 받지 않은 것처럼'이란 책에도 나와 있다.

> 춤추라, 아무도 바라보고 있지 않은 것처럼
> 사랑하라, 한번도 상처 받지 않은 것처럼
> 노래하라, 아무도 듣고 있지 않은 것처럼
> 일하라, 돈이 필요하지 않은 것처럼
> 살라, 오늘이 마지막 날인 것처럼

(알프레드 디 수자)

내가 평소에 외우고 있는 시와 좋은 글들을 제목만 소개해 보면 다음과 같다.

제목을 알 수 없는 경우는 첫 번째 문장으로 소개하였다.

[내가 외우는 시와 좋은 글]

1. 꽃
2. 나무
3. 목숨
4. 색리

29. 절명시

30. 가마귀 눈비 맞아

31. 한산섬 달 밝은 밤에

32. 오백년 도읍지를

33. 산은 옛산이로되

34. 까마귀 검다고

35. 태산이 높다 하되

36. 어버이 살아생전

37. 철령 높은 봉에

38. 강호에 밤이 드니

39. 청산은 나를 보고

40. 가노라 삼각산아

41. 청산리 벽계수야

42. 모란이 피기까지는

43. 금잔디

44. 개여울

45. 먼 후일

46. 동창이 밝았느냐

47. 이화에 월백하고

48. 이몸이 죽어가서

49. 삭풍은 나무 끝에 불고

50. 남으로 창을 내겠소

51. 푸르른 날

52. 엄마야 누나야

5. 순간순간을 남다르게 행동하다

현대는 치열한 경쟁의 시대이다. 그동안의 직장생활을 뒤돌아보면 승진과 보직 등 치열한 경쟁 속에서 살아왔다고 해도 과언이 아니다. 그러다 보니 때론 밀려서 멀리 지방까지도 가 보았고 또다시 살아나 현재 1(갑) 처장의 위치까지 오게 되었지만 곰곰 생각해 보면 치열한 경쟁의 연속이었다.

그래서 항상 느끼고 있는 것은 직장생활을 하며 주위의 경쟁자들과 비교하여 나 자신을 우위에 있게 할 수 있는 경쟁력을 확보하는 것, 즉 차별화를 위한 노력을 열심히 해야 한다. 모두들 열심히 자기계발 등 노력을 하기 때문에 뒤처지지 않고 앞서 나가기 위해서는 경쟁자들과 차별화를 해 나가지 않으면 안 된다.

한전이라는 회사에 근무하면서 기술직이거나 사무직이거나 어학에 대해서는 항상 공부한다는 자세를 가져야 한다. 영어, 일본어, 중국어 등 일정 수준의 실력을 확보하기 위해 노력해야 한다. 남보다 월등히 뛰어날 수 있다면 이 또한 큰 나만의 무기가 될 수 있을 것이다.

더불어 직장인이기 때문에 일을 해야 하지만 시간을 내서 학위를 포함 기술직이라면 기술사 자격을, 사무계통이라면 관련자격증을 비롯 한자 자격증 등 남과 차별화할 수 있는 자격 취득을 위해 노력해야 한다. 업무능력이 비슷하다면 내가 무엇인가 낫다는 것을 증명할 만한 소위 말하는 스펙이라고 하는 것을 갖추어야 한다.

차별화라는 것은 이외에도 시간 및 약속 지키기, 조직내 써클 활동에 열심히 참여하기, 에티켓 지키기 등 모든 면에서 남보다 나은 모습을 보이기 위하여 열심히 노력하고 출퇴근도 모범을 보이는 등 치열한 삶의 자세가 요구된다.

차별화라고 하는 것은 또 다시 표현하면 어떤 상황을 마주했을 때 남다른 생각을 갖고 대처한다는 것이라고도 말할 수 있다. 남다른 생각은 보다 나은 결과를 종종 이루어 낸다.

하나의 예로 SERICEO 강좌 '성공을 부르는 다른 생각'에 나오는 마피아보스를 검거한 FBI 한 직원의 남다른 생각이다. FBI가 16년간이나 잡으려 노력했지만 잡지 못했던 전설적인 마피아 보스가 있었는데 한 FBI요원이 남과 다른 생각을 하게 된다. '왜 못 잡을까?' 곰곰 생각하던 그는 마피아 보스에게도 애인이 있을 것이라고 생각하고 그 애인의 얼굴을 현상 공모하는 10만달러짜리 TV광고를 제작하여 보도한 결과 단 하루만에 제보를 받아 검거하게 되었다. 애인과 마피아보스가 함께 있을 거라는 점이 문제해결의 키였던 것이다.

박종화 저 '틀을 깨라'에 보면 싱가폴의 판사들은 흰 가발을 쓰고 재판을 하였다. 왜냐하면 영국식민지였기 때문에 영국문화의 영향을 받아 흰 가발을 쓰는 것이었다. 영국 판사들은 야외에서 재판을 하였기 때문에 추워서 쓴 것이었고 대부분의 경우 영국 법관들은 나이가 많아서 대머리가 많았다.

또한 추웠기 때문에 가발을 쓴 것인데 이에 반해 싱가폴은 더운 나라이므로 영국문화와는 전혀 맞지 않는데도 왜라는 질문을 계속 해 본 사람이 없었기 때문에 이런 흰 가발을 착용하는 문화가 계속 이어져 왔던 것이다. 왜라는 질문을 통해 문제를 파악하게 되고 해결책을 얻게 되는 것이다. 한 젊은 판사가 왜일까 생각하다 보니 이런 결론을 얻게 되어 더이상 쓰지 않게 되었다고 한다.

회사는 치열한 경쟁이 있는 곳이다. 외관상으로만 보면 늘 조용한 듯 하지만 오리가 수면 위에 떠 있어도 수면 아래에서는 발을 쉴 새 없이 움직이는 것처럼 우리 모두 자기계발을 통해 남다른 모습을 보일 수 있도록 끊임없이 노력해 나가야 한다.

그래서 선배나 동료들을 위해 후배로서 차 한 잔 즐겁게 타는 것도 나만의 차별화된 모습일 것이며 선배나 상사가 차를 탈 때 문을 열어드리는 것도 예의 바른 모습으로 상대방에게 비춰질 수 있다.

또한 술자리에서 가장 높은 분에게 새 술병을 들고 가서 따라 드리는 것도 나만의 차별화된 멋진 모습일 수 있으며 회의나 약속등에 정확하게 시간을 지키는 것도 차별화된 멋진 모습으로 직장생활에 큰 도움이 될 것으로 생각한다.

아울러서 보고서 작성도 잘된 보고서를 모방하고 나의 창의력을 더해서 남다른 훌륭한 보고서를 만들려 끊임없이 노력해야 한다.

사람들은 모두 자기만의 개성, 특징이 있다.
그러나 조직생활에서는 우선 소통하고 화합하는 것이 중요하며 그런 과정을 거쳐서 내가 가지고 있는 장점을 최대한 발휘하고 어필하는 노력이 중요하다.

세상이 스스로 나를 알아주지는 않는다.
내가 가진 것을 보여 주어야 하고 나의 능력을 또한 업무를 통해 증명해야 한다. 따라서 보고서 한 장 작성에서부터 나의 정성과 능력들이 나타날 수 있도록 해야 하고 그래서 다른 사람과 차별화될 수 있도록 끊임없이 노력해야 한다.

직장생활을 하다 보면 때로 해결하기 쉽지 않은 어려운 일을 맡게 되는 등 위기가 찾아온다. 피할 수도 없고 감당하기도 쉽지 않은 순간이 오면 슬기롭게 대처해야 하지만 할 수 없다면 '위기가 기회다'라고 하는 마음가짐으로 최선을 다해

보는 것도 상황을 역전시킬 수 있는 대안이 될 수도 있을 것이다.

긍정적인 방향으로 좋은 방향으로 나 자신을 차별화하여 남에게 보여주면 나 자신을 멋지게 어필할 수가 있다.

다만 시인이자 노동·생태 평화운동가인 박노해씨가 쓴 '거대한 착각'이라는 시를 기억하면서 항상 겸손하고 나 자신을 낮추겠다는 마음가짐을 가져야 한다. '나만 우리만 좋은 방향으로 다르다'라고 하는 식의 자가당착에 빠지는 것을 경계해야 된다고 하는 멋진 시이다.

6. 사무실 업무환경을 개선하다

사업소를 이곳 저곳 근무하면서 느낀 것 중 하나가 우선 사무실의 환경이다. 늘 근무하는 곳임에도 대부분의 사무실이 화분이나 푸른 나무들이 없는 경우가 많은데 가급적 푸른 잎이 많은 나무들 그리고 난들도 갖춰서 직원들의 근무환경을 아늑하고 편안하게 해주는 것이 좋다.

사무실 환경이 좋아야 일의 성과도 더욱 오를 것이므로 사무실 환경부터 더욱 좋게 개선해 주려는 노력이 리더에게 필요하다.

7. 모든 업무활동을 기록으로 남기다

30여년간 한전에 근무하면서 보람 있는 일들이 많았지만 그중에도 했던 일이나 업무관련 써클활동 관련 기록으로 남긴 책자들이 기억에 많이 남는다. 본사에 근무할 때는 배전백서를 만들기 위해 여름철 퇴근도 못하고 런닝 차림에 캐비넷들을 전부 뒤져 가며 60년대부터 배전계획과 기술분야 서류를 찾던 기억에서부터 배전분야에 근무했던 간부들을 찾느라 인사처에 가서 간부명부를 전부 뒤지던 일등 많은 추억이 떠오른다. 그 결과 배전백서 초판을 만드는 데 기여하였고 외부에 용역을 줘 만든 2차분에도 편찬위원으로 참여할 수 있었다.

해외사업처에 파견되어 근무할 때는 '송배전분야 해외사업 추진 현황'이라는 자료를 만들어 인수인계 하였고 뉴욕지사에 근무할 때는 동료들과 같이 만들었지만 부임한 사람이 어느 누구의 도움도 필요 없이 스스로 업무를 해 나갈 수 있도록 만든 '업무 인수인계 자료'를 비롯 미국 내 주재원, 유학생, 미국 내 거주 한인으로부터 수많은 감사편지를 받은 '현지정착 자료'는 이 책만 보면 뉴욕일원의 사회생활 전반을 마스터 할 수 있도록 하는 귀중한 기록도 남길 수 있었다.

그 외에도 본사와 사업소에 근무하면서 영화동호회, 산악회 등을 운영하며 그 활동 기록들을 만들어 회원들에게 주었으며 추억으로 간직할 수 있도록 하였다.

2011년도 광주전남본부 전력사업처장으로 재직하면서 독서 동호회를 만들어 그 활동기록을 매 분기, 반기별로 발간하여 활용할 수 있도록 하였고 서광주지사장으로 근무하였을 때도 그 활동은 지속하였다.

또한 영주지사에서 초임부장 시절 산악회장을 맡아 산악회 활동을 모두 정리하여 회비현황과 함께 연말에 활동보고서를 만들어 나누어 주었더니 지금도 통화하면 그 이야기들을 많이 한다.

아울러 광주전남본부 전력사업처장을 하면서 직할지사장을 겸직할 시 직할지사 멤버들과 지리산 1박2일의 종주를 하였 는데 종주기록과 더불어 참여한 모든 사람들의 소감도 포함하 여 '지리산 1박2일 종주 기록'이라는 자료를 만들어 나누어 주었다. 또한 한전에 입사하여 추진한 업무들에 대하여 공문 이나 자료 등을 중심으로 하여 내가 한 일들을 정리하여 늘 소지함으로서 필요시 활용할 수 있도록 만반의 준비를 하는 것이 필요하다. 한전에 근무하거나 어느 직장에 근무한다 하 더라도 포상을 위한 공적작성이라든지 할 때 내가 한 일에 대 하여 이렇게 늘 기록으로 소지하고 있으면 필요시 쉽게 대처 가 가능하다.

또한 직장생활을 하다 보면 인턴사원들이 주기적으로 오게 된다.

그때마다 인턴사원들이 활동한 내용과 교육했던 내용들을 정리하고 인턴사원들이 바라본 한전이라고 하는 직장의 모습과 직장선배가 바라본 인턴사원들의 모습, 인턴사원들에게 해 주고 싶은 글 등을 묶어서 '활동보고서'를 만들어 나누어 주었다.

이 책자는 인턴생활을 한 학생들에게 추억이 될뿐만 아니라 또 실적으로 학교에 제출하면 한전이라고 하는 회사에서의 인턴생활이 다른 회사와 확연히 차이가 날 수 있다는 것을 알릴 수 있으므로 회사 홍보 차원에서도 중요하다고 생각한다. 어느 회사에 가서 인턴활동을 한다 해도 이처럼 직장인들이 관심을 갖고 활동보고서를 만들어 주는 곳은 없을 것이기 때문이다.

회사나 직장생활을 하는 사람들은 이렇게 평소에 업무나 활동 등과 관련한 자료를 잘 관리해 둠으로서 필요시 요긴하게 사용할 수 있으므로 늘 관련자료를 챙겨 두고 기록으로 관리하는 습관을 갖는 것이 좋다.

VIII. 직장생활의 단상, 그 편린들

시간의 흐름이 참 빠르다.

한전에 입사한 것이 엊그제만 같은데 내 생각일뿐 시간은 어느 사이엔가 31년여가 흘렀다. 같이 입사했던 멤버들 중에서 나이가 된 사람은 이미 먼저 퇴직을 하였고 매년 계속해서 퇴직을 해야 하는 상황이 되었다.

인재개발원에서 강의를 위해 주기적으로 만나는 신입사원들을 볼 때마다 입사해서 교육을 받던 때가 엊그제만 같은데 어느새 이렇게 세월이 흘렀나 하는 생각을 하게 된다. 세월의 흐름은 막을 수가 없나 보다.

그동안의 회사생활을 돌아보자니 많은 일들이 떠오른다. 우선 사람들과의 만남과 헤어짐, 각종 애환들도 떠오르고 순간순간 어떻게 이 일을 처리해야 하나 하는 고민을 하던 때도 떠오른다. 앞이 안보일 정도로 암담했을 때도 있었고 지시사항을 어떻게 처리해야 하는가 고민스러울 때도 한두 번이 아니었다.

작년 산업부 주관의 역량평가 시험을 보기 위하여 사전 교육을 받을 때 강사가 하던 말이 생각난다. 2개의 발전회사에서 똑같은 민원상황이 발생하여 한쪽은 몇 개월만에 해결을 하였는데 한쪽은 아직도 해결이 안 되고 계속 진행중이라는 이야기였다. 즉, 그 일을 누가 맡고 있고 어떻게 처리하고 있는가에 따라서 그 결과가 다르다는 이야기를 들으면서 각자의 역할의 중요성을 다시 한번 깨달을 수가 있었다.

직장생활 하면서 기본업무와 더불어 많은 다양한 숙제들이 나에게 던져진다. 이렇게 처리해도 문제고 저렇게 처리해도 문제이고 하는 건도 있고 승진이나 보직, 이동 등과 관련하여도 어려운 순간들이 다가온다.

누가 대신 해결해 주는 것도 아니고 내가 고민해서 풀어 나가야만 하는 그런 많은 일들을 겪으면서 지나온 지금까지의 시간들이 어느 사이에 이렇게 흘렀나 싶다.

돌아보면 그동안의 많은 만남 가운데 불편했던 만남도 있었고 정말 좋은 추억들이 많았던 만남도 있었다. 그러나 직장생활 하면서 계속 만날 수 있기 때문에 마음이 맞지 않아도 내색않고 어울리도록 노력을 해야 한다. 언제 어디서 어떻게 만날지 알 수 없는 것이 우리의 직장생활인 듯하다.

인생사를 생각하면 떠오르는 구절 몇 가지가 있다.
노자의 도덕경에 나오는 '화 속에 복이 있고 복 속에 화가 있다'라는 말과 '위기가 곧 기회다'와 '인간만사 새옹지마'라는 말이 떠오른다.

이중에 '인간만사 새옹지마'라는 말을 한번 생각해 보자.
인생에 있어서 화와 복은 일정하지 않고 행이 불행이 되기도 하고 화가 복이 되기도 한다는 뜻으로 알려져 있다.

그 유래는 다음과 같다.

중국에 한 노인이 살았는데 말이 달아나서 이웃사람들이 위로를 하지만 도리어 그는 이것이 복이 될지 누가 알겠느냐고 말한다. 몇 달이 지난 후 이 말이 준마를 데리고 돌아오자 사람들은 이를 치하하지만 주인은 도리어 그것이 화가 될지 모른다고 말한다. 시간이 흘러 아들이 그 준마를 타다가 다리가 부러지자 사람들은 이를 위로한다. 그런데 얼마 지나지 않아 오랑캐가 침입하여 마을 장정들은 전장에 나가 모두 싸우다 전사하였는데 노인의 아들은 절름발이라 참전하지 않아서 무사했다고 하는 내용이다.

따라서 매일매일 일희일비할 필요도 없고 묵묵히 최선을 다하다 보면 좋은 일이 많을 것이다 생각하고 열심히 사는 것이 최선이 아닐까 싶다.

그동안 직장생활 하면서 많은 일을 겪었다.
나의 직장생활 중에 있었던 애증의 편린들, 그 단상을 정리해 보았다.

1. 실수와 보람

요즘 젊은 직원들이 매우 힘들다는 토로를 하는 것을 종종 본다. 특히 일부 직원들의 경우 아침에 출근하여 밤늦은 10시, 11시까지 일을 해야 하는 경우도 많이 있다. 남들은 안 그런데 왜 나만 이렇게 고생을 하나 하는 생각이 들 때도 있을 테고 또한 학교에서 배운 것은 이론적인 것일뿐 회사에 들어와서 처리해야 할 일들은 새로 배우지 않으면 안 되는 일들도 많기에 힘들고 스트레스도 많이 받기 때문일 것이다.

그러다 보니 경험미숙에서 또 한편으로는 마음이 바쁘다 보니 이런저런 실수도 하게 되고 그러다 보면 자책을 하게 되고 업무에 대한 자신감도 떨어지기도 한다. 나도 지난 30여년 간의 회사생활을 돌이켜 보면 실수도 많았고 이렇게 밖에 못하나 자책한적도 많았지만 지난 결과들은 잊으려 애쓰고 닥친 일에 집중하며 오늘 이 시간까지 오게 되었다. 주변에는 모든 일들을 무난하게 잘 처리하는 사람도 있고 힘들게 처리하는 사람도 있겠지만 대부분의 사람들은 비슷한 경험을 하며 회사생활을 하는 것으로 생각된다.

지금은 퇴사하셨지만 예전에 잘 나갔던 선배들도 지난 시절에 어려움을, 다시 말해 산전수전 다 겪었다는 말을 하시는 걸 들은적도 있으니 많은 사람들이 비슷한 경험을 하며 직장생활을 하고 있다고 보여진다.

일로 승진문제로 인간관계로 기타 등등 회사생활을 해 나감에 있어서 내가 풀어 나가야만 하는 다양한 문제들로 인하여 어느 누구나 스트레스 없는 사람이 없을 것이다. 참고 이겨내면 그 다음 단계가 있는 것이고 극복하지 못하면 현재 상태에 머무를 수밖에 없는 것이다. 한전에 들어와서 30여년, 적지 않은 시간인데 어느덧 화살처럼 그 시간이 흘러 갔고 이제는 후배들에게 맡기고 떠나야 할 시간이 다가온다.

입사하여 힘들고 어려운 시간을 보내고 있는 후배 직원들을 생각하며 나의 지난 시간들 중에 이런저런 실수사례를 들려줌으로서 희망을 잃지 않고 더욱 용기를 내서 미래를 개척해 나갔으면 한다. 실수했던 사례, 실망스러웠던 순간들은 빨리 잊고 긍정적으로 미래를 개척하기 위해 노력해야 한다.

왕중추라는 분이 쓴 'Detail의 힘'이라는 책을 보면 사소한 소소한 일들까지 치밀하게 정성을 들여서 처리해야 한다는 이야기를 들려주는데 그런 마음가짐으로 일을 하여도 종종 실수를 하는 자신을 발견하며 씁쓸해지곤 한다.

나는 1987년 2월에 입사를 하여 지금의 인재개발원에서 4주간 교육을 받고 경기지역본부 배전부의 지중배전과에 발령을 받았다. 대학교에 대학원까지 마치고 군에 다녀온후 나이

30에 입사를 하였는데 배전직군이다 보니 신입사원 교육시 전주와 가공선로에 들어가는 다양한 기기 및 설계와 관련된 내용들에 대하여 강의를 들었지만 잘 이해가 되지는 않았다.

더군다나 지중배전과에 배치를 받고보니 연수원 지중배전 교육교재를 가지고 토목분야 공부를 해가며 설계를 해야 하였다. 당시는 맨홀과 대비관로를 설치해야 하는 설계를 해야 하는데 그 방법은 선배 직원과 교육교재에 의할 수밖에 없었다.

선배직원들에게 묻기도 하고 교육교재를 보며 토목설계를 익히기도 하면서 업무를 수행하였는데 당시 먼저 추진했던 설계서를 참고하여 작성하였다.

그런데 나중에 보니 어떻게 된 일인지 그 설계서에는 되메우기용 모래의 지입비용이 없어서 내 설계서에도 모래 구입비용이 누락되었다.

사실 총가공사이기 때문에 입찰시 써낸 금액으로 낙찰된 공사업체가 서류를 맞추어 와야 하는데 그것이 어려우니까 내 설계서를 보여 달라고 해서 사실 그 문제점이 나타났지만 누락금액이 적지 않은 금액이어서 당시에 자책도 많이 하고 뜨끔했던 기억이 난다.

업체가 해당공사에 대하여 본인들이 써낸 금액으로 그 공사를 하겠다고 한 것이기에 내가 추가로 반영해줄 필요는 없었지만 정확하게 설계하지 못한 것에 대하여 후회를 많이 했다.

많이 공부해 가며 소소한 부분까지 디테일하게 챙겨서 설계하려 노력했지만 왜인지는 모르겠으나 모래지입 비용이 없었던 다른 사람이 작성한 설계서의 리스트를 그대로 활용하다가 범한 미스였다.

그때는 빨리 설계해야 한다는 부담이 커서 토목설계는 잘했지만 세밀하게 체크하는 것을 놓친 것 같다. 급할 때일수록 차근차근 그리고 잘 검토를 해야겠구나 라는 교훈을 얻은 경험이었다.

1996년말 우리 회사에서 송배전직군으로는 처음으로 뉴욕지사 주재원을 모집하였다. 당시에는 사무직군과 발전, 원자력직군만 뉴욕지사에 주재원으로 파견을 나갔는데 새로이 송배전직군 한 명을 최초로 선발하게 되어서 당시 응모하여 운 좋게 선발이 되었다.

1996년 11월초에 뉴욕지사에 부임을 하였다. 내가 맡은 업무는 경영정보를 수집하여 본사에 제공하는 것이 주였고 부수적으로 EEI업무 등도 맡게 되었다. 당시 EEI 대상 수상을 추진하였는데 수상관련 자료작성은 국내 본사에서 수행하였고 자료제출과 상황파악, 협력 등을 맡아서 하였으며 최종적으로 우리 회사가 상을 받게 되었다.

그 소식을 접하게 되어서 뉴욕지사 직원들은 전부 알고 있었는데 국내와는 시차가 있어서 알려줄 수가 없었다. 그러다가 본사에서 어떻게 되었느냐고 연락이 와서 뉴욕지사 내부에 보고도 드렸고 시간도 어느 정도 흘러서 이야기 해주어도 되겠다라고 판단하고 그 결과를 알려주었는데 그 일이 사단이 되고 말았다. 지사장께서 본사 경영진쪽에 아직 보고를 안 하고 상황을 살피고 있었던 것이다. 당시 엄청 민망했었던 일이었다. 돌이켜 보면 상사에게 본사에 상황을 알려주어도 되는지 확인해 보고 행동을 했어야 하는데 실수를 한 것이다.

지사장께서 당시에 별도로 질책은 안 하셨지만 그때는 등에 식은땀이 주르르 흐를 정도로 스트레스를 많이 받았다. 좀더 매사에 신중해야겠다는 생각을 하게 된 소중하고 값비싼 경험이었다.

2006년경 본사 부장으로 근무 당시 고속 PLC 통신장치를 구매해서 설치하라는 지시를 받았다. 당시에 PLC 통신방식은 배전자동화용으로 쓰기에 신뢰성이 부족하여 이미 광이 많이 깔렸기 때문에 광통신방식을 기본으로 하고 광이 설치되지 않은 곳에 한하여 다른 통신방식을 보완적으로 쓰는 것으로 정리를 하던 때였다.

그래서 담당자 회의를 수차례 해보았지만 해서는 안된다는 의견들이었다. 이 건은 업체에서 회사 내외부에 이야기를 해서 내려오게 된 일이었는데 윗선에 보고를 하고 나서 이후 안한다고 야단도 맞고 해서 어쩔 수 없이 진행을 할 수밖에 없었다. 최소로 150대만 설치해 보겠다고 허락을 받고 이에 따른 설치기준, 시공기준을 담당차장이 고생해서 만들어서 설치작업에 들어갔는데 강원도지역에서 관련업체가 작업중에 사망사고가 발생하여 흐지부지 되었다.

　신뢰도와 안전성의 문제 등을 들어 해서는 안 된다고 보고를 했지만 혼나기만 수 차례, 결국은 최소한으로 진행을 하였지만 이러한 사례들은 직장인들에게는 앞으로도 계속 발생할 수 있는 일이 아닌가 생각된다. 하자니 문제가 될 게 틀림없고 안 하자니 상사에게 야단맞고 참 어려운 상황이었는데 이러한 일들이 앞으로는 없었으면 하는 바램이다.

　2008년 고참 부장시절 내가 근무하던 본사 조직이 폐지 축소되어 타처로 들어가게 되었다. 당시 나는 부장을 맡고 있었는데 조직이 축소되면서 당연히 본사내로 이동이 되는 줄로 알고 특별한 노력을 하고 있지 않았는데 막상 이동관련 뚜껑을 열고 보니 나는 지역본부로 멀리 가게 되었고 그 자리는 다른 사람이 들어오는 것으로 발령이 났다.

당시는 김○○사장께서 본사 처실장이 먼저 지원자 중 선택을 하고 본사에서 선택을 받지 못한 사람과 나머지 사람들을 모아서 지역본부장들이 뽑아가는 구조였는데 나로서는 당연히 본사내 처로 가는 줄 알았지만 그것이 아니었던 것이다. 돌아보면 내 상황에 맞게 미리미리 돌아가는 상황을 파악하고 대응을 하여야 한다고들 하는데 그때나 지금이나 이런 것들이 참 어렵다.

인사결정이 난 후 해당 처장께서 나를 보자 하기에 유쾌하지는 않았지만 찾아갔더니 '미안하다'라는 이야기를 내게 했지만 정말 심적으로 힘든 시간이었다.

1년 정도 후이면 승진 대상자로 들어가는데 사업소로 밀려가게 되었으니 기분이 참담하였다. 본사의 각 처별로 한 사람씩 이렇게 사업소로 밀려서 나가게 되었으니 당사자들은 당시 기분이 매우 안 좋았을 것이다.

상사들과 동료들과 인간관계를 잘해서 정보를 빨리빨리 파악해야 하고 대처해야 하는데 천성은 어쩔 수 없는지 어려운 부분이다. 하여 지역본부로 밀려 내려갔다가 다음 해에 전력연구원으로 가서 그곳에서 승진을 하였지만 어렵고 힘든 과정을 거쳤다.

그런데 그 당시에는 다신 만날 일이 없겠구나 했는데 그 분을 또 같은 1(갑) 처장의 입장에서 모 본부에서 만나게 되었으니 참 세상만사 알다가도 모를 일이다. 그래서 직장생활은 앞을 알 수 없기에 좋아도 싫어도 내색 않고 꿋꿋하게 참고 지내는 것이 필요하다.

평소에 주위 사람들을 비롯 상사와 긴밀한 유대관계를 맺어 두고 있어야 이런 어려움이 닥쳤을 때 도움이 된다는 것은 누구나 잘 알고 있지만 이런 분들과 인간관계를 잘 맺는다는 것이 결코 쉽지만은 않기에 대인관계에 노력을 기울여야 한다. 그래서 누구에게 들은 이야기이지만 평소에 2단계 위의 상사와 소통이 잘 되고 있어야 한다는 이야기가 요즘 새삼스럽게 마음에 와 닿는다.

세상에 독불장군으로서 크게 성장할 수 있는 길은 벤처기업을 한다든지 획기적인 것을 개발한다든지 할 때는 가능하겠지만 직장생활에서는 어려운 일이다.

2015년 12월에 나는 연구소장을 2년간 마치고 본사 품질경영처장으로 들어오게 되었다. 본사가 강남 코엑스 앞에서 공기업 본사이전이라는 정부 방침에 따라 위치가 나주라는 지역으로 옮겨져서 교통과 생활이 불편할 수밖에 없었지만 그래도 다시 본사에서 근무하게 되어 보람 있게 생각을 하였다.

품질경영처란 우리 회사에 납품되어 사용하는 모든 기자재들의 품질을 관리할뿐만 아니라 UAE 원전건설 품질 및 공정 관리를 비롯 주요 사업의 공정을 관리하는 부서로서 아주 중요한 부서였다.

그러나 1년도 채 안 된 2017년 8월에 회사내 조직개편과 관련하여 다른 일부 처와 함께 조직이 없어져 다른 처로 흡수가 되고 나는 갈 자리가 애매하게 되는 상황에 처했다. 사업소에 사업소장 자리가 있는 것도 아니어서 실제로 하늘이 노랬다.

이대로 사업소에 내려간다 하면 본사에서 밀려서 내려갔다고 사람들의 입에 오르내릴 테고 머릿속에 수많은 걱정들이 들었다. 그러나 다행히도 새로이 만든 신사업추진처의 처장으로 본사에 남게 되었다.

업무분장 등 자리를 잡는 과정에서 어렵고 힘든 절차들을 거쳤지만 어떻든 본사에 남게 되었고 우여곡절 끝에 학교옥상에 태양광을 설치해 주는 햇빛새싹발전소(주)와 밀양 송전선로 건설 민원과 관련 주변 주민들에게 편익을 제공하고자 설립된 희망빛발전(주)의 대표이사를 현재까지 겸직하게 되었다.

더불어 대구청정연료전지발전(주)라는 회사도 이사회를 거쳐서 설립을 하여 이사직을 겸직하고 있고 최근에 한림해상풍력(주)도 이사회를 통과하여 새로이 회사를 추가로 설립하게 되었다.

인간만사 새옹지마라고 하더니 어려운 일을 겪고나서 보람 있는 일들도 또한 생기고 하여간에 조직생활은 예측하기 어렵고 이러한 변화의 연속인듯 하다.

직장생활을 하면서 겪었던 쓸쓸한 사례 몇 가지를 소개해 보았다. 사회생활을 하다 보면 많은 사람들이 어려움을 겪지만 이겨내고 극복해 나가는 수밖에 없다. 30여년 한전에서 회사생활을 하면서 여러 가지 보람 있는 일들도 있었는데 몇 가지를 소개해 보고자 한다.

1989년경으로 기억이 나는데 입사하고 2년차 시절인 듯 하다. 수원에 근무하고 있던 나는 강남에 위치한 본사로 오게 되었다. 본사에 오고 난 후 얼마 되지 않아서 지금은 정착이 되었지만 당시 우리 회사에서는 완전히 초기상태이었던 배전자동화시스템 구축과 관련하여 내게 일이 맡겨졌다.

당시 전력연구원에서 나온 연구결과는 PLC방식으로 구축하는 것이었고 일본의 경우는 주로 유선 통신선방식으로 구축하는 것으로 파악되고 있었는데 갑자기 그일이 직원 신분인 내게 맡겨진 것이다.

경험이 없는 나로서는 우선 대전에 위치한 전력연구원의 연구원들을 만나서 공부를 하고 당시 우리나라 통신기술 현실로는 PLC 방식으로 시범사업을 할 수밖에 없다고 결론을 내리고 추진을 하였다.

국내에는 아직 기술이 없어서 미국의 웨스팅하우스로부터 자재를 도입하고 시스템을 구축하였는데 이런 과정에서 직원 신분이었지만 내가 주관하여 당시 모시고 있던 부장님과 사업소의 차장님 그리고 직원들을 포함 6명 정도가 미국 웨스팅하우스를 방문해 2주 정도 교육을 받았고 수원에 시스템을 구축할 수 있었다.

지금은 광통신에 좋은 통신기술들이 많이 있어서 이제는 현대 기술에 밀리고 있기는 하지만 당시는 초기이다 보니 구축 및 운영에 어려움을 많이 겪었다. 그렇지만 나로서는 이런저런 관련된 일을 직접 수행하면서 어려움 속에서도 많은 경험을 할 수 있는 계기가 되었다.

1995년경 차장이었던 시절 지금은 현대에 팔린 강남 본사 사옥에 근무하면서 여러 가지 보람 있는 일들이 많았다. 우선 배전백서를 만들면서 주말에 회사에 나와 모든 캐비넷을 뒤져가며 자료를 찾아서 작성을 하던 과정, 그리고 인사처에 가서 배전분야 간부명단을 61년부터 찾아서 배전조직의 변천을 조사하고 백서를 만들던 기억이 새롭다.

지금 돌이켜 보아도 뿌듯한 것은 배전백서에 배전계획 부분을 주로 맡아서 서술하였지만 그것을 떠나서 본사 배전조직의 변천과 그동안 배전분야 직원들이 외국을 방문한 내용을 비롯 외국인들이 우리 회사의 배전분야 업무로 방문하여 회의한 내용들도 찾아서 해외 기술협력이라는 타이틀로 정리를 하여 수록한 것도 내가 기울인 노력의 결과물이었다.

이런 사항들은 누가 이야기 해서 한 것도 아니고 나 스스로 도서관에 있는 다양한 타 회사 사례를 검토한 후 목차를 염두에 두고 정리를 해서 책자에 담은 것이기에 그만큼 더욱 뿌듯하고 또한 배전조직의 변천사도 담을 수 있어서 보람을 느낀다. 그 이후 두 번째로 발간을 할 때에는 외부에 용역을 주어서 하면서 틀이나 체계가 전부 바뀌었지만 지금도 초기에 배전처 소속의 차장들이 직접 작성했던 그 목차와 내용들이 마음에 든다.

이젠 먼 지난 날의 이야기이지만 그때 같이 배전백서를 만들었던 동료차장들의 열정 어린 모습들이 아직도 눈에 선하다. 더불어 일본 잡지인 'OHM'지에 일본 9개사의 배전자동화 기사가 실렸기에 그 내용을 번역하여 우리 회사 배전자동화 추진에 참고도서로 활용하도록 하였는데 이 또한 보람 있었던 일이었다. 직원시절이었지만 페이지가 워낙 많아서 같이 배전처에 근무하던 동료 직원 중 일본어가 가능한 두사람에게도 협조를 요청해서 전체 내용을 3등분하여 번역을 하고 취합하여 자료를 만들었는데 이를 통해 일본의 배전자동화에 대한 파악을 관심있는 사람들이 좀더 쉽게 할 수 있도록 하였다는데 큰 보람을 느꼈다.

2002년 당시 나는 본사소속으로 2002 월드컵 조직위원회에 파견되어 전기, 조명, 음향, 전광판, 기계설비 등을 담당하는 설비담당관으로 일을 하였는데 당시 960일을 근무하면서 나름대로 인정을 받아 우수직원, 장관표창 및 체육포장을 수상하였다.

무엇보다도 영어와 일본어를 어느 정도 할 수가 있어서 당시 많은 도움이 되었다. 안전 및 보안분야 등과 관련하여서도 일본 월드컵 조직위원회의 자료를 많이 참고하고 있었고 내가 속해 있던 운영국도 월드컵경기장의 전기, 조명, 음향, 전광판 등 일본 조직위원회와 긴밀한 협력이 필요하였는데 일본어를 전공한 통역담당 직원이 조직위 내에 2명밖에 없다 보니 일본자료 번역 등 필요시 매번 도움을 받기 어려운 실정이어서 다른 기관에서 나오신 분들의 업무에도 내가 도움을 줄 수 있었다.

그 덕택에 월드컵 조직위원회에서 일했던 전 직원 중에서 월드컵 특별 유공자 3명을 선발할 때에 나를 포함하여 대통령 표창을 받을 입장에서 1단계 위인 체육포장을 받을 수 있는 영광을 얻었다. 차장으로서 포장을 수상한 것은 한전 내에서 최초이자 앞으로도 나오기는 어려울 것이다.

당시 월드컵조직위 사무총장께서 서울 상암월드컵경기장 주변의 철탑선로를 한전이 지중화 하였는데 이에 대하여 한전 CEO에게 감사편지를 쓰시면서 그 내용중에 우수한 인재를 조직위에 파견 보내주셔서 정말 감사하다는 나를 칭찬하는 글을 같이 써 주셔서 지금도 그 편지의 사본을 감사하게 생각하며 보관하고 있다.

또한 조직위 근무를 마무리하고 복귀할 무렵 '2002월드컵준비 960일의 기록' 이라는 자료를 만들어서 조직위와 우리 회사 자료실에 소장이 되도록 하였다. 그이후 2010남아공월드컵 준비상황 Audit팀 단장으로 나가면서 이 자료를 유용하게 사용을 하였다. 또한 최근에는 청소년월드컵을 준비하고 있는 조직위에서 예전에 월드컵때 같이 일했던 분이 전화를 걸어와 그 책을 찾아달라고 하여 제공할 수 있어서 당시 활동상황을 기록으로 남겼던 것이 큰 보람으로 남았다.

이 책이 우리 회사 도서관에 전자문서화되어 소장이 되고 있어서 더욱 뜻깊게 생각된다. 앞으로 유사한 국제대회가 국내에서 개최되게 되면 후임자들이 대회준비에 참고로 유용하게 사용할 수 있을 것으로 기대가 된다.

2003년 나는 해외사업분야의 업무를 수행하고 있었는데 당시 모시고 있던 처장께서 리비아 관련 컨설팅을 추진해 보았으면 하는 말씀을 하셨다.

그 일은 사실 다른 사람이 맡고 있었는데 내가 보고를 들어갈 때마다 몇 번 이야기를 하시는 것이었다. 무슨 일인가 알아보니 리비아전력청 사람들이 우리 회사를 방문하여 CEO에게 한전에서 리비아 전력분야 컨설팅을 해 달라는 이야기를 해서 수락을 했는데 그 후속작업으로 추진이 안 되고 있는 것이었다.

그래서 왜 추진을 안 하나 담당자에게 물어보니 미국이 리비아에 경제제재 조치를 하고 있기 때문에 미국의 우방인 우리가 리비아에 컨설팅을 해줄 수 없다는 이야기였다.

상황을 파악하고 나서 이리저리 궁리를 해본 후 자료를 인계받아서 보고서를 만들고 '미국의 리비아 경제제재 조치 현황'이라는 한 장짜리 요약본을 첨부하여 보고를 하였더니 그날로 CEO 결재가 났다. 이어서 1차 조사단을 파견하였고 그 결과 컨설팅을 시작하였는데 초기에는 많은 어려움들이 있었지만 그 이후 3차까지 사업이 진행되어 훌륭한 해외사업 사례로 남게 되었다.

이건과 관련해서는 미국과 우방인 우리나라가 왜 미국이 경제 제재조치를 하고 있는 리비아에 컨설팅을 해 주느냐고 주위의 여러사람들에게서 항의 섞인 이야기도 들었는데 나로서는 그 판단은 윗선에서 결정하면 되는 것이라고 생각하고 진행하였던 일이었다.

나는 승진해서 자리를 옮겼고 후속 일을 맡은 사람들이 리비아사업을 잘 진행을 해서 3차까지 했으니 지금도 참 다행이라고 생각이 되고 보람 있는 일 중 하나로 남았다.

그러나 아쉬운 점은 리비아사업에 참여했던 많은 사람들을 보았는데 본인들이 고생하고 수고한 것은 다들 기억하는데 이 사업이 어떻게 시작이 되었는지를 아는 사람은 한 사람도 없었다. 왜 우리의 우방인 미국이 경제제재 조치를 하고 있는 나라에 이 사업을 하느냐고 따지는 사람들이 있던 시기에 반대를 무릅쓰고 CEO 보고를 하고 추진한 것을 기억해 주는 사람이 없어서 아쉬움이 많았다.

부장승격 후 6개월여를 대기하다가 2003년 9월에 경북 영주지사 배전부장으로 발령을 받았다. 부임 후 3개월이 지날 무렵 평소 알지 못하던 본사의 실장께서 본사로 와 같이 일을 했으면 좋겠다고 연락이 왔다. 신설된 자리에 적임자를 찾다가 나에게 오라는 이야기였는데 아마도 주위의 사람들이 좋은 평을 해 주었기에 가능했던 일이 아닐까 생각한다.

그러나 본사에 근무하다가 사업소에 내려온지가 3개월여 밖에 안 되어서 사업소 경험을 좀더 했으면 한다고 말씀을 정중하게 드리고 가지 않는 것으로 하였는데 여하간에 모르는 나에게 전화를 직접 걸어서 같이 일하자는 그 말씀을 지금도 고맙고 감사하게 생각하고 있다.

2005년으로 기억되는데 본사에서 배전기술부장으로 근무시 새롭게 추진할 업무들을 파악하다가 배전분야의 글로벌 행사인 CIRED 가입을 추진하게 되었다. 사실 이 계획은 이전에도 수립을 하였으나 시행이 되지 않은 사항인데 멤버들을 독려하여 본격적으로 가입을 하고 국내 개인회원을 비롯 기업회원을 가입시키고 웹사이트도 구축하여 배전분야 글로벌 활동의 기초를 만들었다. 초대 총괄간사로 활동을 하면서 구축한 내용을 전기학회에 업무를 이관하여 관리하도록 하였는데 지금까지 그 활동이 이어지고 있어서 보람으로 생각한다.

2010년 연구원에 부장으로 근무하고 있던 나에게 본사에서 남아공을 갔으면 하는 연락이 왔다. 남아공 월드컵경기장 건설 등 진행사항에 대한 감리를 하라는 것이었다. 2002 월드컵 대회를 준비하고 치른 바 있는 우리 한전에 남아공 전력회사가 2010 월드컵 준비상황에 대한 Audit를 요청했는데 2002 월드컵 당시 내가 그 일을 했었기에 맡을 수밖에 없었다.
하여 분야별로 차장 6명을 선발하고 준비를 한 후 출국을 하였다. 주어진 시간은 단 5일이었기에 월요일부터 아침 9시경부터 밤 늦게까지 호텔에 돌아와서도 계속 작업을 하였다.

남아공의 ESKOM사로부터 좋은 평가를 받아야 했기 때문에 멤버들과 최선을 다하여 마무리를 하였고 결과물을 주말에 제출하였을 때 담당 매니저가 깜짝 놀라던 표정이 지금도 눈에 선하다.

그들의 자료를 검토하면서 2주 정도 감사한 결과물도 보았는데 단 15페이지 정도였다. 우리는 5일만에 55페이지의 보고서를 제출하였는데 양도 양이려니와 내용도 상당히 만족한 듯하여 보람이 컸다.

　　특히 우리 회사의 경우 중요한 발전소의 위치는 구글에 나타나지 않도록 하고 있는데 남아공의 경우는 그대로 표시가 되고 있어서 테러의 관점에서 피해야 한다고 멤버가 이야기를 해 주었더니 깜짝 놀라던 그들의 표정이 지금도 눈에 선하다. 나름대로 남아공의 월드컵 준비에 도움을 주었기에 지금도 큰 보람을 느낀다.

　　이제는 오래 전의 일이고 특별한 문제없이 잘 마무리된 건이지만 당시는 CEO께서 잘 처리하고 와야 한다고 겁까지 주신 사항이라 걱정이 태산 같았고 주위에서도 바짝 신경써서 일처리를 해야 한다고 하여 정말 힘든 업무였다. 다행히도 같이 간 멤버들이 잠도 제대로 못 자면서 마무리를 잘 해서 귀국 후 CEO 보고시에도 큰 탈 없이 잘 마무리 할 수 있었다. 지금도 그 당시를 생각하면 오금이 저린다. 당시 같이 출장을 가서 업무를 수행했던 사람들 중에 2사람이 GE와 ADB로 가서 좋은 조건에서 잘 적응하고 있는 모습을 보니 대견하다는 생각이 든다.

　　또한 보람 있었던 일 중의 하나라면 독서와 기타활동이라고 할 수 있다.

독서로는 이미 오래 전부터 직원들과 같이 책읽기 운동을 하였는데 그러던 중 전남대에서 '광주가 읽고 Talk하다' 라는 프로그램이 생겼다. 우리 직원들과 같이 참여하여 최우수 독서동아리로 선정되어 전남대총장상과 상금 50만원도 받았다. 광주 MBC에서 2시간 정도 우리의 독서활동을 촬영도 해 갔고 우리 직원 1명이 방송에 출연하기도 하는 성과를 얻었다.

그러던 중 회사 내에서 인사처 주관으로 독서활동을 지원하는 제도가 생겼고 2016년 1기에서는 '배전연구소 우하하' 로 최우수 독서동아리로 선정되어 일본 인문학기행을 직원들과 같이 다녀왔다. 2017년도 2기에서도 '책다락' 이라는 이름으로 최우수 독서동아리로 선정되어 12명 멤버 전원이 직원들과 같이 대만으로 인문학기행을 다녀왔다. 독서에 관한 한 타의 추종을 불허하는 활동으로 모범적인 사례로 선정되어 직원들과 외국 인문학 기행의 기회를 함께 할 수 있었던 것은 직장생활 중 가장 보람 있는 일의 하나였다고 생각된다.

기타 동아리 활동도 기억에 남는다.

지사장으로 재직시 시작하여 월례조회시 조회 시작 전 직원들과 같이 15분간 연주를 했던 추억들, 그리고 배전연구소장으로 재직시에는 동아리 활동을 하면서 체육대회와 본사 산악회 때도 연주를 하였고 연말 장기자랑에서 1등을 하여 50만원의 상금을 받았던 일 등···. 그리고 지금도 직원들과 일주일에 한 번씩 기타연습을 하고 있는데 남 앞에서 연주를 하는 것은 부담이 되긴 하지만 정말 멋진 추억으로 남는 것 같기에 후배 직원들도 악기 하나 정도는 열심히 배웠으면 좋겠다는 생각이다.

우리가 일상적으로 하는 걱정의 30%는 현실로 일어나지 않는다고 한다.

걱정의 30%는 이미 일어난 일이며 40%는 해소할 수 있는 일에 대한 것이라고 한다. 해결 못할 일이라면 걱정을 해봐야 아무런 소용이 없다. 걱정을 해봐야 나아질 것은 없으니 일단 노력을 해보아야 한다. 해볼 만큼 해보고 안 되면 후회해도 미련이 덜할 테니까.

지나고 보니 30여년의 시간이 참 언제 흘러갔는가 하는 생각이 들 정도로 빠르게 지나간, 세월의 흐름의 빠름을 다시 한번 실감하는 요즘이다.

엊그제 최근에 입사한 유능하고 스펙이 좋은 직원이 늦게 30세 정도에 입사해서 향후 진로를 걱정하는 모습을 보았는데 사실 나도 30세에 입사해서 지금까지 회사에서 잘 지내고 있고 많은 유익한 경험을 하였다는 이야기를 들려주었다.

사실 나도 늦으막에 입사해서 별 걱정을 다했다. 승진을 어디까지 할 수 있을 것인지 어떻게 승진하여야 하는지 앞이 캄캄했던 것이 사실이다. 치열한 생존경쟁과 계속 다가오는 각종 시험들, 나홀로 돌파해야만 하는 역경들은 끊임없이 내 앞에 모습을 드러냈다.

 남보다 더 나은 모습을 업무적으로 자격증으로 어학능력으로 보여야 한다는 의식이 늘 나를 지배했고 최선을 다해 온 세월들이었다.

 누구나 다 힘들다. 물론 정말 무난하게 남들 부럽게 잘 나가는 사람들도 있고 좋은 조건임에도 좌절을 겪는 사람들도 많이 있다. 최선을 다하고 나머지는 하늘에 맡기고 기다리는 수밖에는 없지 않나 싶다고 후배들에게 이야기 해줄 수 밖에는 없는 것 같다.

 몇 가지 나의 직장생활 가운데 실수한 경험과 일을 통해 보람 있었던 사례들을 소개해 보았다. 때론 부끄럽고 후회스럽기도 했고 또 보람 있고 유익한 시간들도 많았다. 이젠 오래전 과거의 일이 되었지만 대부분의 많은 시간들이 굉장히 어렵고 힘들었다.

 후배 직장인들도 직장생활을 하며 많은 어려움과 좌절을 겪겠지만 묵묵히 참고 이겨내 각자의 분야에서 훌륭한 리더로 성장하길 기대해 본다.

그저 나이기만 하면 돼

자신을 믿어라
그리고 아낌없이 노력하라
그러면 아무리 보잘 것 없는 존재도
위대해질 수 있다.

(쑤린 저 '어떻게 인생을 살 것인가?' 중에서)

2. 상과 벌

직장생활을 하다 보면 다양한 일을 하게 된다. 잘된 일도
있고 하다가 잘 안 되는 일도 많다. 이러한 모든 일들에 대하
여 회사내에서는 감사실이 그리고 외부적으로는 감사원 감사
도 받게 된다.

나도 직원시절부터 감사실 감사를 비롯 감사원 감사를 무척
많이 받았다. 답변서도 쓰고 감사원에 찾아가서 해명도 수없
이 하며 지금까지 왔는데 벌을 받지는 않았으니 힘든 가운데
서도 그나마 다행이 아니었나 싶다.

그러나 직책이 올라가며 직원들이 견책이나 경고를 받는 것
을 보면서 무척 마음이 아팠다. 중간 간부를 시켜 해명도 하
고 하였지만 그것이 안 받아들여질 때가 또한 힘들었다. 그래
도 함께 근무한 사람들이 견책 한 번 경고 한두 번 이외에는
더 심한 징계는 받은 일이 없으니 무척 다행이 아니었나 싶
다.

시절이 하 수상하다 보니 요즘은 투서도 많고 까딱 잘못하
면 신분상 조치를 받는 사람들이 주변에 의외로 많다. 업무도
그렇고 행동도 조심해서 구설수에 오르지 않도록 하는 것이
중요하다.

지난 시절 동안 상복은 많았다.

전력의 안정적 공급 유공을 비롯 월드컵대회 유공, 제안상 등 다양한 상을 받았고 여태까지 훈장은 못 받았지만 포장에서부터 대통령표창, 국무총리표창, 장관표창, 사장표창을 모두 받았으니 상복은 정말 많았다.

일도 하느라고 열심히 했지만 주위에서 지켜보신 분들이 추천해 주고 도와 주어서 많은 도움이 되었다.

직장생활 하다 보면 회사내 감사실의 자체감사도 받아야 하고 감사원 감사도 때론 받아야 한다. 열심히 일해도 지적사항이 나오고 그 경중에 따라 벌의 정도가 정해진다.

열심히 했는데도 불구하고 주의를 비롯 경고, 그리고 그 이상의 징계를 받는 경우도 있다. 그동안 주위를 돌아보니 많은 사람들이 일 관계로 징계를 받는 것을 보았고 내 경우도 경미한 수준이지만 주의를 한번 받았다.

부장시절 함께 근무한 차장이 수행한 업무로 경고를 받는 바람에 당시 차상위자인 나는 그보다 한 단계 낮은 주의 통보를 받은 것이다. 사실 이 일은 해당업무를 물려 받은 후임자들이 관리를 제대로 안 하여 발생한 문제라고 생각되는데 당시 기분이 안 좋았던 경험이었다.

직장생활을 할 때 사람들을 잘 만나야 한다는 것을 느끼게 된다.

일이나 문제가 발생되게 하는 사람이나 조직보다 문제를 일으키지 않은 사업장과 특별한 문제가 없는 사람들을 만나야 나에게도 도움이 되지 그 반대라면 여러가지로 힘들게 될 것이기 때문이다.

조직에서는 어느 사업장이 크게 문제가 되거나 하면 갑자기 조직원을 인사이동 시키거나 승진시에 그 사업장을 제외하여 버리니 본인이 조심하고 잘하여야 하겠지만 도매금에 넘어가지 않도록 근무할 사업소 선정도 조심할 필요가 있다. 물론 회사생활 하다 보면 내 뜻과 상관없이 이리저리 밀려 다니기도 하지만 항상 조심해야 한다.

다행히도 벌은 크게 받지 않았고 상복은 많았던 것 같다.
일예로 22.9kV 승압 유공자를 선발할 때에 전국을 다하려니 시간이 오래 걸렸기에 이미 큰 기여를 한 분들은 다 퇴직하고 문서기안이라든지 본사에 근무하여 일처리 한 것이 있어서 상을 받게 되어 상복은 제법 있었다.
또한 당시에는 제안제도가 활성화 되어 있어서 제안을 통해 3번의 상도 받았으니 이러한 제도들도 내게 도움이 되었다. 열심히 노력해서 상도 많이 받을 수 있도록 하는 것이 직장생활에 많은 도움이 된다.

3. SPC CEO

본사에 와서 품질경영처장을 맡은지도 잠시, 조직이 없어지고 새로운 조직이 생기면서 신사업추진처장으로 근무를 하게되었다. 회사 미래의 새로운 먹을거리를 준비하는 부서이고 그만큼 기존의 안정적 전력공급 측면의 기본업무와는 색다른 업무이어서 걱정도 많이 했지만 다행히도 함께 일하는 직원들이 모두 열심히 해주어서 업무적으로 큰 문제 없이 본사처장으로 2년 5개월을 지냈다.

산업부와도 긴밀한 관계 속에서 업무가 진행되고 국회에서도 관심을 갖고 있는 민감한 업무들이어서 직원들이 새벽 3시에도 요구 전화를 받을 정도니 스트레스가 상당한 부서라고 할 수 있다.

신사업추진처장을 맡으면서 기 만들어진 학교태양광 사업을 추진하는 햇빛새싹발전(주)와 밀양지역에 태양광을 설치하는 희망빛발전(주)의 대표이사를 겸하게 되었다. 즐거운 일이었는가 하였더니 2개 회사의 CEO를 겸직하면서 학교태양광은 진척이 잘 안 되어 회사 내외부로부터 엄청 시달렸고 밀양에 설치하는 태양광은 갖은 민원을 다 해결하고 이제 조만간 설치공사는 완료될 예정이다.

이러한 와중에서 내가 온 후로도 대구연료전지 사업, 제주 한림 해상풍력 사업, 합천호 수상태양광 사업 등 3개의 SPC를 추가로 설립하였다. 대구연료전지사업은 상임이사 하던분이 대표이사로 나갔고 제주 한림해상풍력은 내가 보직이 거의 끝날때가 되어 다른 사람이 겸직하게 되었다.

그러던 차에 몇 년째 지지부진하던 울릉도 에너지자립섬 사업 CEO를 맡고 있던 분이 사표를 내고 나가셨는데 울릉도에는 태양광, 수력과 더불어 지열을 하게 되어 있었고 포항지역 지진발생이 지열과 관련 있다는 이야기가 나오면서 그야말로 어려움을 겪고 있는 상황이었다.

더군다나 경상북도와 울릉군이 함께 하고 있는 데다가 LG CNS와도 협조가 잘 안 되고 있는 복잡한 상황이었는데 갑자기 한전 몫으로 나가 있는 대표이사가 전직을 위해 그만두어 버린 상황이 되어버린 것이었다.

사업이 불투명하므로 조직은 지속적으로 축소할 수밖에 없고 대표이사도 겸직으로 할 수밖에 없는 상황인데 겸직을 누구로 할 것인가가 다시 문제가 되었다. 사업은 잘 안되고 참여기관간에 이해관계는 서로 복잡하게 얽혀 있고 하여 복잡한 상황인데 이번엔 보직이 다 되었음에도 나보고 맡았으면 하는 것이었다.

상황이 난감하여 나로서도 상당히 고민이 많이 되었다. 보직은 얼마 안 있어서 떨어져 퇴직대기할 예정이고 그래서 지난번에 새로 만든 SPC는 내가 아닌 다른 사람이 맡도록 하였는데 상황이 어려운 이 건은 내가 하여야 하는가에 대하여 한참을 고민해 보았다. 많은 생각 끝에 나는 조만간 보직이 변경될 예정이므로 당초 SPC 설립부터 참여한 사람이 하는 것이 맞겠다 생각을 정리하고 내가 맡지 않는 것으로 마무리를 어렵게 하였다.

무난하게 진행되고 있는 사업이면 회사에서 이야기하는 것처럼 내가 잠시 맡았다 후임자에게 넘겨 주면 되는데 이건 상황이 어려운 데다가 보직이 조만간 떨어지는 상황에서 내가 맡는 것이 적절하지 않다는 생각이 들었다. 하여간에 SPC와 관련해서는 좋은 일도 있었고 힘든 경험도 하였으니 인간만사 참 새옹지마인 것 같다는 생각이 든다.

어떤 것이 옳은 선택이었는지는 잘 모르겠지만 그렇다고 김규환 명장이 이야기한 것처럼 '목숨 걸고 노력하면 안되는 일 없다' 라는 말만 생각하고 무작정 일을 맡는 것도 아닌 것 같아서 업무에 대한 상황판단을 신중하게 해야 하지 않나 다시 한번 생각해 보는 계기가 되었다.

'위기는 기회다' 라고 하는 말이 떠오른다.
'아무리 어렵더라도 노력하면 안 되는 일 없다' 라는 김규환 명장의 말도 생각이 난다.

그렇지만 직원시절 차장이 수행해야 하는 업무를 받아서 직접 수행해 본 경험도 있고 그 외에도 수 차례에 걸쳐서 어려운 일들을 맡아서 고생을 해 본 적도 있어서 이제는 생각이 좀 많아진 것 같다. 내가 해야 하는 것인지 아닌지, 할 수 있는지 없는지 매사에 항상 깊이 생각하고 합리적으로 판단해야 한다.

4. 리프레쉬 (Refresh) 교육

근무기간 중에 몇 번을 몇 년 동안 시행되었는지는 기억이 잘 나진 않으나 연구소장으로 근무할 때 아픈 기억이 있다. 그때가 세 번째 시행하는 것으로 기억이 나는데 다른 일반 사업장은 시행하지 않았고 연구원만 일정인원이 할당이 되어서 연구소장들이 모여서 대상자를 선발하는 데 애로를 겪었다. 일정인원이 정해져 있다 보니 연구소별로 선정해서 올라온 인원들 중에서 대상자를 뽑을 수밖에 없는 상황이었다.

일정인원은 뽑아야 하다 보니 집안에 우환이 있거나 본인이 몸이 안 좋아서 연구실적이 미흡한 사람도 있었고 조용히 아무 말없이 연구하는 사람도 대상자로 올라왔다. 극히 일부 일이 안되는 사람도 있었다. 우여곡절 끝에 몇 명인가를 리프레쉬 대상자로 선정하여 교육을 보낼 수밖에 없었는데 이런 와중에서 내가 왜 대상자로 선정이 되어야 하느냐, 이번에 선정이 되면 세 번째가 되어서 회사에서 짤리게 된다는 등 당사자의 아픈 이야기를 들을 수밖에 없어서 괴로운 시간이었다.

회사생활을 하다 보면 일을 아주 잘하는 사람도 있고 미흡한 사람도 있다. 그리고 극히 일부이지만 골치 아픈 사람도 있다는 것을 알게 되었다. 누구나가 각자의 위치에서 자기의 몫을 해내는 것이 쉽지만은 않지만 그래도 어느 정도 역할을 해주지 않으면 다른 사람들이 힘들고 조직이 잘 돌아가지를 않는다.

　오죽했으면 경영의 신이라 불리는 잭 웰치도 조직원을 매년 20:70:10으로 구분하여 하위 10%를 해고를 하였을까 싶다. 조직을 잘 돌아가게 하기 위하여 적당한 긴장감은 필요하다. 그러나 같이 일하는 직원들 가운데서 당신은 일을 잘 못하니 리프레쉬 교육 대상자라고 낙인을 찍는 것은 정말 힘들고 괴로운 일이었다. 아주 극히 일부 그런 교육을 받아야 할 사람들이 있긴 하고 그 결과 모든 사람들이 좀더 긴장하여 일을 처리하게 되었지만 말이다.
　잠시 한 달여 간 같이 근무했던 간부와 부장초임 시절에 같이 근무했던 간부도 리프레쉬 교육을 받았다는 것을 나중에 알게 되었다. 이젠 이 제도가 없어졌지만 주위에 평판이 나쁘거나 행실이 안 좋다든지 업무를 너무 신경 안 쓰는 사람에게는 경종을 울리는 효과가 있었으나 대상자를 선정하고 교육을 보내는 과정은 힘들었던 시간들이었다.

　이런 와중에 다른 연구소의 한 젊은 박사가 리프레쉬 교육에 포함이 되었다. 그 직원은 항상 말없이 조용히 연구에만 몰두를 하는 스타일이었는데 어찌하여 대상자로 올라오게 되었고 이러한 연구소별로 선정이 되어 온 사람들 중에서 일정 인원을 뽑아야만 하는 강제 사항이었기에 교육대상자로 지정이 되었다.

나중에 알고 보니 그 직원은 한 분야의 전문가로서 우리 연구소의 직원이 맡고 있던 과제와 관련하여 아이디어 제공 등 중요한 역할을 해 주었다. 주중에는 교육을 받아야 하기 때문에 도움을 받지 못하고 주말에 도움을 받았는데 그런 교육을 받고 있는 상태에서도 말없이 도와주어서 굉장히 미안하고 고마웠던 사람이었다.

리프레쉬 교육이라고 하는 별로 안 좋은 교육을 받게 되어서 무척 안타까웠는데 그래도 다행이었던 것은 승진 기회가 왔을 때 바로 책임연구원으로 승진이 되어서 다소 위로가 되었다. 이런 사례를 보면서 그래도 사람들이 상황을 공정하게 판단하려고 노력하는구나 하는 생각을 하게 되었다.

5. ACT 교육

부장 고참시절, 사기업에서 오신 모 사장께서 직원을 제외한 간부들 정신교육을 시키겠다고 시행한 것이 이 ACT이다. 2박 3일로 진행된 이 정신교육은 직원들 중에 교육을 진행할 사람들을 뽑아서 교육을 사전에 시키고 간부들 교육을 담당하게 하였다.

첫날은 가자마자 군생활 시절 유격훈련과 유사하게 '나는 할 수 있다' 등과 같은 구호를 고함을 계속 지르게 해서 저녁이 되면 모두 목소리가 쉬게 만들었다. 그리고 그 다음날은 전주나 철탑 올라가기 교육을 받으면서 구호를 계속 외치게 하고 밤 10시경부터 그 다음날 새벽 5시경까지 야간 산행을 하도록 하는 힘든 일정이었다.

내 경우만 해도 50대였고 퇴직이 다가온 분들도 있었는데 예외없이 이 교육에 참여할 수밖에 없었다. 정신교육은 물론 중요하다. 별수 없이 교육을 받을 수밖에 없었지만 유쾌하지 않은 경험이었다. 직원들은 다 제외되고 간부들만 정신교육이라고 2박 3일 동안 입대한 군인시절처럼 훈련을 받았다.

나는 기능직이 아니고 기술직이었지만 기능직 직원이나 업체에서 하는 것처럼 전주에 올라가 설비점검 연습을 하였고 어떤 간부들은 철탑을 직접 올라가서 현장업무를 체험하였다. 이 체험 자체가 나쁜 것은 아니나 그 일을 할 사람들은 따로 있는 것이고 그 일을 하지 않을 뿐만 아니라 감당하기 어려운 사람들도 있는데 간부들은 예외 없이 무조건 하라고 하는 것은 지금 돌아보아도 많은 생각이 들게 한다.

철탑 올라가다 못하고 교육을 중단하고 퇴소한 사람, 야간 산행하다 다쳐서 절뚝절뚝하며 그래도 혹시 피해를 볼까 봐 산행을 힘들게 마친 사람, 교육 중 몸풀기 운동에서 다쳐서 병원에 실려간 사람 등 많은 일을 겪었다.

조직이라는 이름으로 정신을 똑바로 차리라고 하는 의미로 간부들의 정신교육을 시행한다는 것, 군사문화 체제도 아닌데 아직도 이런 일을 겪었다는 것이 이젠 지난 일이지만 남의 일처럼 생소하기만 하다.

하기야 최근에도 어느 기업에서 신입사원들을 해병대캠프에 보내어 정신교육을 시키다가 말이 많자 슬그머니 폐지했다는 이야기도 들리는데 우리나라는 아직도 사회에 직장에 군대문화가 많이 남아 있는 것 같다. 군대를 2년 이상 대부분 다녀왔고 예비군 훈련도 받고 하는데도 말이다.

최근 신문을 보니 모 병원의 교수가 수술을 대행시키는가 하면 전공의들을 원산폭격시키고 야구 방망이로 엉덩이를 때리는 등, 배웠다고 하는 지식인들이 이렇게 행동하는 것을 보

고 어디서부터 무엇이 잘못된 것인지 참 미스테리하다는 생각
이 든다.

　요즘 한창인 Me Too 운동과 관련하여 유명한 시인, 배우를
비롯 서울의 모 전문대 교수들이 대거 거명되며 SNS를 시끄
럽게 하고 있다. 사회 각계각층의 리더들의 권력을 이용한 부
도덕한 모습들이 앞으로 얼마나 더 드러날 것인지 알 수도 없
고 바라보기가 참 안타깝다.

　정신교육은 필요할 것이다.
　어려운 상황을 같이 공유하고 헤쳐 나가기 위해서는 같이
마음을 모으고 협력하는 것은 중요한 일이기 때문이다. 그러
나 그것이 이런 ACT와 같은 교육을 통해 직원들을 육체적으
로 힘들게 해야만 되는 것인지는 우리 모두가 다시 한번 생각
해 보아야 할 문제가 아닐까 싶다. 즉 이런 교육 없이 조직이
잘 돌아갈 수 있도록 우리 각자가 스스로 알아서 노력해야 하
겠다는 생각이 드는 요즘이다.

6. TDR & 6 시그마

Tear Down & Redesign, 이것은 혁신과제 추진을 하는 것으로 사기업에서 오신 사장께서 우리 회사에 오셔서 적용한 것이다. 더불어 6 시그마라고 해서 자기가 맡고 있는 업무와 관련하여 개선을 하고 그것을 6 시그마 기법에 의해 발표를 하도록 하였으며 시험과 실기를 통해 그린벨트, 블랙벨트를 취득하게 하였다.

많은 사람들이 특히 승진을 해야 할 사람들은 기본조건이어서 적극적으로 할 수밖에 없었다. 그린벨트나 블랙벨트나 외부에서 알아주고 인정해 주는 자격도 아닌데 많은 사람들이 취득을 해야 하였고 회사내에는 그것을 전담하는 조직까지 갖추어 놓았던 시절이었다.

지금은 조직도 없어졌고 그때 따 놓은 벨트라고 하는 것이 아무런 의미도 없지만 그때는 업무도 하면서 병행해야 하는 따라서 많은 사람들이 피로도가 높아졌던 시절이었다.

좋은 것 꼭 필요한 것도 직원들은 받아들이기 싫어할 수 있다. 그러나 시간이 흐르면 불필요한 일이었다고 평가 받고 없어져야 할 일들은 차라리 하지 않는 게 낫다. 새로운 시도로서 필요하고 앞으로도 계속 해 나가야 할 일들을 해야지, 사람이 바뀌면 없어지는, 훗날 돌아보았을 때 많은 사람들이 안 함만 못했다고 생각하는 일들은 안 하는 것이 바람직하다고 생각한다.

실은 나도 사업소장을 하면서 별의별 일들을 시행해 보았다. 333운동, 3C활동, 기타동아리, 독서동아리, 영어반, 일어반, 중국어반 등 정말 기본업무 이외에 많은 활동들을 하였는데 대부분 내가 떠나면 지속되지 못하는 것을 알 수 있었다. 아무리 좋다 하더라도 기본업무에 매달리다 보니 결국 포기하게 되는 것 같다.

사실 내 경우는 회사 내에서 최우수 독서동아리로 선정되어 독서를 통해서 국내 및 해외 인문학 기행을 다녀왔고 기타반의 경우도 연간 여러 행사에 참여하여 연주를 하였을 뿐만 아니라 연말 장기자랑에서는 1등을 해서 포상도 받았는데도 결국 내가 떠난 후에는 잘 안 되고 흐지부지 되는 걸 보면서 안타깝다는 생각이 들었다.

그래도 내가 지사장으로 근무했던 모 지사에서는 당시 기타반을 만들어 직원들과 같이 연습했는데 내가 떠난 후에도 계속 지속되고 있다니 몸은 떠났지만 보람 있게 생각된다.

내가 떠난 후 재임시절 새롭게 도입했던 일들을 직원들이 좋아하고 싫어하고는 별개의 문제다. 지속되지 않더라도 훗날 하지 못했기에 아쉬워하고 했어야 했는데 시간이나 능력이 안 되어서 못 했다고 직원들이 회고하는 일이라면 의미있는 일이었을 것이다.

독서나 악기 하나 이상 배우기, 영어, 일본어, 중국어 등의 외국어 학습도 모든 직원들이 하고 싶다 하더라도 시간이 없어서 따라가기 어려워서 함께 하지 못하는 경우가 많은 것이 사실이다. 따라서 직원들이 참여하든 못하든 유익하다 판단되는 일들은 자율적으로 적극적으로 운영하되 그 필요성에 대하여 모든 사람들이 어떻게 생각하느냐 여부도 중요하다. 리더는 직원들이 싫어 하더라도 할 수밖에 없는 경우도 있겠지만 이왕이면 대부분의 사람들이 힘들어도 긍정적으로 수긍할 수 있는 일을 추진하면 좋겠다는 생각이다.

7. 본사 나주 이전

1987년에 입사한 나는 서울 강남의 코엑스 앞에 있었던 본사에서 입사식을 하였다. 지금 경기고등학교 앞에 있던 건물에서 입사원서를 받았던 것으로 기억이 나는데 입사해서 현재 공릉동에 있는 인재개발원에서 4주간 교육을 받고 코엑스 앞에 새로이 세워진 한전 본사 건물에서 입사식을 하였다.

그 이후 직원, 과장, 부장 및 1(을) 처장을 삼성동 본사에서 근무하였고 이젠 그 장소가 현대에 팔리어 지금은 나주 혁신도시로 이전해 왔다. 이곳에서도 2년 이상을 1(갑) 처장으로 근무하고 있으니 본사 건물과 함께 한 시간들이었다.

삼성동에 있었던 본사시절이야 그 주변이 항상 사람들로 넘쳐나는 곳이었기에 활기가 있었는데 이곳 나주 혁신도시는 몇 년사이에 많이 발전했지만 아직도 조용하고 조금만 벗어나면 완전 시골일정도로 환경이 다른 곳이다.

31년여 한전이라는 한 직장에서 근무하다 보니 별별 일들을 다 겪었다.

2014. 11월 나주로의 본사 이전을 비롯 업무도 국내에 안정적 전력공급이라는 목표에서 이젠 해외 21개국에 34개 프로젝트를 맡아서 우리 전력기술을 수출하고 있는 글로벌한 회

사로 바뀌었다.

90년대 초 삼성동 본사에 근무할 때만 해도 일본을 비롯 선진 외국 전력회사들을 많이 벤치마킹 했는데 이제는 외국에서도 더 이상 크게 배울 것이 없고 우리가 리드해 나갈 정도로 수준이 크게 향상되었다.

UAE 에 원전건설을 비롯 해외 21개 나라에서 34개의 프로젝트를 수행할 정도가 되었으니 짧은 시간이었음에도 본사 나주 이전을 비롯 격세지감을 느끼는 요즈음이다.

8. 헬기 지원요청

2003년 초임부장 시절 산악회장을 맡았는데 산악회를 활성화 시켜 보겠다고 총무를 남녀 각 1명씩 두고 분기에 최소 1회 산행을 하는 것으로 계획을 하였다.

부임하여 산악회를 맡자마자 산행을 추진하였는데 당시는 사실 직원들 얼굴도 다 알지 못하던 때였다. 그러나 직원들이 산악회를 활성화 시키겠다는 일념으로 많이 참석하다 보니 30여명이나 산행을 같이 하게 되었다.

어느 산이었는지 지금 기억은 잘 안 나는데 산이 좀 험했다. 총무를 맡은 남녀 직원 모두가 산악인 수준이어서 만만치 않은 산을 갔고 점심식사를 널찍한 바위 위에서 하게 되었는데 바위끝단은 절벽이었다.

식사를 하면서 약간의 술이 있었기에 '안전에 조심합시다'라고 당부를 한지 10여 분도 안 되어서 한 분이 사진을 찍으려다가 밑으로 떨어졌다. 2단 절벽이었는데 다행히 1단에서 나무에 걸려서 다시 떨어지지는 않아 직원 몇 명과 조심하여 내려가서 급하게 만든 들것으로 끌어올렸다.

문제는 119요원 4명이 올라왔어도 내려갈 수가 없을 만큼 내려가는 길이 절벽이었다. 할 수 없이 헬기 구조요청을 하였지만 계속 안 오다가 해 떨어질 무렵 다행히 와서 병원으로 후송을 하였고 걱정을 많이 했지만 다행히도 쇄골만 부러져서 목숨에는 전혀 지장이 없었다.

다행히 헬기가 해 질 무렵 와주었지만 많은 시간이 걸렸고 못온다고 하는 이야기만 계속 했던 것으로 기억이 난다. 이제는 먼 옛날 이야기가 되었지만 산행은 정말 각자가 알아서 조심해야 하겠구나 하는 생각을 지금도 하고 있다.

이 산행을 통해서 우리나라의 재난대비 구조체계를 다시 한번 생각해 보게 되었다. 사람은 다쳐서 산 아래로 내려갈 방법이 없는데 헬기는 요청을 해도 안 된다 소리만 들리고 결국 많은 시간이 흘러서 해 떨어질 무렵에야 겨우 와 줘서 인명을 구조할 수 있게 된 것이 지금도 당시를 생각하면 애가 탄다.

15년 전의 일이니까 지금은 구조체계가 많이 좋아졌을 거라 생각하지만 당시는 정말 헬기가 안 오면 어떡하나 마음을 얼마나 졸였는지 모른다.

9. SRT

서울의 강남에 있었던 본사에서 주로 근무하다 1(갑) 처장이 되어 본사에 오니 본사가 나주로 이전되어 이곳 나주에서 근무한지도 2년이 넘어가고 있다. 이곳에 부임하고 나서는 거의 1년여를 버스나 KTX를 이용할 수밖에 없었다. 집에서 용산까지 KTX를 타려고 이동하려니 너무 시간이 오래 걸리고 힘들었다. 집을 나서서 강남 일원역에서 용산역까지 가려면 지하철을 갈아 타야 하고 시간도 많이 걸리다 보니 불편하기 그지없었다.

사실 수서까지 가는 SRT가 내가 나주 본사로 부임할 당시 완공예정이었으나 거의 1년이 지연되어 그동안은 너무나도 불편하였는데 그래도 당초 계획대비 늦게나마 준공되어 그 불편함을 좀 덜게 되었다.

초기에 KTX 좌석을 구하지 못하면 버스를 이용해야 하는데 적어도 3시간 30분은 걸리는 데다 내려서도 집으로 이동해야 하니 4~5시간이나 소요되어 힘들기 짝이 없었다. 강남 일원동 집에서 버스를 타려면 양재까지 지하철로 가서 회사에서 임대한 버스를 타야만 했으니 이래저래 많은 시간이 소요되어 굉장히 불편하였던 것이다.

지금은 SRT를 타면 2시간이면 수서에 도착하고 수서에서 집까지는 지하철 한 정거장이어서 나주에서 서울까지 거리는 멀지만 그래도 많이 편해졌다.

한전 나주 본사…

강남 삼성동에 본사가 있을 때는 상상도 못했던 일인데 이미 내려온지도 많은 시간이 흘렀다. 처음에는 황량했다던 주변도 이제는 제법 도시의 틀을 갖춰 가고 있고 많은 건물들이 계속 지금도 세워지고 있다.

참으로 격세지감을 느끼는 요즈음이다.

출장과 서울에 있는 집으로의 귀가를 위해 1주일에 2~3회를 SRT나 KTX로 왕복하는 요즘 전국이 한나절 생활권임을 다시 한번 실감하게 된다.

10. 뉴욕지사 주재원

회사에 입사해서 해외사무소에 근무하게 된 것은 나에게 커다란 행운이었다.

처음 입사했을 때에 나는 송배전직군이었고 해외지사에 근무할 자리로는 사무와 발전 그리고 원자력직군 뿐이었는데 내가 차장시절 송배전직군도 미국 뉴욕지사, 일본 동경지사, 프랑스 파리지사에 나갈 수 있는 기회가 새로이 만들어진 것이었다.

하지만 지원자가 무려 12명이나 되었고 모두 만만찮은 상대들이었으니 내가 꼭 된다는 보장은 없었다. 그러나 직원 및 차장시절 2차례 해외연수 경험과 업무를 하면서 해외출장을 다녀온 점, 그리고 외국사람들이 연수 왔을 때 대응했던 사례들을 상대적인 강점으로 어필하였고 운좋게 선발이 되었다.

좋은 기회가 와도 누구나 된다는 보장은 없지만 최선을 다해 준비하고 도전하는 것이 중요하다. 안될 것이라는 생각을 버리고 가능할 수도 있다는 마음가짐으로 준비하고 도전하면 좋은 기회를 얻을 수도 있다.

선발되고 나서 1996. 11. 1일자로 집사람과 아직 입학전인 큰아이와 함께 미국에 도착하여 집이 없으니 우선 한국인이 하는 하숙집에서 머물렀다.

　도착 후 이틀만엔가 집을 잘 구했는데 집은 괜찮았지만 주인이 털이 깔린 1층 거실에 큰 개와 함께 생활하고 있었다. 그러다보니 주인이 청소전문업체에 맡겨서 청소를 하고 다 말린 후에 집을 렌트해 주려고 하여 무려 보름 정도를 하숙집에 머물러야만 했다.

　하숙집에 머물 때에는 영창악기에서 나온 분을 비롯 두 사람과 함께 식사를 같이 하게 되었고 서로 친근하게 지냈다. 당시 하숙집 아주머니가 해 주던 LA갈비는 무척 맛이 있었는데 영창악기에서 나온 분이 정말 맛있게 먹던 기억이 지금도 생생하다.

　무려 2주 후에 렌트한 집의 집주인이 청소를 깨끗이 한 후 입주하여 살게 되었다. 본인들은 신발을 신고 거실과 방을 출입하였지만 우리 가족들은 신발 벗고 맨발로 거실이나 방을 쓰는 것을 보고 굉장히 고마워하였다. 우리 한국인은 당연히 집을 그렇게 쓰는데도 말이다.

　인근에 호수와 운동장, 공원이 함께 있어서 아주 좋은 환경이었다.

　내 경우 한국 사람들이 많이 모여 사는 곳을 피해서 번잡한 곳이 아닌 곳에 집을 구하였기에 더욱 조용하고 주변 환경이 좋았다. 당시 직원들 중에 가장 집을 잘 구했다고 이야기를 들었었고 돌아올 때에는 다른 회사에 근무하는 우리나라 사람에게 인계를 해 주어서 주인도 고마워하고 나도 아주 쉽게 집 문제를 해결할 수 있었다.

집 주인이 얼마나 고마웠는지 겨울에 눈이 오면 제설기를 가지고 와서 집 주위의 눈까지 치워 줄 정도였다. 학교에 입학하기 전인 아이도 유치원에 넣어서 잠시 지내다 초등학교 2학년 1학기를 다니다가 돌아왔다. 아이에게도 좋은 경험이 되었고 돌아와서 계속 영어공부를 시켜서 Native Speaker 수준이 되었으니 정말 감사한 일이다.

국내에서 교사였던 집사람은 미국에서도 한국학교에 나가 선생님으로 우리 한국 아이들을 토요일에 가르쳤다. 미국학교에 다니는 한국인 학생들은 매주 토요일에 한국학교에 와서 우리 국내에서 배우는 일주일 과정을 단 하루만에 다 배워야 하는 강행군을 하는 것이었으니 얼마나 힘들었을까. 현지에서 살고 있던 직원의 아이가 영어는 되지만 한국학교 수업을 따라가지 못하여 결국 포기하는 것을 보고 마음이 아팠던 기억도 새롭다.

회사의 뉴욕지사는 뉴저지에 위치하고 있었다. 뉴욕 맨하탄에서 워싱턴브릿지를 건너면 바로 인근에 있었고 집은 그곳에서 차로 10분 정도 떨어진 곳에 있어서 교통편은 참 좋은 곳에 자리잡았다.

뉴욕지사에 근무하면서 미국의 다양한 지역에서 개최되는

워크샵이라든가 세미나를 비롯 전력관련 정보입수를 위해 출장을 다닐 수 있었고 국내에서 출장 오는 사람들의 일정 협의를 비롯 현지 안내 등을 통해 견문을 더욱 넓힐 수 있는 좋은 경험을 많이 할 수 있었다.

뉴욕 맨하탄에서는 뮤지컬 공연이 유명하였는데 '미스 사이공'을 비롯 3편을 관람하는 유익한 경험을 하였다. 출장을 온 사람들이 뮤지컬을 보겠다고 하여 그곳까지 안내한 적도 있었으니 우리나라 사람들이 얼마나 뉴욕 맨하탄의 뮤지컬에 관심을 갖고 있는가도 알게 되었다.

이제는 국내에도 내비게이션이 잘 되어서 어디든 찾아가는데 지장이 없지만 길눈도 어두웠던 내가 'AAA'에서 받은 지도 한 장 가지고 사람들을 안내하고 픽업을 했던 기억들은 지금도 참 대단하였다는 생각이 든다. 개인적으로 가보지도 않았던 워싱턴에서 혼자 차를 렌트하고 가서 호텔을 예약하고 사람들을 공항에서 픽업하여 호텔로 안내하는 일을 맘 졸여가며 하던 때가 마치 엊그제인 것만 같다. 이가 없으면 잇몸이라고 어떻게든 문제를 해결했으니 참 다행이었다.

미국에서 생활할 때 국내에 계신 분이 전에 미국 모 대학에서 석사학위를 받았는데 국내 대학에 박사과정을 입학하려니 졸업증명을 해야 하였다. 회사에서는 졸업장에 미국 주재 한국대사관의 확인을 받아오라고 해서 내가 대사관을 방문한 적이 있었다. 대사관에서는 그런 일을 한 적이 없다며 해줄 수 없다고 해서 퇴짜 맞고 집에 돌아와 국내에 있는 부탁한 분에게 이야기를 하니 그래도 어떻게든 대사관의 확인을 받아 달라고 하였다. 다시 방문해서 통 사정을 하고 확인을 받아 요청자에게 제공을 할 수 있었는데, 당시에는 회사가 너무 확인을 철저히 하는 것이 아닌가 싶은 생각이 들었다. 당연히 미국에 있는 학교이고 직원이 거짓 학위증명서를 제출할 이유도 없는데 말이다.

하기야 학력을 속이는 사람들이 요즘도 많은 걸 보니 철저한 확인이 필요하겠다는 생각이 들기도 한다.

현재의 주재원이나 앞으로 주재원으로 나갈 직원들에게 꼭 해주고 싶은 이야기가 하나 있다. 내가 귀국할 때 대한통운에 귀국 이삿짐을 맡기려다가 후배가 추천해 주는 작은 회사가 있어서 그곳으로 했는데 콘테이너 안에 넣으면서 다시 목재로 박스를 만들어 그 안에다 짐을 넣도록 되어 있었다. 그러나 당시 일이 바빠서 부탁만 하고 확인을 하지를 못 하였다.

그런데 귀국 후 1개월여 뒤에 짐을 찾으러 갔더니 몇 박스를 도난 당한 것이었다. 황당하기 짝이 없었는데 돈이 될 만한 박스만 몇 개를 가져간 것이었다. 설마하니 도난을 맞겠는가 하여 보험도 들지 않았다가 낭패를 보게 되었다. 짐을 보내고 받을 때는 꼭 보험도 들고 짐 팩킹한 것을 확인해 보길 권한다.

목재로 구조물을 짜서 그 안에 짐을 넣어야 했는데 하는 척만 하고 안 한 것이었다.

IMF…
이로 인해 나도 3년을 못 채우고 2년 2개월간의 미국생활을 접고 귀국을 하였다. 나야 나름대로 그 기간 동안 소중한 경험을 많이 하였지만 내 후임으로 선발된 사람은 IMF로 인해 없던 걸로 되었으니 얼마나 마음이 아팠을까.

그동안 Con Edison을 비롯 다양한 전력회사를 방문하여 자료를 수집하였고 여러 지역을 돌아보면서 견문도 넓힐 수 있었다. 이러한 좋은 기회를 잡을 수 있도록 미리 알아보고 사전에 대비를 잘하는 것이 필요하다.

11. 골프 입문

운동신경도 없어 보이는 내가 골프를 배우게 된 것은 뉴욕 지사에 근무할 때였다. 처음에는 골프채 가격도 비싸고 귀족 냄새가 나서 나하고는 안 어울린다 생각하고 배우려고 생각도 해보지 않았다. 그런데 모시고 있던 상사께서 당연히 배워야 하는 것으로 말씀을 하시는 바람에 분위기에 휩쓸려 채를 사고 연습을 하게 되었다.

덕분에 골프의 룰도 알게 되었고 100의 스코어를 깨고 이어서 90을 깨고 싱글을 3번을 하였다. 사실 집에서 20분 거리 이내에 있는 퍼블릭이라 휴일이면 이따금 나갔기에 부담없이 성적을 잘 낼 수 있었던 것 같다.

최저타는 79타였는데 정말 잘한 스코어였다.

싱글 3번 중 한번은 사실 16번홀에서 멤버들이 인정을 해주어서 달성한 것이었다. 날이 어두워져서 공이 잘 안보이는 상태였고 16번홀 파3에서 그린엣지에 볼이 있었는데 바로 넣으면 버디가 되는 상황이었다. 그때까지 스코어가 좋았기에 멤버들이 이 공을 넣으면 나머지 두 홀에 상관없이 싱글로 인정을 해 주겠다고 하였는데 그 공을 내가 바로 넣어서 버디를 한 것이었다. 그렇게 하여 싱글로 인정을 받았다.

집에서 가장 가까웠던 퍼블릭 골프장은 차로 10분 정도 거리에 있었다.

27홀짜리 골프장이었는데 처음 1번홀을 출발하여 10번홀에 올때까지는 적어도 1시간 이상 소요될 텐데 왜 그런지는 모르겠지만 10번홀에서 출발하는 것은 예약 없이 먼저 와 있는 사람들을 위주로 몇 팀만을 선발해서 보내는 것이었다. 우리나라 같으면 적어도 10팀을 보내도 충분할 것 같은데 아쉬움이 많았었다.

그러다 보니 이 몇 팀은 한국사람들이 먼저 와서 차지를 하였고 미국사람들은 계속 밀리게 되었다. 그래서 서로 일찍 오다 보니 아침일찍 오면 되던 것이 전날 저녁에 와서 차에서 대기를 할 정도로 힘들었다.

머리가 좋은 한국 사람들이 규칙을 만들어서 차를 대는 곳도 아무 곳에 대면 안 되고 차대는 곳을 지정해서 4명이 아침까지 대기를 해야만 한다고 룰을 정해서 운영을 할 정도였다. 처음에는 4명 모두 대기해야만 하였지만 나중에는 룰을 수정해서 1사람만 대기하면 되고 아침에 4명이 나타나면 되도록 할 정도로 그곳에 살던 한국교민이나 주재원들이 미국인들이 볼 때엔 극성스러웠던 것 같다.

사실 이러한 일이 벌어진 배경은 1번홀에서 출발하는 예약이 전화로 이루어지는데 예약을 잡기도 어려운 데다가 잡히더라도 오후에 잡히고 하였다. 바쁘게 사는 한국인들은 어쩔 수 없이 아침 일찍 나갈 수 있는 10번홀 출발을 찾게 되었고 그러다 보니 경쟁이 더욱 치열해질 수밖에 없었던 것 같다. 이 룰을 자기가 만들었다고 자랑하던 현지 한국교민의 모습이 지금도 눈에 선하다.

미국에서의 골프는 평범한 운동 중의 하나이다.

골프장 비용이 주중에는 13불, 주말에 17불이어서 정말 저렴하게 골프를 배우고 즐길 수 있는 환경이었다. 우리나라처럼 하루 온종일을 소비해서 비싸게 돈 내고 해야 하는 귀족골프가 아니라는 것이다.

국내에 돌아온 후 나는 거의 골프장을 나가지 않았다. 지난 10여년 간은 아예 골프장을 가지 않았다. 다행히도 회사 분위기가 골프를 하는 것을 금지한 적도 있었고 각자 부담으로 해야만 하는 상황이 되면서 굳이 골프장에 나가지 않아도 되었기에 감사하게 지내고 있다.

뉴욕지사에 근무하면서 골프에 대한 많은 일화가 있었는데 그중의 하나가 바로 파4를 한번에 넣었다는 동료의 이야기다. 당시에도 좀 어두워진 때였던 모양이다. 티샷을 하고 가서 보니 볼을 찾을 수가 없었다고 한다. 그래서 할 수 없이 새 볼을 놓고 세컨샷을 했는데 그린에 올라가서 보니 자기 볼이 홀에 들어가 있었다고 하는 재미있는 이야기이다.

사실 프로는 모르겠지만 우리 실력으로는 파4를 한번에 넣는다는 것은 들어보지도 못했고 없었던 일이였기에 아직도 불가사의한 일이다. 이에 대해서는 두 가지 설이 있다.

우선 그린에 가기까지 옆에 골프카트를 위한 포장도로가 있었다. 이곳에 티샷한 볼이 떨어져서 튕기고 튕겨서 홀에 들어갔을 거라는 설이 하나 있고 또 다른 하나는 앞에 플레이 하던 사람들이 장난삼아 그 볼을 주워다가 홀컵에 넣었을 거라는 설로 어떤 게 맞는지는 지금까지도 모르고 있다.

미국 뉴욕지사에 근무한 덕분에 저렴한 비용으로 골프를 배우고 즐길 수 있었다는 것이 내 인생에 있어서 정말 소중한 경험이었다.

12. 남아공 월드컵 Audit

우리나라가 2002 한일월드컵을 개최하였고 2006년도에는 독일에서 월드컵이 개최되었는데 2010 월드컵을 준비하던 남아공 ESKOM사가 전력 및 통신설비, 보안 등에 대하여 우리 한전에 준비상황 Audit를 요청하였다. 아마도 2002 월드컵이 성공적으로 개최되었다는 것을 알아서였는지 일본이나 독일도 아닌 우리 한전에 요청을 한 것이었다.

결국 부장시절 내가 단장격으로 가게 되어 2주 정도 본사에서 준비를 하면서 6명의 차장들을 분야별로 선발하고 비용, 기간, 일정 등을 ESKOM사와 조율하였다.

상대방의 일처리가 빠르지 않아서 사실 일정을 통보를 하고 확답은 듣지도 못한 채로 출발을 하였는데 ESKOM사에서 이 사회에 우리가 Audit한 결과를 상정하여야 하기 때문에 어쩔 수 없이 그렇게 진행을 할 수밖에 없었다.

이미 중국이나 인도 등에 해외사업 관련 접촉을 많이 해보았는데 우리 마음처럼 빨리 움직여 주지를 않기 때문에 이건도 일을 하기가 무척 답답하였지만 해 주어야 한다는 사명감으로 7명이 단합하여 일을 처리하였다.

남아공은 현지에 가 보니 치안이 안 좋은지 우리가 묵어야 할 호텔도 울타리 내에 위치하고 있었고 입구에서부터 철저히 통제되고 있었다. 일을 하러 ESKOM사를 가니 공항에서 입출국 수속하듯 직원을 비롯 출입자를 검사하는 것을 보고 깜짝 놀랐다. 노트북 7대를 들어갈 때 나올 때 하나하나 기록하고 확인하다 보니 시간이 너무 소요되어 불편하기 짝이 없었다. 여하간에 일주일을 출퇴근하면서 ESKOM 자체적으로 검토한 서류를 비롯 업무자료를 받아 아침에서부터 밤 늦게까지 검토를 하고 7명 전원이 보고서를 열심히 만들었다.

아침 일찍 출근하여 밤늦게까지 일을 하고 사무실의 전등을 우리가 소등하고 퇴근하였다. ESKOM 직원들이 우리가 하는 것을 보고 무척 놀랐을 것이다. 그러고도 호텔에 돌아와 추가로 검토를 하고 그렇게 일주일을 열심히 일을 하여 토요일에 보고서 Draft를 제출하고 귀국길에 올랐다.

귀국후 CEO에게 내가 결과를 보고드렸는데 문제는 없었는지 결과에 대한 상대방의 반응은 어땠는지 몇 가지 질문을 하셔서 잘 마무리된 것 같다고 대답을 하였고 이후 별다른 이의나 의견이 없어서 무사히 잘 마무리 지었다. 만일 우리가 시행한 Audit에 대하여 비용을 지불한 ESKOM사가 불만을 갖고 이견을 제시하였다면 어떻게 되었을까 생각하면 지금도 등골이 서늘하다. 그만큼 내게는 큰 시련이었지만 그래도 무난히 잘 수행하여서 회사생활 하는 데 보람과 긍지를 더욱 느끼게 된 계기가 되었다.

멀리 남아공까지 가서 일만 하고 시간이 없어서 제대로 된 관광명소 구경도 못하고 귀국길에 올랐지만 월드컵대회를 성공적으로 치른 국가로서 남아공 준비상황을 Audit해 주었다는 사실에 지금도 자부심을 느낀다.

회사 일 덕분에 아프리카 남아공까지 가 보게 되어 감사하다.

유명 관광명소라든지 남아공이라는 나라에 대하여 보고 느낄 만한 여유도 없이 일에 묻혀 일주일을 보내고 돌아왔지만 2010 월드컵이라는 행사와 관련하여 남아공에 도움을 줄 수 있었기에 가슴 뿌듯한 경험이었다.

13. 5분 스피치

직장생활 하다 보면 보고를 해야 할 상황도 많고 요즘은 좀 덜하지만 회식 자리에서는 건배사도 해야 하고 발표도 많이 시키곤 하였다. 내가 부장시절 모셨던 본부장께서는 저녁회식 때 느닷없이 5분 스피치를 시키셨는데 정말 긴 시간이었다. 해야 할 말, 해서는 안 될 말 등을 순간적으로 머릿속으로 생각하고 이야기를 하려니 5분이란 시간이 참 길었던 것 같다.

요즘도 어쩌다가 건배사를 시키는 경우가 있긴 한데 직원들은 불편해 하기도 하고 준비를 해 오는 경우도 거의 없는 것 같다. 그리고 직원들 간에는 왜 그런 걸 시키느냐 하는 이야기도 들린다.

사실 참석한 자리도 불편한데 건배사라든지 스피치를 요구하면 시대에 안 맞는듯한 느낌이 들긴 한다. 그러나 직장생활을 하다 보면 다양한 상황에 놓이게 되고 그럴 때 적응력을 높이기 위해서는 평소에 훈련이 필요하지 않을까 생각한다. 부담을 갖고 대처하다 보면 다음 기회에는 더 나을 수 있을 것이라는 생각이 들기 때문이다. 아마도 내가 모셨던 그분도 그런 취지에서 그렇게 시키시지 않았을까 생각한다.

나도 회사생활 하면서 이야기를 해야 하는 상황이 무척 부담스러웠다. 지금도 마찬가지이지만 달변도 아니고 이야기를 많이 하는 편도 아니다 보니 5분 스피치를 시키거나 하면 엄청 불편하곤 하였다. 그러나 직장생활 자체가 부담 없이 지낼 수 있는 곳이 아닌 데다가 상사의 입장에선 부하를 좀더 발전시키는 것이 또한 맡고 있는 역할이므로 그런 것을 시키는 것이라 이해하고 있다.

직원들에게 업무든 업무와 간접적으로 연관된 일이든 부담을 주면 대부분 다 싫어한다. 전에 차장급 대상 혁신토론회를 개최한 적이 있었는데 한달에 한번 참석하는데도 안했으면 하는 이야기를 듣고 깜짝 놀란 적이 있었다.

사실 준비란 것이 별것 없었는데 예를 들어 '바람직한 간부의 모습은 무엇인가?'라는 주제를 갖고 일주일간 준비하여 간단히 메모해 가지고 와서 의견을 발표하고 서로 토론하는 자리인데 한 달에 한번 순서가 돌아오는 것도 부담스러워 하는 걸 보고 깜짝 놀랐었다.

이에 대해서 내가 모시고 있던 분께서는 '직원들에겐 약간의 부담을 주어서 발전을 시켜야 하고 그 수준까지 올라오면 다시 더 부담을 주어서 더욱 발전을 할 수 있도록 해야 한다'라는 말씀이 당시 가슴에 와 닿았다.

직장생활은 많은 사람들에게 항상 부담이 많다.
일 자체도 힘든 데다가 인간적으로도 힘들 때가 많다.

그러나 항상 어떤 상황에서든 잘 대처해 나갈 수 있도록 긍정적으로 생각하고 노력해야 한다. 자꾸 부정적으로 생각하면 더욱 하기 싫어지고 짜증만 나고 의욕마저 떨어지니 흐름에 상황에 맞춰 나가려는 노력이 필요하다.

5분 스피치…
당시는 참 불편하고 힘들었지만 긴 직장생활을 하면서 그러한 경험이 약이 되어 그러한 상황이 오더라도 담담하게 대응할 수 있도록 많이 좋아지지 않았나 생각이 든다. 이러한 경우가 내게 오더라도 배운다는 자세로 열심히 노력해보는 것이 좋다.

1(을)처장으로 모 지역본부에 근무할 당시에는 중요회의를 마치고 식당에서 10테이블 정도 모여 식사를 할 때가 있었는데 당시 모시고 있던 본부장님은 독서 등 인문학적인 분야에 강점이 많으신 분이었다.

10여년 전 일인데 당시에는 식사나 술 한잔 할 때에 건배사 하는 것이 일반적이던 시절이었다. 본부장께서는 오른쪽부터 나는 왼쪽부터 해서 테이블을 돌면서 덕담과 더불어 건배사를 했으니 10개의 건배사를 한 것이다.

사실 미리 예상을 하고 대비를 해서 건배사를 적절히 이것저것 하며 대처를 하였는데 이러한 기회와 경험이 결국은 나

를 조금씩 더 나아지게 하는 것이 아닌가 싶다. 요즘 젊은 사
람들중 일부는 건배사나 스피치 시키는 것을 싫어하는 경향을
보이는데 사회생활에서 어울리고 하기 위해서는 힘들어도 노
력이 필요함으로 상황별로 미리 대비를 하는 것이 필요하다.

14. 사 택

직원시절부터 차장까지는 수도권에 계속 있게 되어 집에서 다닐 수가 있었는데 본사에서 부장이 된 후에는 멀리 경북 영주로 초임발령을 받았다.

가족이 같이 갈 상황도 아니었고 결국 회사에서 제공하는 사택에서 1년 3개월을 지냈는데 그 이후로도 경남 창원에서 1년을 대전 전력연구원에서 3년을 보냈을 뿐만 아니라 광주에서도 2년을 근무했으니 사택생활도 제법 오래 한 축에 속한다.

가장 최근에는 본사가 강남 삼성동에서 나주로 내려오는 바람에 또 나주에서의 사택생활이 2년이 넘어가고 있다. 사택이라고 해봐야 밤에 잠만 잘 뿐 밥을 거의 해 먹는 일이 없으니 사택에서 하는 일이라고 해 봐야 빨래하고 청소하고 쉬는 정도 뿐이었다.

일본사람이 쓴『청소력』이라고 하는 책도 읽고 해서 마음먹고 청소 한번 하려 해도 귀찮고 쉽지가 않았다. 그러다 보니 먼지도 쌓이고 머리카락도 바닥에 보이고 한다. 누가 보는 사람이 없으니 청소에 별로 신경을 쓰게 되지가 않았다.

일주일만 지나면 빨래도 많이 쌓이고 세탁기 돌리는 것이 일이었다.

　이제는 퇴직하신 회사선배가 청소가 귀찮아서 안 하다 보니 어느 날 햇빛이 들어오는데 본인이 다닌 발자국이 보이더란 이야기를 하는 걸 듣고 혼자 살다 보면 귀찮아서 청소나 먹는 것도 부실해지고 집관리나 건강관리에 정말 안 좋구나 하는 생각이 절로 든다.

　그렇다고 가족이 내려올 수도 없는 노릇이고 하여 본인 스스로 건강관리 등을 신경 쓸 수밖에는 없는 상황이다. 특히 업무에 치여 스트레스도 받게 되고 술까지 하게 되면 건강을 해칠 위험성이 높다. 가족들과 같이 내려온 일부 직원들은 좀 덜하지만 개인별로 사택에 있는 사람들은 서로서로 관심 있게 지켜보아 주어야 한다.

　갑자기 무슨 일이 벌어지더라도 도와줄 사람이 바로 옆에 없기 때문에 회식이라든지 모임이 끝나면 서로서로 잘 들어갔는지 확인도 하고 챙겨 주어야 한다.

　일전에 모 사업장에서 위촉으로 근무하던 여직원을 남자친구가 집에 바래다 주던 과정에서 잠시 화장실 다녀오는 중에 2층 난간에서 떨어져 사경을 헤맨 적이 있었다. 안전하게 바로 사택에 들여보내고 화장실을 갔으면 그런 문제가 없었을 텐데 잠시의 방심이 이런 큰 화를 불러 일으킨 것이었다.

　경북 영주에서 초임부장 시절에는 영업부장과 배전부장인

내가 교대로 차를 운전하여 서울 일원동까지 주말에 이동을 하였다. 그래도 같이 다닐 사람이 있어서 교통비를 일부 절약할 수 있었고 편안하게 다닐 수 있었다.

광주 전남본부에 근무할 때는 밑에서 일하던 부장이 서울 일원동에 가까이 집이 있어서 같이 다니곤 하였는데 지금은 나주에 있는 본사에서 소속은 다르지만 한 건물에서 근무하고 있으니 참 세월의 흐름이 빠름을 새삼 느낀다.

사택이란 참 우리같은 직장인에게 많은 애환이 담긴 장소다. 주변 사람들과 모임이나 행사가 있기 전에는 대부분 가족과 떨어져 혼자 생활하며 아침이나 저녁을 때우려면 라면이나 누룽지 등 김치 하나 놓고 먹는 사람도 많을 테니까 말이다.

주말에 서울에 있는 본집을 왔다가 일요일에 내려가면 온기도 없고 썰렁한 집안에 들어가 또 혼자가 되는 곳이 사택이다. 혼자서 책을 읽든가 업무자료를 보든가 TV를 보는 것이 할 수 있는 전부이다. 물론 운동을 좋아하면 주변을 달리거나 걸을 수도 있지만 말이다.

내 사택에는 집사람이 챙겨준 누룽지가 잔뜩 쌓여 있다.
누룽지를 끓여 먹으려니 김치가 없고 김치를 사자니 자주 해먹는 것도 귀찮아 결국 버리게 되고 집사람 가져 가라고 싸주면 들고 다니기 귀찮고 해서 애꿎게 누룽지만 사택에 쌓여 있다.

　혼자만의 삶, 직장인의 애환이 서려 있는 사택을 오늘도 저
녁에 들어가고 아침이 되면 나온다.

15. 會者定離 去者必返

만나면 반드시 헤어지고 떠나간 자는 다시 돌아온다.

직장생활을 하다 보면 보통 세 번을 만난다고 하는 말이 있다. 사실 나도 한 조직에서 세 번을 같이 근무한 사람이 있다. 따라서 지금 같이 동료로 근무하거나 상하간에 근무하거나 헤어져도 또 다시 한 부서에서 한 소속에서 만날 수 있으므로 늘 원만한 관계를 유지하는 것이 중요하다.

내 경우 직원으로 같이 근무하다가 내가 차장일 때 직원으로 내가 부장일 때 차장으로 같이 근무한 사례도 있고 내가 차장 때 같이 일했던 분을 또 다시 본사에 와서 처장 때 본부장으로 만난 적도 있다. 상대방이 좋지 않아서 피하려 해도 어쩌다 보면 또 만날 수밖에 없게 되기도 한다.

부장 때 조직이 없어지면서 본사에서 있다가 사업소로 내려가게 된 별로 유쾌하지 않았던 경험을 한 적이 있었는데 내가 1(갑) 처장이 되고 나서 발령을 받고 보니 그때 관계된 분이 그 지역의 본부장을 하고 있는 것이었다. 일년 내내 만날 일은 거의 없었지만 어쩌다 만나는 기회가 있어도 끝까지 내색 않고 담담하게 지냈지만 매일같이 얼굴을 대하는 상황이라면 마음이 편치 않았을 것이다.

또 본사에 있을 때 유쾌하지 않았던 경험이 있는 상사로 모셨던 분이 있었는데 이 분이 퇴직하여서도 관련 업체에 가서 가끔 행사를 하게 되면 얼굴을 마주치게 되는 것이었다. 내색은 하지 않았지만 볼 때마다 그때 그 불편했던 일이 떠올라서 마음이 편치 않았는데 그렇다고 회사선배를 모른 척 할 수도 없는 노릇이고 참 직장생활, 세상만사 알 수가 없다.

만나면 반드시 헤어지나 헤어진 자는 다시 만나게 되니 멀리 내다보고 서로의 감정을 상하게 하거나 기분 나쁘게 하는 일은 없도록 노력해야 한다.
직장생활 하면서 누구나 다 좋아하는 사람이 되면 더없이 좋을 것이다.
그러나 사회생활을 하다 보면 업무적으로 또는 인간적으로 이동관련으로 불편해지고 낯을 붉히는 일도 발생한다.

그러나 그렇다고 해서 할 말 다하고 싸우거나 하게 되면 나 자신에게 도움이 되지 않는다. 한 예로 ○○지사 부장으로 근무시 전에 근무했던 모 차장의 이야기가 들렸는데 업무적으로 다툰 것이지만 결국 평은 좋게 나지 않았던 사례가 있었다. 업무적으로 부딪쳐서 감정이 생기더라도 언성을 높이거나 하면 안 되고 이성적으로 해결하도록 노력해야 한다.

IX. 편집 후기

편 집 후 기

　돌아보니 길었다면 긴 35년여의 직장생활이 이제 슬슬 종착지를 향하여 가고 그 시간들을 직장에서 보내면서 있었던 숱한 일들이 뇌리에 주마등처럼 스쳐 지나간다. 즐거웠던 일들, 힘들었던 순간들 등등….

　신입사원 때 같이 근무했던 사람들도 떠오르고 본사, 사업소, 연구소에서 같이 근무했던 분들도 떠오르지만 그러나 지금은 언제 같이 근무했었나 할 정도로 전국 각지에 떨어져서 서로 각자의 삶을 살아가고 있다. 그리고 많은 분들은 이미 퇴직을 했으니 시간의 흐름이 정말 빠름을 새삼 느낀다.

　會者定離…
　'만나는 사람은 반드시 헤어진다'라는 이 말처럼 수많은 사람들을 만났고 또 헤어졌다. 이제는 다시 돌아갈 수 없는 시간들일 것이다. 지금 와서 잘못했던 순간들을 후회해 본들 소용없는 일일 것이고 즐겁고 행복했던 순간들을 기억하며 남은 시간들을 어떻게 하면 좀더 보람 있게 지낼 수 있을 것인가를 생각해야 한다.

　순식간에 지나간 35년여의 시간들, 잘해 보려고 부단히 노력했고 애를 쓰며 지나온 순간순간들이 눈에 선하다.

잘하려고 애를 썼지만 어려웠던 순간들도 많았고 그렇지만 고민도 많이 하고 걱정도 많이 하며 그래도 열심히 살아온 나날들이었노라고 말할 수는 있을 것 같다.

　하여간에 직장생활을 어떻게 하면 잘할 수 있을까 하는 문제는 모든 직장인들의 영원한 숙제가 아닐까 싶다. 어쩌면 가정보다도 더 오랜 시간을 머무르는 곳일 텐데 일을 하면서 즐겁기도 하겠지만 힘들고 괴로운 일들도 얼마나 많겠는가? 그러나 그런 부분들은 오롯이 당사자 개인이 부딪치며 이겨내야 할 부분일 것이다.

　길다면 긴 35년여의 직장생활을 해오면서 보고 느꼈던 내용들을 중심으로 하여 이러한 어려움을 스스로 극복해 나가야만 하는 많은 회사 후배들에게 들려주고 싶은 이야기들을 정리해 보았다. 나 자신도 에티켓을 잘 지킨다거나 인간관계를 잘한다거나 하지는 못하지만 책에서 보고 삶을 살아오면서 느낀 바를 중심으로 어떻게 살아나가야 좋을 것인가를 내가 살아온 방법을 중심으로 생각을 정리해 보았다.

　여기에 기록한 내용들이 성공을 보장해 주지는 않겠지만 가정 못지 않게 많은 시간을 보내는 직장에서 어떻게 하면 보다 즐겁게 살맛 나게 지낼 수 있는지 그러기 위해서 우리가 서로 무엇을 어떻게 해야 하는 것인지를 고민해 보았다.

　그리고 결론적으로는 서로 에티켓을 준수하고 바람직한 인간관계 형성을 위해 노력하며 소통과 화합, 경청, 배려 등의 마음가짐을 갖고 늘 배우는 자세로 자기계발을 위해 서로가 힘쓸 때 출근하고 싶은 살맛 나는 일터를 만들 수 있을 것이라고 생각한다.

회사는 치열한 경쟁이 있는 곳이다. 외관으로 보면 늘 조용한 듯 하지만 오리가 수면 위에 떠 있어도 수면 아래에서는 발을 쉴 새 없이 움직이는 것처럼 구성원 각자는 업무나 자기계발을 쉼없이 추진하고 있는 것이다. 따라서 늘 주위의 사람들의 장점을 보고 배우며 실력향상을 위해 노력하여야 한다. 그런 치열한 자세와 마음가짐을 갖고 노력할 때 주위 동료들에게 뒤처지지 않고 경쟁에서 앞서 나갈 수 있을 것이다.

치열한 경쟁으로 삶이 날로 각박해가지만 그런 가운데서도 최선을 다하는 업무자세와 회사분위기를 좋게 만들기 위해 솔선수범 노력하는 모습으로 내가 속한 사업소를 행복한, 출근하고 싶어 안달나는 회사가 되도록 나부터 우리 모두 노력했으면 하는 바램이다.

출근하고 싶어지는 회사를 누가 만들어 주지는 않는다.

아마도 주위에 있는 사람들이 업무적으로나 인간적으로 나를 힘들게 하고 괴롭게 하는 사람도 있을 것이다. 그런 역경들을 극복해 나가는 것이 쉽지는 않지만 나 자신부터 노력하고 내 주변에 있는 사람들이 좋은 분위기를 만들어 나가는데 역행할 때 그런 부분들을 코칭하고 설득하여 개선해 나가는 노력이 필요하다.

　많은 사람들이 조직생활을 힘들어 한다. 나도 물론 예외가 아니다.
　업무를 하면서 부딪치고 인간관계로도 힘든 일들이 많다. 지나고 나서 먼 후일에 돌아보면 별 대수롭지 않은 일로 보일지도 모르겠지만 현재는 그런 일들이 힘들고 어렵다. 순간순간 선배나 동료들에게 자문도 구하고 협조도 구하면서 슬기롭게 삶을 개척해 나가야 한다.

　삶에 인생에 성공에 대한 해답이 없는지도 모른다. 스펙이 훌륭해도 잘 풀리지 않아서 평범하게 사는 사람들도 있고 특출하게 보이는 것이 없어도 잘 풀려 조직에서 성공하는 사례도 많다. 열심히 노력해서 나 자신을 남에게로부터 좋은 평가를 받고 꾸준히 자기계발을 통해 실력을 향상시키는 것은 불확실한 미래에 나를 성공으로 이끄는 무기가 될 것이다.

　직장생활을 하면서 한사람으로서 자기의 역할을 잘 해 나가는 것이 결코 쉽지만은 않다. 꾸준히 배우고 노력하여 맡은 일을 성실히 수행하면서 함께하는 조직에 활력소가 되도록 노력하는 우리 모두가 되도록 해야 한다.

　직장생활을 하다 보면 불평과 불만이 많은 매사에 부정적인 사람들도 있다. 때로 차라리 없는 것이 낫다라는 사람도 있다. 이렇게 직장생활은 늘 내 생각과 같지만은 않고 만만치 않다. 그렇다 하더라도 다른 사람이 어떻게 처신하든 내가 판단해서 옳고 바람직한 방향이라면 주저없이 행동으로 옮겨야 한다.

회사를 떠날 때가 가까워진다고 생각하니 앞서 회사를 떠나가신 분들이 떠오르고 그분들의 이임 소감도 떠오른다. 무엇보다도 그분들이 공통적으로 많이 하셨던 말씀은 재임 중에 본인으로 인해 마음에 상처를 받은 사람들이 있다면 양해해 달라는 이야기였다. 직장생활에서는 나도 모르는 사이에 혹은 알고도 고의로 주위의 직원이나 동료, 상사에게 상처를 주는 경우가 많이 발생한다.

떠날 때에 이런 말을 한들 그동안 서로 간에 쌓인 감정이 있었다면 치유되기는 어렵지 않을까 싶다. 따라서 평소 생활할 때에 일은 열심히 하되 일을 핑계로 감정적으로 상처를 주지 않도록 하는 것이 중요하다.

법문 중에 '烏飛梨落 破巳頭' 라는 말이 있다.
까마귀가 배나무 위에 앉았다가 날아가자 배가 떨어지고 이 떨어진 배로 인해 밑에 있던 뱀이 머리를 맞아 죽는다는 뜻이다.
까마귀는 뱀을 죽이고자 하는 의도가 없었고 배를 떨어뜨리고자 하지 않았지만 날아가면서 배가 떨어졌고 그 떨어진 배로 인해 애꿎게 뱀이 맞아 죽은 것이다.

뱀은 까마귀에 대하여 원망을 품고 죽어서 멧돼지로 다시 태어난다. 까마귀도 죽어서 꿩으로 다시 태어나는데 어느 날 멧돼지가 산위에서 땅을 파헤치다가 돌이 굴러 내려갔고 아래쪽에서 먹이를 쪼아 먹던 꿩은 그 돌에 맞아 멧돼지를 원망하며 죽는다.

꿩은 죽어서 사냥꾼으로 다시 태어나고 멧돼지는 죽어서 노루로 다시 태어나 사냥꾼에게 쫓긴다는 이와 같은 윤회설은 불교에서 인연과 인과응보를 설명해 주는 내용이다.

우리의 인생도 부지불식간에 서로가 서로에게 힘들게 하고 고통을 주는데 이러한 불교의 윤회설을 생각하며 늘 덕을 베풀고 조심하며 사는 것이 중요하다. 우리는 삶을 살아가면서 의도하지 않았지만 말이나 글로 행동으로 남에게 무수한 상처를 준다.

김성오라는 분이 쓴 『육일약국 갑시다』라고 하는 책에서 나오듯 모처럼 바쁜 시간을 쪼개어 동창회에 나온 친구에게 '너는 왜 그렇게 홀딱 늙었니?'라는 말 한마디로 상대방에게 큰 충격을 주는 말들을 우리는 평소에 얼마나 스스럼없이 하고 있을까? 퇴임하면서 나로 인해 상처를 받은 분이 있다면 양해해 달라는 말을 굳이 하지 않을 수 있도록 평소 언행에 더욱 조심하는 것이 필요하다.

퇴임시 듣게 되는 또 다른 이야기로 드물게 고은 시인의 '그꽃'이라는 시를 들려 주시는 분들도 있는데 이 짧은 시는 많은 이야기를 함축하고 있다. 직장생활을 열심히 할 때에는 몰랐는데 이제 떠나려 하니 이런저런 것들이 보이더라고 하는 의미일 것이다. 잘하지 못한 부분들에 대한 반성도 있을 것이고 좀더 잘할 걸 하는 안타까움도 포함되어 있다.

우리의 직장생활은 영원하지 않다. 나의 자리도 영원히 내자리가 아니고 때가 되면 후배에게 후임자에게 물려주어야 한다. 아무리 힘이 있는 자리이고 좋은 자리라고 해도 내가 영원히 차지하고 머무를 수는 없다.

따라서 떠날 때를 늘 생각하고 후배들을 사랑하며 성장시킬수 있도록 노력하는 선배 직장인이 되어야 한다.

성경말씀에 '새 술은 새 부대에 담아야 한다'라는 말이 있고 또한 중국의 속담에는 '장강의 뒷물결이 앞물결을 밀어낸다'라는 말이 있다.

직장생활 할 때에 세대교체가 일어날 때마다 언급되는 말이기도 하다.

입사를 하고 1년이 지나면 후배가 들어오고 그 흐름에 계속하여 밀려 가야 하는 것이 직장인이다. 그러다 보면 어느 사이엔가 퇴직이 눈앞에 다가온다.

입사가 있으면 퇴사가 있고 태어남이 있으면 죽음이 있다.

그 어느 누구도 이런 흐름을 피할 수 없다.

고은 시인이 쓴 '그꽃'이라는 시에서 주는 교훈처럼 나의 삶속에서 올라갈 때나 내려갈 때나 늘 꽃을 볼 수 있도록 살수 있다면 더욱 멋진 인생이 될 것이다. 따라서 직장에서 후배라면 선배에게 선배라면 후배에게 따뜻하게 대하고 업무는 가르쳐 주고 지도 받고 각종 상황에서 예의 바르게 행동하여 정말 출근하고 싶은 회사를 직장을 만들도록 서로 노력해야 한다.

상처 주고 아픔 주고 나중에 용서를 구하는 것보다 평소에 서로 잘 대하고 그래서 언제 어느 곳에서 다시 또 만나도 마음 편한 즐거운 관계를 유지할 수 있도록 직장생활이 이루어지길 기대해 본다. 저작권 문제로 소개를 할 수 없어 아쉽지만 김준엽 시인의 '내 인생에 가을이 오면'이라는 시는 우리 직장인에게 삶의 자세, 방향에 대하여 많은 교훈을 준다. 사실 김준엽 시인이 쓴 글은 '내 인생에 황혼이 들면'인데 이 시가 약간 변형되어서 윤동주 시인의 시로 인터넷에 많이 떠돌아 다닌, 그래서 김준엽 시인이 '내 시를 돌려 달라'고 한 스토리가 많은 시이다.

오륙년 전부터 글을 쓰고 정리하기 시작했는데 이제야 한 권의 책으로 발간이 되나 보다. 대단하고 획기적인 내용을 담은 책은 아니지만 그래도 선배 직장인으로서 후배 직장인들에게 조금이나마 도움이 될까 하여 용기를 내어 발간하게 되었다. 이 책을 읽으며 직장인들이 위로 받고 용기를 얻으며 어떤 역경이 오더라도 견디어 나갈 수 있는 힘을 얻기를 희망해 본다.

　요즘 정말 많은 사람들이 너나 나나 할 것 없이 책을 내고 있고 게다가 로마의 정치가 키케로가 '잡것들이 너나 나나 할 것없이 책을 내려고 한다' 라는 말을 했다고 하여 별 대단한 내용도 아닌 걸 가지고 책을 내려 하니 좀 찔리지만, 막막한 가운데 직장생활을 시작해야 하는 많은 사람들을 생각하며 조금이나마 힘든 직장생활을 해 나가는데 방향제시가 되고 도움이 되면 좋겠다는 마음으로 나의 경험과 보고 들은 내용을 묶어 책으로 내는 것에 용기를 내게 되었다.

　나의 경험을 통해 볼 때 직장생활은 참 어렵지만 어차피 부딪쳐야 할 일이라면 피하지 말고 즐겨야 할 것이다. 영화 '죽은 시인의 사회'에 나오는 명대사가 있다. 존 키팅 선생 역을 맡았던 로빈 윌리엄스가 영어교사를 맡으면서 학생들에게 한 말이 'Carpe Diem' 이다. 요즘 술자리에서 건배사로도 많이 쓰이는 라틴어인 이 말의 뜻은 '지금 살고 있는 현재 이 순간에 충실하라' 라고 하는 말로 학생들이 아이비리그 대학에 진학해 사회에서 성공하는 것도 좋지만 그런 명문대 입학을 위한 지식보다는 스스로 자기의 인생을 설계하라고 가르친다. 즉 하고 싶은 일을 하면서 인생을 살아가라는 즐겁게 살라는 말이 아닐까 싶다.

공자님도 '知之者는 不如好之者요 好之者는 不如樂之者라' 라고 말씀하신 것처럼 즐겁게 인생을 살아가는 사람을 당할 자가 없을 거라 생각한다. 이런 측면에서 늘 즐거운 마음으로 나의 마음가짐과 자세를 새롭게 하고 여기에 있는 내용들을 참고하여 현실에 슬기롭게 맞서 나아가 각자의 삶 속에서 이 책을 읽는 사람 모두 성공하길 기원해 본다.

　그동안 한전이라고 하는 한 직장에서 만나서 함께 열심히 일했던 선배, 동료, 직원 모든 분들께 고맙고 감사하다는 말씀을 드리며 또한 부족함이 많은 내 글을 처음부터 끝까지 다 읽어 주시고 격려해 주시며 추천사를 써 주신 여덟 분께도 깊이 감사드린다.

　고등학교와 대학교, 대학원 시절까지 돌봐주신 형님과 형수님 덕분에 학업을 무사히 마치고 철도청과 한전에서 나름대로 열심히 직장생활을 할 수 있었다. 지면을 통해서나마 그 은혜에 깊이 감사드린다.

　아울러 그동안 교직에 있으면서 두 아들을 바르고 훌륭하게 키워준 아내와 믿음직하고 든든하게 성장하고 있는 두 아들에게 고마움을 전하며 한 가정의 가장으로 아버지로 인생 3막을 열어 나가기 위해 열심히 노력하겠노라 다시 한번 다짐을 해 본다.

鄭 金 永

한전 신사업추진처장 (1甲處長 / 技術士)

'87년에 한전에 입사하여 현재 나주본사에서 품질경영처장을 거쳐 신사업 추진처장을 맡고 있으며 햇빛새싹발전㈜ 대표이사와 밀양 희망빛 발전(주) 대표이사, 대구청정에너지(주) 이사를 겸직하고 있다.
직전에는 전력연구원 배전연구소장, 서광주지사장, 기술기획처 기술전략실장 (1乙처장), 광주전남본부의 전력사업처장으로 근무하였으며 (직할지사장 겸직) 서울대학교 전기공학과에서 학사 및 석사과정을 졸업하였다.

그 외 주요 경력으로는 본사 배전처 및 전력수급처, 해외사업처에서 직원, 과장, 부장생활을 하였고 또한 미국 뉴욕지사 주재원, 2002월드컵 조직위원회 설비담당관, 전력연구원 책임 및 수석연구원으로 활동하였으며 경북전문대에서 '송배전공학'을 강의하였다.

사내적으로는 인턴사원, 전기원, 고졸 및 대졸신입사원 면접위원 및 위원장, 직원 입사시험 · 간부고시 출제위원 및 출제 부위원장, 각종 평가 및 심사위원을 맡았으며 대외적으로는 지경부 기술혁신 평가단 평가위원, 전기협회 신기술 심의위원, 한국전기기술기준위원회 위원, 스마트그리드 표준화포럼 운영위원회 위원, 전기학회 및 PM협회 이사와 배전분야 국제학술단체인 CIRED 창립 및 총괄간사 등으로 활동하였다.

광주전남본부 근무시에는 본부 발전추진위원회 위원장, 창조경영기법 TRIZ 동호회 회장, 온라인 독서카페 '맛있는 책' 회장 (전직원 1558명, 회원 850명)

과 직할지사장을 겸직하며 품질경영 대통령 표창(단체)을 수상하였으며 서 광주지사장 재임시에도 품질경영 대통령표창(단체)을 수상하였고 광주시민 을 대상으로 한 독서활동에서 최우수 써클로 선정되어 전남대 총장상을 수상하였다. 또한 인사처주관 북러닝에서 2014년과 2015년 각각 최우수 독서활동 동아리로 선정되었고 2016년 2월에 개최된 전사 북러닝 올림피 아드에서 '배전연구소 우하하'로 동아리부문 1등을 하여 일본 문학기행을 그리고 2017년 8월에도 '책다락'이 최우수 동아리로 선정되어 멤버 12명 전원이 회사부담으로 대만 인문학기행을 하였다.

주요 포상으로는 2002월드컵 특별공적자로 선정되어 한전 차장으로는 최 초로 포장을 수상하였으며 그 외 대통령 표창 (개인1회, 단체 2회), 국무 총리 표창, 장관표창 3회, 사장표창 2회 및 교육우등 표창이 있다.

기타 남아프리카공화국의 2010월드컵 준비상황 Audit팀 단장으로 활동하 였으며 해외연수, 기술교류 및 해외 사업 추진, 세미나 참석 등 세계 15개 국을 30회 이상 방문하였고 전세계 20개국 사람들과 50회 이상 접촉하며 우리 기술을 소개하고 교류를 하였다.

저자와의
협의하에
인지생략

나의 삶을 돌아보는 시간

나의 직장생활, 어떻게 할 것인가?

2018년 4월 5일 인쇄
2018년 4월 10일 발행

저 자 정 금 영

발 행 처   ♧ ㈜이화문화출판사
등록번호   제 300-2015-92호
주   소   서울시 종로구 사직로 10길 17 (내자동 인왕빌딩)
전   화   02-732-7091~3 (구입문의)
F A X   02-738-5153
홈페이지   www.makebook.net
I S B N   979-11-5547-332-0 03810

값 15,000원